「夫と息子に看取られて逝くなんて、
こんなに幸せな人生でいいのかしら」
養母が嘘を信じて逝った時、黒野久光は
クロノ・クロフォードにならなければいけなくなった。
クロの戦記7
異世界転移した僕が最強なのは
ベッドの上だけのようです

レイラ
戦闘から事務仕事までできる
クロノの有能な部下兼愛人。
スノウ
レイラを母と慕うハーフエルフの少女。
フェイ
クロノを守る騎士。
ちょっとポンコツなところもあるが、
剣の腕は折り紙付き。
クロノ
タウルに頼まれて
蛮族討伐の救援に駆け付ける。

リリ
緑の刻印を身にまとった
ルー族の戦士。好奇心旺盛。
ララ
赤の刻印を身にまとった
ルー族の戦士。けんかっ早い性格。
スー
アレオス山地に住む
ルー族の少女。呪医。

「さて、フェイに背中を流してもらおうかな」
「……はいであります」
フェイは意を決して胸をクロノの背中に押しつける。

クロの戦記7

異世界転移した僕が最強なのは
ベッドの上だけのようです

サイトウアユム

HJ文庫
952

口絵・本文イラスト　むつみまさと

Record of Kurono's War
isekaiteni sita boku ga saikyou nanoha
bed no uedake no youdesu

序章『同帰』

帝国暦《ていこくれき》四三一年六月 上旬《じょうじゅん》 昼──歌が聞こえる。物悲しげな、哀愁《あいしゅう》を帯びた歌だ。歌詞はよく聞き取れない。子守歌《こもりうた》のようにも、哀傷歌《あいしょうか》のようにも聞こえる。

クロノは元の世界のことを思い出そうとして失敗した。元の世界の街並みも、友人の顔も、家族の顔でさえ霞《かすみ》がかったように曖昧《あいまい》だ。当然か。この世界にやって来て四年余りが過ぎているのだ。

最近は夢に見るくらいで懐《なつ》かしむことさえなくなっている。いずれ夢に見ることもなくなる。そんな気がするし、それでいいと思う自分もいる。もちろん、以前は違《ちが》った。元の世界の記憶《きおく》が薄《うす》れることが恐《おそ》ろしかった。記憶と共に元の世界との繋《つな》がりが失われていくようで怖《こわ》くて仕方がなかった。家に帰りたかった。家族に会いたかった。家族に会えないと考えただけで涙《なみだ》が出た。

だが、今は家族を思っても涙は出ない。

多分、それは自分が黒野《くろの》久光《ひさみつ》ではなく、クロノ・クロフォードだからだろう。

切《き》っ掛《か》けは養母——エルア・フロンドの死だった。
彼女《かのじょ》は死の間際《まぎわ》に泣いていた。
貴方《あなた》の子どもを産めなくてごめんなさい、と養父に詫《わ》びていた。
哀《あわ》れだと思った。それ以上に間違《まちが》っていると思った。
彼女は優《やさ》しい人だった。赤の他人である黒野久光を我《わ》が子のように扱《あつか》ってくれた。
彼女がいなければ望郷の念とマイラのしごきに耐《た》えかねて自死していたことだろう。
命の恩人だ。そんな彼女が後悔《こうかい》に苛《さいな》まれながら逝《い》くなんて間違っていると思った。
だから、黒野久光は嘘《うそ》を吐《つ》いた。自分が彼女の息子《むすこ》だと偽《いつわ》ったのだ。
彼女は嘘を信じて逝った。こんなに幸せでいいのかしらという言葉を遺《のこ》して。
あの時、黒野久光はクロノ・クロフォードになった。ならなければいけなくなった。
家族のことを思い出せなくて当然なのだ。
歌が途切《とぎ》れ、クロノはゆっくりと目を開けた。すると、目の前におっぱいがあった。
重量感のあるおっぱいだ。女将《おかみ》のおっぱいに違いない。残念ながら服に包まれている。
自由にしてやらねばと手を伸《の》ばして思い直す。焦《あせ》ってはいけない。まずは状況把握《じょうきょうはあく》だ。
目の前におっぱい、後頭部に柔《やわ》らかな感触《かんしょく》がある。さらに振動《しんどう》が伝わってくる。
対面を見ると、座席があった。どうやら箱馬車の座席で女将に膝枕《ひざまくら》されているようだ。

そこで、蛮族討伐《ばんぞくとうばつ》のサポートをするために南辺境に向かっていることを思い出す。

エラキス侯爵《こうしゃく》領を発《た》って一ヶ月、ブルクマイヤー伯爵《はくしゃく》領との領境もすでに越《こ》えた。

夕方にはクロフォード邸《てい》に着くことだろう。

ガウルのもと——南辺境に四つある駐屯地《ちゅうとんち》の一つに赴《おもむ》くのは明日になる。

「という訳で触《さわ》らせて頂きます」

「ちょいと止めとくれよ。見られたらどうすんだい」

わきわきと手を伸ばす。すると、女将はわずかに声を荒《あら》らげ、天井《てんじょう》を指差した。

そういえばスノウを見張りとして箱馬車の屋根に乗せていた。

「な、なら父さんの家に着いたら——」

「あたしゃエクロン男爵《だんしゃく》領の実家に顔出しするつもりなんだよ」

女将はクロノの言葉を遮《さえぎ》って言ったが——。

「父さんの家に着くのは夕方だから出発は明日になるね」

「ぐッ、こんな時ばかり頭が働くんだから。はいはい、分かったよ。やりゃいいんだろ」

「ついでに上になる約束を守ってもらえると嬉《うれ》しいです」

「どさくさに紛《まぎ》れて要求を上乗せするんじゃないよ」

「だって、女将ってなかなか来てくれないし。避《さ》けられてるみたいで……」

「別に、避けてる訳じゃないよ。ただ、ちょっと……」

女将はごにょごにょと呟《つぶや》いた。よし、もう一押《ひとお》しだ。

「僕《ぼく》は女将との約束を守ったのにな～」

「また、そんなことを……。分かったよ。約束を守りゃいいんだろ、約束を守りゃ」

「ふふふ、期待してるよ」

「ったく、あたしはいつになったら……」

女将は溜息《ためいき》を吐いたが、満更《まんざら》でもなさそうに見えるのは気のせいではないだろう。

第一章『南辺境』

　よっこらせ、とクロードは切り株に腰《こし》を下ろした。崖《がけ》の上にある切り株だ。ここからだと自分の領地がよく見える。風が吹《ふ》き、視線を落とす。眼下では麦が波打つように揺《ゆ》れている。去年蒔《ま》いた冬麦は順調に生長している。

　この分ならば今年も豊作だろう。もっとも、これはあくまで予想、いや、願望だ。収穫《しゅうかく》まで何が起きるか分からない。お天道様《てんとうさま》の気分次第《しだい》で今までの努力が台無しになることもある。それが農業だ。そのことをこの三十一年で嫌《いや》と言うほど思い知っている。

　だから、できる限りの手を打っている。領内のインフラ整備は当然として、多額の寄付金を積んで黄土《おうど》神殿《しんでん》から最新の農法を教わり、病害虫に強い品種を仕入れている。いざという時のために食糧《しょくりょう》を備蓄《びちく》し、さらに税収の一部を投資に回している。これで足りなければ糞《くそ》のついでに六柱神《ろくちゅうしん》に祈《いの》ってやってもいい。

　再び風が吹き、クロードは目を細めた。穏《おだ》やかな気分だ。いつからこんな気分で自分の領地を眺《なが》められるようになったのだろう。思い出せない。だが、少なくとも初めて南辺境を訪《おとず》れた時ではない。あの時、部下達《たち》は不安そうな顔をしていた。マイラでさえ失敗したと言わんばかりの顔をしていた。きっと、自分も同じだったはずだ。

当時、南辺境は未開の地だった。広大な原生林を切り拓《ひら》く労力を考えただけで気が遠くなった。ましてやクロード達は傭兵《ようへい》だった。奪《うば》い、殺す術には長《た》けていても何かを育《はぐく》む術は身に付けていなかった。

だから、不安そうな顔をして当然だったのだ。だが、クロードには許せなかった。自分達はラマル五世を勝利に導いた。勝者なのだ。それが負け犬のような顔をする。許せる訳がない。怒《いか》りに突《つ》き動かされて斧《おの》を手に取った。がむしゃらに斧を叩《たた》き付けて木を切り倒《たお》し、切り株に足を掛けた。

「『びびってんじゃねぇ。木なんざ何万本でも切り倒してやる』だったか」

若かったぜ、とクロードは苦笑《くしょう》した。今ならもっと効率よく木を切り倒せるのだが、当時は何も分からなかった。試行錯誤《しこうさくご》して木を切り倒し、粗末《そまつ》な小屋を建てた。アストレア皇后の護衛騎士《きし》エルア・フロンドが嫁《とつ》いできたのはそんな時だ。いや、嫁いできたというのは正しくないか。エルアも、他の女達も命令されて南辺境にやって来たのだから。

正直、エルアとは会いたくなかった。見窄《みすぼ》らしい姿を見られたくなかった。だから、クロードは彼女が逃《に》げ出してくれることを願った。そっちの方が惨《みじ》めな姿を曝《さら》し続けるよりマシだと思ったのだ。だが、エルアは逃げ出さなかった。私は貧乏《びんぼう》に慣れているんだと言って率先《そっせん》して働いた。それで開拓《かいたく》のスピードが劇的に上がった訳ではないが、ちょっとだけ気分が楽になった。

ひどい生活だったな、とクロードは口元を綻《ほころ》ばせた。粗末な小屋で寝起《ねお》きして豚《ぶた》の餌《えさ》のような飯を食いながら原生林を切り拓き、畑を作り、家畜《かちく》を増やした。貴族らしい生活ができるようになるまで二十年は掛かっただろうか。

これからだったんだがな、とクロードは空を見上げた。屋敷《やしき》を新築し、帝都《ていと》に別宅も購入《こうにゅう》した。美味《うま》い飯を、美味い酒を、綺麗《きれい》な服を——これまで苦労した分、エルアに贅沢《ぜいたく》をさせてやりたかった。たった八年では短すぎる。

エルアの死《し》に際《ぎわ》を思い出し、拳《こぶし》を握《にぎ》り締《し》める。彼女は泣いていた。泣きながらクロードの子を産めなかったことを謝罪していた。全身の血が凍《こお》り付いたような気分だった。これはないだろうと思った。クロードは大勢の人を傷付け、大勢の人を殺した。その報《むく》いをクロード自身が受けるのならば分かる。悪人が報いを受けるのは当然のことだ。

しかし、エルアは違う。彼女は本当に善良な人間だった。そんな彼女がどうして後悔に苛まれながら死なねばならないのか。これが報いなのだとしたら神はなんて無慈悲《むじひ》で悪辣《あくらつ》なのだろうと思った。あのままエルアを死なせていたら自分はあらゆるものを呪《のろ》って生きることになっていたに違いない。

だが、そうはならなかった。道端《みちばた》で取《と》っ捕《つか》まえたガキ——クロノが嘘を吐いたのだ。母さん、息子のことを忘れるなんてひどすぎない？　と。

クロードはその嘘に乗った。何を言ってるんだ？　俺達《おれたち》には息子がいるだろ？　俺達に似ていい子だ。軍学校への入学も決まってる。将来はいい領主になる、と捲《まく》し立てた。

エルアはその嘘を信じた。夫と息子に看取《みと》られて逝くなんて、こんなに幸せな人生でいいのかしらと言って息を引き取った。数日間苦しんだことが嘘のように穏やかな死に顔だった。救われたと思った。エルアだけではない。クロノはクロードも救ってくれた。

だから、我が子として迎《むか》える決意をした。アルコルや他の新貴族——リパイオス家、カガチ家、ジラント家、ベオル家、ゲンノウ家、レヴィ家、エクロン家の協力を得て、クロードとエルアの間には子どもがいたことになった。白分達は嘘で繋がった親子だが——。

「エルア、俺達は上手《うま》くやってるぞ」

「——よう！　師匠《ししょう》ッ！」

クロードがぽつりと呟いたその時、背後から声が聞こえた。聞き覚えのある声だ。立ち上がって振《ふ》り返ると、フェイが馬に乗って駆《か》けてくる所だった。そういえばアレオス山地の蛮族《ばんぞく》を討伐《とうばつ》することになったと手紙をもらっていた。彼女の背後に視線を向ける。馬車が連なっている。一台目は箱馬車、二台目以降は幌《ほろ》馬車だ。襲撃《しゅうげき》を警戒《けいかい》しているのか、箱馬車の上には少女が乗っている。

「師匠！　フェイ・ムリファイン！　南辺境に只今《ただいま》参上でありますッ！」

「馬鹿《ばか》に磨《みが》きが掛かってやがる」

深々と溜息を吐いた次の瞬間《しゅんかん》、馬が反転した。思わず目を見開く。馬とは思えない挙動だ。どんな風に調教したらあんな真似《まね》ができるのだろう。だが、驚《おどろ》くのはそれだけではない。フェイが飛んできたのだ。抱《だ》きつこうとでもしているのか。いや、違う。彼女は木剣《ぼっけん》を握り締めている。つまり——。

「不意打ちご免《めん》であります！」

やれやれ、とクロードは頭を掻《か》き、道を譲《ゆず》ってやった。フェイが真横を通り過ぎる。背後が崖だから受け止めると思っていたのだろう。驚いたような表情を浮《う》かべている。残念ながらいきなり不意打ちをかましてくる弟子《でし》にそこまでしてやるつもりはない。フェイを目で追う。彼女は重力に引かれ、やがて姿を消した。崖から落ちたのだ。

「大旦那様《おおだんなさま》！」

再び声が響《ひび》く。こちらも聞き覚えのある声だ。声のした方を見ると、息子の愛人——レイラが馬から下りる所だった。相変わらずいい尻《しり》をしている。もちろん、口にはしない。

これでも分別はある方なのだ。彼女はクロードに歩み寄り、片膝《かたひざ》を突いた。

「大旦那様、お久しぶりです」

「おう、久しぶりだな。馬鹿息子《ばかむすこ》とはよろしくやってるか？」

「は、はい、ご寵愛《ちょうあい》を頂いております」

軽口のつもりだったのだが、レイラは耳を垂れさせながら答えた。この分だと近い内に孫を抱くことができそうだ。だが、これも口にはしない。エルアの件で学んだのだ。顔を上げ、箱馬車を見つめる。

「死にそうな目に遭《あ》って半年も経《た》ってねぇってのに帝国《ていこく》は相変わらず人使いが荒《あれ》ぇな」

「大旦那様、ご安心下さい。クロノ様は命に替《か》えても――」

「お守りするであります！」

レイラの言葉は背後から響いた声によって遮られた。振り返ると、フェイが崖から這《は》い上がってくる所だった。木剣はない。多分、落としたのだろう。崖を登りきるとレイラの隣《となり》に移動して両膝《りょうひざ》を突いた。

「師匠、お久しぶりであります！」

「先に挨拶《あいさつ》しろよ」

「しかし、まさか崖から突き落とされるとは思っていなかったであります。獅子《しし》は我が子を千尋《せんじん》の谷に突き落とすと言うでありますが、まさにそれでありますね」

「聞いちゃいねぇ」

クロードは顔を顰《しか》めた。必死に懇願《こんがん》されたので剣術《けんじゅつ》の稽古《けいこ》を付けてやったが、先に一般《いっぱん》常識を教えるべきだった。どうしたものか考えていると、箱馬車が止まった。

御者《ぎょしゃ》は傭兵だろうか。油断なく周囲を見回している。レイラが立ち上がり、駆け寄ろうとする。だが、それよりも速く扉《とびら》が開いた。クロノが扉を開けたのだ。

おッ、と思わず声を上げる。久しぶりに会う息子の成長に驚いた訳ではない。箱馬車に知り合いが乗っていたのだ。彼女もこちらに気付いたのだろう。驚いたような表情を浮かべると胸の前で両腕《りょううで》を交差させた。自分の素性《すじょう》を口にしないで欲《ほ》しいということか。理由は分からないが、知り合いの頼《たの》みだ。無下にはできない。

「ただいま、父さん」

「よう、馬鹿息子。帝都で会ったぶりだな。帝国を縦断した感想はどうだ？」

「疲《つか》れたよ。ところで、どうしてこんな所に？」

「こんな所はねぇだろ。俺《おれ》のお気に入りの場所だぞ」

クロードが振り返って自分の領地を見つめると、クロノが隣に立った。広大な麦畑と緩やかなカーブを描《えが》く小川、肩《かた》を寄せ合うように建つ家々、そして、アレオス山地。

「どうだ？　いい眺めだろ？」

「うん、でも、アレオス山地の蛮族と戦わないといけないから少し憂鬱《ゆううつ》かな」

「悪ぃな。俺達の代で片を付けときゃよかったんだが……」

「それは……。仕方がないよ」

クロードは弱々しく笑うクロノの頭を鷲掴《わしづか》みにして前後に揺すった。

「それで、どうしてここに？」

「マイラが仕事しろってうるさくてよ。ふけてきた」

「いいタイミングだったね」

「そうだな」

クロードは小さく溜息を吐いた。観念して戻《もど》るしかないようだ。箱馬車に向かう。クロノが先に乗り、その後に続く。対面の席に座《すわ》って女性に視線を向ける。

「おい、紹介《しょうかい》しろ」

「ああ、彼女は女将ことシェーラ」

催促《さいそく》すると、クロノは手の平で女性――シェーラを指し示した。

「僕の愛人です」

「どんな紹介をしてるんだい！」

恥《は》ずかしいのか、それとも怒《おこ》っているのか。シェーラは顔を真っ赤にして言った。

がははッ、とクロードは笑った。箱馬車が動き出し、軽く目を見開く。

「すげぇな。全く振動が伝わってこねぇ」

「部下のゴルディが足回りを改造してくれたんだよ」

「あとでじっくり調べさせてくれ」

「いいけど、壊《こわ》さないでね」

「壊しゃしねぇよ」

俺が調べる訳じゃねぇしな、と心の中で付け加える。窓の外に視線を向けると、フェイが馬で併走《へいそう》していた。こちらを見ていた訳ではないが、稽古をせがまれそうなので車内に視線を戻す。すると、クロノが口を開いた。

「お願いがあるんだけど、いいかな？」

「心配しなくてもお前の愛人にゃ手を出さねぇよ」

「そんな当たり前のことを言わなくても」

「で、お願いってのは何だ？」

「屋敷で部下を休ませていいかな？」

「構わねぇよ。けど、ベッドの数が足りねぇからな。床《ゆか》に寝《ね》てもらうことになるぜ」

「雨風が凌《しの》げるだけでありがたいよ」

クロノは深い溜息を吐いた。多分、道中で宿泊《しゅくはく》を断られたりしたのだろう。

「そういや、アーサーはどうした？」

「先生として働いてもらってるよ。かなりブラックな労働環境《かんきょう》だけど……」

「俺と一緒《いっしょ》で歳《とし》だからな。早めに改善してやれよ」

「努力します」

クロノは肩を窄《すぼ》めて言った。それからとりとめのない会話をする。話を聞く限り、そつなく領主をこなしているようだ。不意に会話が途切れ——。

「あ～、そういえばガウル殿《どの》のことなんだけど……。どう？」

「どうって言われてもな」

クロードは脚《あし》を組み、太股《ふともも》を支えに頬杖《ほおづえ》を突いた。

「タウルにゃ馬鹿な真似をさせねぇでくれって話を通しておいたんだが……」

「馬鹿な真似をしてるってこと？」

「アレオス山地の麓《ふもと》で偵察《ていさつ》みてぇなことを繰《く》り返しててな。参ったぜ」

「でも、それが仕事だし……」

「それは分かるんだが、ここ何年も蛮族どもは大人しいからよ。見回りをするのも手間だし、下手に刺激《しげき》して欲しくねぇんだよな～」

もっと柔軟《じゅうなん》に対応できねぇもんかね、とクロードは溜息を吐いた。

「そのことは？」

「ちゃんと正式な文書で伝えてるぜ。まあ、無視してやがるけどな。この分だと、今日も偵察をしてるんじゃねぇか？」

クロードは窓の外――アレオス山地を見つめた。

※

ガウルは藪《やぶ》を掻き分けて原生林を進む。恐らく、普通《ふつう》の山ならばもっと楽に進めるのだろう。だが、ここ――アレオス山地には人の手が殆《ほとん》ど入っていない。そのため探索《たんさく》するのに多大な労力を伴《ともな》う。天然の要害と評してもいいだろう。ともすれば藪を掻き分けるために槍《やり》を背負わなければならないことも、汗《あせ》だくになっていることも要害としての機能なのではないかという気がしてくる。

もちろん、そんな訳ない。だが、そうであればとは思う。これが蛮族の策略であれば完全装備で来たにもかかわらず鉈《なた》を忘れた自分の迂闊《うかつ》さを呪わずに済む。いや、鉈云々《うんぬん》の問題ではないか。ガウル達はアレオス山地のことを何も知らない。だから、こうして藪を掻き分ける羽目になる。

この調子で蛮族を討伐できるのかと焦燥感《しょうそうかん》が募《つの》る。今この瞬間も蛮族どもは帝国の隙《すき》を窺《うかが》っているに違いないのだ。もし、蛮族どもが攻《せ》めてきたらと考えるだけで心胆《しんたん》を寒からしめるものがある。脅威《きょうい》は討《う》ち払《はら》わなければいけない。アルコル宰相《さいしょう》もそう考えているからこそ、ガウルを駐屯《ちゅうとん》軍の指揮官に据《す》えたのだ。だというのに——。

下手に刺激するなとはどういうことだ、とガウルはクロフォード男爵から送られてきた文書の内容を思い出しながら藪を掻き分ける。思い出しただけで腸が煮《に》えくりかえる。武によって今の地位を得た者の言葉とは思えない。まるっきり臆病者《おくびょうもの》の言葉だった。平和な時間が長すぎて闘争心《とうそうしん》を失ってしまったに違いない。自分は違う。臆病者ではない。死をも恐れぬ覚悟《かくご》がある。蛮族を討伐して帝国に安寧《あんねい》をもたらすのだ。

そうすれば父も——、と考えて小さく頭を振る。父は関係ない。そんなちっぽけな目的のために命を懸《か》けるのではない。帝国を蛮族の脅威から解放するため、自身の力を証明するために命を懸けるのだ。

足を止めて振り返る。背後には十人の部下がいた。原生林に分け入ってそれなりに時間が経っているものの、落伍者《らくごしゃ》はいない。とはいえ疲労《ひろう》の色が濃《こ》い。疲労は注意力を低下させる。声を掛けて気を引き締めるべきだろう。

「貴様ら、ここは蛮族どもの支配領域だ！　注意しろッ！」

「はい！」

可愛《かわい》らしい声が響く。ガウルの目の前にいる兵士の声だ。少女と見紛《みまが》うばかりの容貌《ようぼう》の持ち主で名をニアという。商家の三男坊《さんなんぼう》で何でも商売を始める資金を稼《かせ》ぐために兵士になったらしい。熱心だが、体格は貧弱で技量も拙《つたな》い。よくもまあ、これで新兵訓練所を卒業できたものだと呆《あき》れてしまう。多分、教官にやる気がなかったのだろう。

「貴様ら！　返事がないぞッ！」

「はいッ！」

「「「「「「「「「はッ！」」」」」」」」」

ガウルが声を張り上げると、ニアと八人の兵士が返事をした。直後、八人の兵士が失笑《しつしよう》する。ニアの声が可愛らしいせいだ。緊張感《きんちようかん》のなさに怒りを覚える。だが、返事をしないよりはマシだろう。最後尾《さいこうび》に視線を向ける。そこには女がいた。白い軍服を着た女だ。第十二近衛騎士団《きしだん》で副官を務めていたセシリー・ハマルだ。

「セシリー、俺は返事がないと言ったぞ？」

「わたくしはちゃんと返事をしましたわ」

「聞こえなかったぞ」

「聞こえない方が悪いのではなくて？」

セシリーは嫌みったらしい口調で言った。またか、とガウルは顔を顰めた。第十二近衛騎士団の副官が部下になると聞いて当初は大いに期待したものだ。近衛騎士団は軍の最エリートだ。その能力は一般兵と一線を画す。ましてや彼女は第五近衛騎士団の団長ブラッド・ハマルの妹だ。期待するなという方が無理だ。だが、期待が失望に変わるまで時間は掛からなかった。彼女はことあるごとに逆らうのだ。

「俺に、聞こえるように、言い直せ」

「……」

ガウルが命令すると、セシリーは無言でそっぽを向いた。拗《す》ねたように唇《くちびる》を尖《とが》らせている。まったく、何がそんなに気に入らないのか。もううんざりだ。

「命令に従えないのならば帰れ」

「ええ、分かりましたわ。誰《だれ》か一緒に——」

「一人で帰れ」

「わたくしに一人で帰れと仰《おつしや》いますの！」

ガウルが言葉を遮って言うと、セシリーは声を荒らげた。

「そうだ！」

「――ッ！」

セシリーは怒りを堪《こら》えるように唇を噛《か》み締め、踵《きびす》を返した。ニアが口を開く。一人で行かせていいのかと言うつもりだろう。馬鹿馬鹿《ばかばか》しい。答えは決まっている。ふん、とガウルは鼻を鳴らして背中を向けた。藪を掻き分けて歩き出す。程《ほど》なく――。

「うわぁぁぁッ！」

「どうした⁉」

悲鳴が上がった。ニアの悲鳴だ。ガウルは振り返り、ホッと息を吐いた。負傷したのかと思ったが、ニアは無事だった。顔面蒼白《そうはく》で今にも気絶しそうだが――。

「どうした？」

「ぼ、僕の足が！　僕の足に何かがッ！」

歩み寄って尋《たず》ねると、ニアは半狂乱《はんきようらん》で叫《さけ》んだ。足下《あしもと》を見るが、草が茂《しげ》っていてよく見えない。跪《ひざまず》いて草を掻き分ける。ニアがおずおずと口を開く。

「ど、どど、どうですか？」

「草が絡《から》みついているだけだ」

ガウルはうんざりした気分で返した。ニアの足首には草が絡みついていた。だが、それだけだ。短剣《たんけん》で草を切って立ち上がる。

「ガウル隊長、申し訳あり――ッ！」

ニアは謝罪の言葉を口に仕掛《しか》け、息を呑《の》んだ。ガウルが短剣を放《ほう》り投《な》げたからだ。もちろん、鞘《さや》に収めている。ニアは慌《あわ》てふためいた様子で短剣をキャッチした。

「次は自分でやれ」

「頂いてもよろしいのでしょうか？」

ガウルが溜息交じりに言うと、ニアは目を輝《かがや》かせて言った。貸すだけに決まってるだろと言い返しそうになったが、すんでの所で思《おも》い止《とど》まる。

三男坊とはいえニアは商家の息子だ。渡《わた》した短剣が安物だとすぐに気付くはずだ。安物の短剣を惜《お》しんだと思われるのは面白《おもしろ》くない。

「ああ、くれてやる」

「ありがとうございます」

ニアはいそいそと短剣をベルトに差した。まったく、何がそんなに嬉しいのか。うんざりした気分で再び藪を掻き分ける。数メートルと進まない内に――。

「キャアアアアッ！」

「――ッ！」

女の悲鳴が響く。セシリーの悲鳴だ。反射的に振り返ると、セシリーが逆さ吊《づ》りになっていた。蛮族の仕掛けた罠《わな》に引っ掛かったのだ。深々と溜息を吐く。注意しろと言った傍《そば》からこれだ。命令を無視するからこうなる。

「誰かわたくしを助けなさい！」

セシリーがスカートを押《お》さえながら叫ぶ。だが、部下達《たち》は目配せしただけだ。指揮権はガウルにあるのだから当然だ。いけ好かない上司の無様な姿を見たいという思いもゼロではないだろうが――。

「……ガウル隊長」

「セシリーを下ろしてやれ」

ニアがおずおずと言い、ガウルは命令を下した。部下が動き出す。

「おい、この縄《なわ》は何処《どこ》に繋がってるんだ？」

「取《と》り敢《あ》えず、切ればいいんじゃねぇか？」

「貴方《あなた》達！　乱暴に下ろしたら許しませんわよ！」

「進むぞ」

ガウルは改めて藪に向き合った。まったく、うんざりだ。覚悟もある。思いもある。にもかかわらず思い通りに進まない。背後から音が響く。多分、セシリーが地面に落ちた音だろう。苛々《いらいら》しながら藪を掻き分けていると――。

「ガ、ガガ、ガウル隊長！」

ニアが叫んだ。よほど動揺《どうよう》しているのだろう。声が上擦《うわず》っている。大方、蛭《ひる》に噛まれたとかそんな所だろう。いやしくも帝国の兵士なのだ。もっとどっしりと構えて欲しいものだ。いちいち助けていてはニアのためにならない。無視して前に進む。

「ガウル隊長ッ！」

「何だッ！」

ニアが再び叫び、ガウルは振り返った。すると、十メートルほど離《はな》れた所に槍が突き刺《さ》さっていた。雑な作りの槍だ。部下達は遠巻きに槍を眺めている。セシリーは――罠から解放されて地面に座り込んでいる。

「あれは何だ？」

「槍です！」

「そんなことは分かっている！」

ガウルは怒鳴《どな》りつけると、ニアは首を竦めた。何故《なぜ》、槍があんな所に突き刺さっているのかを聞きたかったのに察しが悪いにも程がある。古巣の第二近衛騎士団ならば有り得ないことだ。やはり、一般兵の質は低いようだ。

突然《とつぜん》、部下達がどよめく。槍が光に包まれたのだ。赤い光だ。真紅《しんく》にして破壊《はかい》を司《つかさど》る戦《せん》神《しん》の神威術《しんいじゅつ》によく似ている。光が消え、部下達が再びどよめく。しばらくして光が槍を包み、また消える。それが繰り返される。何が目的なのだろう。

「ガ、ガウル隊長？」

「何だ？」

「て、点滅《てんめつ》の間隔《かんかく》が短くなっていませんか？」

ニアが震《ふる》えながら槍を指差す。ガウルは槍を見つめた。確かに点滅の間隔が短くなっている。それを理解した瞬間、全身が総毛立った。

「貴様ら！　散れッ！」

ガウルは大声で叫んだ。部下達が顔を見合わせ、慌てふためいた様子でその場から逃げようとする。命令を理解できなかったのか、ニアは棒立ちだ。生存本能がぶっ壊れているのかと内心毒づきながら首根っこを掴《つか》んで庇《かば》うように抱きかかえる。

次の瞬間、真紅の光が炸裂《さくれつ》した。爆風《ばくふう》が押し寄せる。抗《あらが》う術などなかった。吹き飛ばされて地面を転がる。何回転したか分からない。突然、衝撃《しょうげき》が体を貫《つらぬ》く。痛みに呻《うめ》きながら顔を上げると、木の葉が落ちてきた。どうやら木に叩き付けられたようだ。

周囲を見回すと、藪が薙《な》ぎ倒され、部下が地面に倒れ伏《ふく》していた。その中心には槍が突き立っている。赤い光に包まれていた槍だ。あれだけの爆風を発生させたにもかかわらず傷一つない。ガウルはニアを押し退《の》け、立ち上がった。

爆風のせいか、それとも頭をぶつけたのか、足がふらつく。軽く頭を振る。攻撃《こうげき》を受けてダメージを負った。もし、自分が敵の立場であれば——。

「敵です！」

「分かっている！」

ガウルはニアに叫び返した。顔を上げると、女が天から舞《ま》い降《お》りてくる所だった。髪《かみ》の短い女だ。毛皮を纏《まと》い、獣《けもの》の爪《つめ》や牙《きば》で作った装飾品《そうしょくひん》を身に着けている。

踊《おど》り子《こ》にも見えるが、そうではない。真紅の光が女の体を彩《いろど》っている。刻印術《こくいんじゅつ》——蛮族に伝わる呪法だ。女は蛮族の戦士なのだ。女が地面に突き立った槍の上に降り立つ。俄《にわか》には信じられない光景だが、これも刻印術の力だろう。

「去れ、ここ、我らの地」

「蛮族め、ふざけたことを抜《ぬ》かすな」

女が訛《なま》りの強い言葉で言い、ガウルは言い返した。何が我らの地だ。散々、追い立てられて逃げ込んだだけではないか。女の勝手な言い分に闘志《とうし》が湧《わ》き上がる。背中の槍に手を伸ばす。だが、ガウルの手は空を掴んだ。背負っていたはずの槍がない。

爆風を受けた時に吹き飛ばされたのだろう。改めて周囲を見回す。あった。槍はガウルと女の間——薙ぎ倒された藪に埋《う》もれている。

こちらの意図を理解したのか、女が口《くち》の端《は》を吊《つ》り上げる。嫌らしい笑《え》みだ。尋常《じんじょう》な勝負をするつもりなどないと一目で分かる。運の悪さに舌打ちしそうになる。だが、実戦とはそういうものだ。この劣勢《れっせい》を覆《くつがえ》してこそ自分の力を証明できるというものだ。

女が槍から飛び降り、ガウルは地面を蹴《け》った。一直線に自分の槍に向かう。女が音もなく着地し、槍を地面から引き抜いた。石で作られた穂先《ほさき》が露《あら》わになる。そんなもので戦うつもりか、と再び怒りが込み上げる。

女が槍を振り下ろす。狙《ねら》いはガウルだ。だが、槍は虚《むな》しく地面を叩いた。槍が当たる直前でガウルが方向転換《てんかん》したからだ。女が目を見開く。無手で突っ込んでくるとは思わなかったのだろう。肩から体当たりをすると、女は吹っ飛んだ。いや、想像していたよりもずっと衝撃が小さい。自分から跳《と》んだのだ。ダメージは殆どないだろう。

蛮族の、しかも女とはいえなかなかやるものだ。やはり、戦いはこうでなくてはいけない。戦う力を持たない者と戦うなど言語道断、ましてやそれを戦果と誇《ほこ》るなど恥知《はじし》らず以外の何物でもない。まあ、欲を言えばダメージを与《あた》えたかったが——。

ともあれ、女を槍から引き離すことには成功した。ガウルは女を睨《にら》み付けながら槍を拾い上げる。無骨な作りだが、カヌチ作の名槍だ。幼い頃《ころ》に実家の倉庫で発見し、軍学校を卒業した折に父から譲り受けた。この槍を手にすると、力が湧き上がってくる。
槍を構えると、女も槍を構えた。じり、じりと距離《きより》を詰《つ》める。女は動かない。自分の優
位を確信しているのだろうか。だとしたら舐《な》められたものだ。ガウルに神威術の素養はな
い。魔術《まじゅつ》も習得していない。その代わりに槍術《そうじゅつ》を磨いた。近衛騎士団の団長とも手合わせ
をしている。結果は芳《かんば》しくなかったが、このまま鍛錬《たんれん》を積めば勝てるようになるという確
信を得た。つまり、現時点でも自分は帝国屈指《ていこくくっし》の槍使いということだ。
ガウルは足を止めた。膝《ひざ》から力を抜き、力を爆発《ばくはつ》させる。瞬《また》く間《ま》に距離が詰まり、女が
驚いたように目を見開く。神速の突きだ。躱《かわ》せるはずがない。自身の勝利を確信する。
しかし、槍は虚空《こくう》を貫いた。今度はガウルが目を見開く番だった。最高の一撃《いちげき》を躱《かわ》され
た。いや、驚くべきはそこではない。女は神速の突きを見て躱した。反射でも、読みでも
なく、見て躱したのだ。真に驚くべきはそこだ。有り得ない。いや、有り得ないというの
ならば他にも奇妙《きみょう》な点が――。
「――ッ！」
ガウルは思考を中断した。女が間近に迫《せま》っていたからだ。くそッ、と心の中で悪態を吐
く。予想外の出来事が起きたとはいえ集中力を欠きすぎた。女が槍を振り下ろし、ガウル

は横に跳んだ。次の瞬間、槍が跳《は》ね上がり、頬《ほお》に痛みが走る。攻撃を躱しきれなかったのだ。攻撃を躱しきれなかったばかりか体勢まで崩《くず》した。

女はこの隙を逃《のが》さない。怒濤《どとう》の連撃を繰り出す。穂先が掠《かす》める。鎧《よろい》のお陰《かげ》でダメージはないが、反撃《はんげき》に転じる隙がない。

落ち着け、チャンスはある、と自分に言い聞かせる。だが、女が攻撃を繰り出すたびに心が揺らぐ。このまま為《な》す術《すべ》もなくやられるのではないか。チャンスなど巡《めぐ》ってこないのではないか。今まで厳しい鍛錬を積んできたことは無駄《むだ》だったのではないか。焦燥と迷いが心を蝕《むしば》む。視界が傾《かし》ぐ。窪《くぼ》みに足を取られたのだ。堪《たま》らず片膝を突く。

女が槍を振り下ろし、ガウルは咄嗟《とっさ》に槍の柄《え》で攻撃を受けた。衝撃が体を貫く。息が詰まり、骨が軋《きし》む。まるで大型亜人《あじん》の攻撃を喰《く》らったかのような衝撃だ。女に出せる威力《いりょく》ではない。そこで、女が刻印術の力で自身を強化していることに気付く。ガウルの突きを躱したのも、先程《さきほど》感じた違和感《いわかん》の正体も刻印術によるものに違《ちが》いない。

だが、だからどうしたという気持ちもある。刻印術の正体が分かってもこの窮地《きゅうち》を抜け出せなければどうしようもない。

女が槍を握り手に力を込める。それほど力を込めたようには見えない。にもかかわらず押し返せない。少しずつ押し込まれる。一体、何のためにこんなことをするのか。力比べ

など無意味だ。訝《いぶか》しんでいると、女が囁《ささや》いた。

「覚悟、いいか？」

「ぐッ、そのために？　ふざけるなッ！」

「――ッ！」

女が驚いたように目を見開く。ガウルがわずかながら押し返したからだ。女が笑みを浮かべる。獰猛《どうもう》な笑みだ。まだ楽しめるとでも考えているのだろうか。だが、そんなことはガウルの知ったことではない。舐めた真似をしたツケを支払《しはら》わせてやる。

女が力を込め、ガウルは力を抜いた。突然、力を抜いたせいで女の上体が泳ぐ。すかさず体を捻《ひね》ると、女は無様に転倒《てんとう》した。チャンスだ。トドメを刺そうと槍を突き出す。女が地面に手を突く。だが、何をしても無駄だ。次の瞬間、足が跳ね上がった。地面に突《つ》っ伏《ぷ》した状態から倒立《とうりつ》――逆立ちをしたのだ。

一瞬《いっしゅん》、頭が真っ白になった。体も動かない。当たり前だ。こんな状況《じょうきょう》になったこともなければ、こんな状況を想定したこともない。恐《おそ》らく、それは女も同じだろう。きょとんとした顔をしている。

動け、動け、動け――ッ！　ガウルは片膝を突いた状態から蹴りを繰り出した。蹴りが手に当たるか当たらないかの所で女が視界から消える。顔を上げると、女が宙を舞っていた。槍を突き出すべきだ。殺すことはできなくてもダメージは与えられる。だが、ガウルは攻撃を仕掛けなかった。女は足から着地するとそのまま走り出した。

逃げるつもりかと考え、すぐに思い直す。彼女《かのじょ》は逃げない。そんな確信めいた思いがある。ガウルはゆっくりと息を吐《は》き、立ち上がった。彼女は五メートルほど距離を取り、こちらに向き直る。楽しげな笑みを浮かべている。きっと、それは自分も同じだろう。

ガウルが槍を構えると、呼応するように女も槍を構えた。同時に地面を蹴る。声を掛《か》ける必要はない。自分達は分かり合っている。女が槍を振り下ろす。もう一撃の威力は分かっている。半身になって躱し、突きを放つ。

神速の突きだ。だが、女は難なく攻撃を躱した。当然か。攻撃が最も効果を発揮するのは初見の時だ。女は初見で神速の突きを躱している。二度目を躱せない道理はない。

女が槍を一閃《いっせん》させる。軌道《きどう》は低い。地を這うような攻撃だ。足を上げて避《よ》けると、女は槍を引いた。先程のように連撃を繰り出すつもりか。さて、どうする？　とガウルは自問した。正面からやり合うのは不利だ。ふとある考えが脳裏《のうり》を過る。この考えが正しければ劣勢を覆すことができるはずだ。

だが、本当に正しいのか。いや、間違《まちが》っていた時はその時だ。実行に移す。女が跳び退る。どうやら自分の考えは正しかったようだ。

よし、とガウルは足を踏《ふ》み出して反撃に転じる。先程までの戦いが嘘《うそ》だったかのように女の動きがぎくしゃくとしたものに変わる。攻撃を躱そうとしても躱しきれず、反撃に転じようとして動きを止めてしまう。

それでも、女はよく凌いでいた。焦燥はあるだろう。苛立《いらだ》ちもあるだろう。だが、戦いそのものを投げだそうとしない。素晴《すば》らしい戦士だ。できれば打開策を思い付いて欲しい。そんな帝国軍人にあるまじき思いが湧き上がる。

しかし、何事にも限界がある。とうとうガウルの攻撃が女を捉《とら》える。石突《いしづ》きが女の頬に当たったのだ。しまった。女の顔を傷付けてしまった。動揺して攻撃の手が鈍《にぶ》る。その隙を突いて女は距離を取った。そして――。

「お前、嘘吐《うそつ》き！」

ガウルを指差して叫んだ。子どものような言い草に力が抜けそうになる。

「嘘など吐いていない」

「攻撃する、見せかけ、しない。見る、別の所、攻撃する。嘘吐き」

「嘘吐きじゃない。技術だ」

ガウルはイラッとして言い返した。彼女の言う嘘とはフェイントのことだ。やたらと驚いたり、動きが直線的だったりしたので対人戦闘《せんとう》の経験が少ない――フェイントが有効なのではないかと考えたのだ。結果は見ての通りだ。流石《さすが》に嘘吐き呼ばわりされるとは思わなかったが——。

「嘘吐——ッ！」

「今ですわ！」

「「「「「「「うぉぉぉぉぉッ！」」」」」」」

女が口を開いた瞬間、セシリーの声が響く。部下達《たち》が雄叫《おたけ》びを上げて襲《おそ》い掛かる。完全に虚《きょ》を衝《つ》かれたのだろう。女の動きが遅《おく》れる。ある兵士がタックルし、倒《たお》れた所に他の兵士が群がる。もちろん、女も無抵抗《むていこう》ではない。槍で、拳で、爪で必死に抵抗する。ガウルはハッと我に返り——。

「貴様ら！　止めんかッ！」

声を張り上げた。尋常な勝負だったのだ。水を差したばかりか、八人で一人の女を押さえ付けようとするなど恥知らずにも程がある。だが、部下は命令に従わない。従う余裕《よゆう》がない。それほど女は激しく抵抗していた。

「……セシリー、貴様」

「代わりに指示を出して差し上げましたのよ。文句を言うのはお門違《かどちが》いですわ」

「だが、あれは尋常な勝負だった」

「勝負とは対等な立場でのみ成立するものですわ」

ふん、とセシリーは鼻を鳴らし、髪を掻き上げた。

「こ、拘束《こうそく》しました！」

部下の声が響く。視線を向けると、俯《うつぶ》せになった女の上に部下が乗っていた。憎々《にくにく》しげにこちらを睨んでいる。罪悪感が湧き上がる。心底を見透《みす》かしたように――。

「お前、卑怯《ひきょう》」

「ぐッ……」

女が吐き捨てるように言い、ガウルは呻いた。呻くしかなかった。女の言う通りだ。勝負を汚《けが》した。卑怯以外の何物でもない。これでは自分を誇ることなどできない。

「それで、どうしますの？」

「……」

「黙《だま》ってないで何か仰って下さらないッ？」

ガウルが黙っていると、セシリーは苛立ったように叫んだ。その時、風が吹《ふ》いた。強烈《きょうれつ》な風だ。落ち葉や砂が舞い上がり、目を開けていることができない。ぎゃッ、と短い悲鳴が響く。風が止み、目を開ける。すると、部下達が倒れていた。女の姿はない。木の葉が舞い降り、反射的に顔を上げる。

木の上には三人の女がいた。一人はガウルと戦っていた女だ。もう一人は緑の刻印に彩られた女、最後の一人は黒の刻印に彩られた少女だ。こちらを見下ろしていたが、しばらくして興味を失ったように顔を上げる。

「卑怯者！　逃《に》げる気ですのッ！」

セシリーが叫ぶと、女が腕を一閃させた。赤い光が軌跡《きせき》を描き、炎《ほのお》が降り注ぐ。悲鳴が上がるが、炎に包まれた者はいない。威嚇《いかく》、もしくは不快感を表明したのだろう。

だが、どうしてこの力を使わなかったのか。この力を使っていれば戦いを有利に進められたはずだ。そこで、ガウルは彼女が自分に合わせてくれていたことに気付いた。初撃こそ不意打ちだったが、そこから先は尋常な勝負だった。有利になると分かっていても使わない。きっと、彼女にも誇りがあるのだ。

三人が膝を屈《かが》める。木を蹴って移動するつもりだ。

「俺はガウル！　タウル・エルナト伯爵《はくしゃく》の息子《むすこ》ガウルだッ！」

ガウルが叫ぶと、女達は再びこちらを見た。

「俺は名乗ったぞ！　貴様も名乗れッ！」

「…………ララ」

「リリ」

「スー」

最初に戦った女が、次に緑の刻印の女が、最後に黒の刻印の少女が名乗った。そして、三人は木を蹴った。木の葉が舞い降り、三人は天高く跳んだ。

「次こそは必ず……」

ガウルは遠ざかる三人の背中を見つめながら拳《こぶし》を握《にぎ》り締《し》めた。

※

夕方――畑沿いの道を進んでいると、箱馬車がスピードを落とした。クロフォード邸《てい》が近いのだ。畑が途切《とぎ》れ、しばらくして高い塀《へい》が姿を現す。金属製の忍《しの》び返しが据え付けられた塀だ。さらにスピードが落ち、箱馬車がゆっくりと曲がる。

門を通り抜けると、そこはクロフォード邸の敷地《しきち》だ。貴族の邸宅《ていたく》にしては質素な庭園が広がっている。だが、ここに来るまで森や畑を見てきたせいだろうか。詫《わ》び・寂《さ》びのようなものを感じさせる。庭園の奥《おく》で箱馬車が止まる。窓を見ると、フェイが馬から下りる所だった。箱馬車に駆《か》け寄り、扉を開ける。

「師匠《ししょう》！　手合わせ！　手合わせで――ぎゃッ！」

フェイが短い悲鳴を上げた。養父がチョップしたのだ。

「どうして、殴《なぐ》るのでありますか？」

「殴ったんじゃねぇ。チョップだ」

フェイが両手で頭を押さえて言うと、養父はムッとしたように返した。

「どうして、チョップするのでありますか？」

「お前は上司なんだろ？　だったら、指示くらい出せ」

「この隊の指揮官はクロノ様、副官はレイラ殿であります。私はタイガ殿と同格の第三席次であります。だから、手合わせをして欲しいであります！」

フェイが胸を張って言うと、養父は深々と溜息《ためいき》を吐き、クロノに視線を向けた。

「命令してやれ」

「フェイ、馬を厩舎《きゅうしゃ》に繋《つな》いで、馬車を庭の隅《すみ》に寄せて」

「分かったであります」

クロードに促《うなが》されて命令すると、フェイは神妙《しんみょう》な面持《おもも》ちで頷《うなず》き――。

「サッブさ～ん！　馬を厩舎に繋いで、馬車を庭の隅に寄せて欲しいでありますッ！」

「へい、姐《あね》さん！」

声を張り上げた。すると、サッブが駆け寄ってきた。フェイの馬――黒王の手綱《たづな》を掴むと手慣れた様子で厩舎に連れて行く。

「アルバ、グラブ、ゲイナー！　馬を厩舎に繋ぐぞッ！」

「「「うっす！」」」

サッブの言葉にアルバ、グラブ、ゲイナーの三人が応《こた》える。

「丸投げしやがった」

「サッブさんに任せた方が捗《はかど》るのであります。さあ、手合わせを！」

「分かった。ただし、条件がある」

「どんな条件でありますか？」

養父が溜息交じりに言い、フェイは可愛らしく小首を傾げた。いい予感はしないが、条件を呑むか呑まないかを決めるのはクロノではない。お口にチャックだ。

「一段落してからでいい。マイラの教育を受けろ」

「嫌《いや》であります！」

フェイが即答《そくとう》し、養父は顔を顰《しか》めた。

「なんで、嫌なんだ？」

「破廉恥《はれんち》な教育はノーサンキューであります！」

「……破廉恥な教育」

「――ッ！」

いつの間にやって来たのか。レイラがぼそっと呟《つぶや》き、フェイがハッと振《ふ》り返る。

「破廉恥な教育とはどういう意味でしょうか？」

「な、なな、何でもないでありますよ」

レイラが低く押し殺したような声で言うと、フェイは上擦った声で答えた。微妙《びみょう》に顔を背《そむ》けている。空気を読んだのではなく、危機察知能力が働いたのだろう。もっと早く働けばよかったのだが、残念ながら手遅《ておく》れだ。

「で、どうするんだ？」

「それは……」

養父が尋ねると、フェイは口籠《くちご》もった。万事休《ばんじきゅう》す、もはや打つ手なしだ。だが、まだ諦《あきら》めていないのだろう。忙《せわ》しく目を動かしている。起死回生の一手を思い付いたのか、ハッとしたように養父を見る。

「私は騎士《きし》としてクロノ様に仕える所存なので結構であります！」

「だとよ。お前はどう思う？」

フェイが声を張り上げると、養父がこちらを見た。

「ここで僕《ぼく》に振るの？」

「お前以外の誰に振れってんだよ」

「そうだけど……」

クロノはごにょごにょと呟いた。

「で、どう思う?」

「そうだね」

クロノは腕《うで》を組んだ。マイラの教育とはメイド修業のことだろう。本人が望むならともかく望んでいないのだ。そんなパワハラめいたことをする訳にはいかない。

やはり、ここは部下を守るべきだ。フェイに視線を向け、小さく頷く。意図が伝わったらしく彼女は胸を撫《な》で下ろした。

「メイド修業、素晴らしいと思います」

「意味深な視線を向けておいてそれはないであります!」

「ごめん。本音が漏《も》れた」

ごほん、とクロノは咳払《せきばら》いをした。よし、仕切り直しだ。

「もちろん、僕はフェイの気持ちを尊重したいと思ってる」

「そうでありますね。私の気持ちが大事でありますね」

「でも、一番大事なのは僕の気持ちだと思うんだ。僕はフェイのメイド姿が見たい。あのミニスカメイド服を着て、恥《は》じらっている姿を見たいんだ」

「本音がだだ漏れであります！　本音ではなく建前を優先して欲《ほ》しいでありますッ！」

「ごめん、僕は弱い人間なんだ。呪《のろ》うなら人の弱さを呪って欲しい。だから、頑張《がんば》って」

「無慈悲《むじひ》であります！」

フェイは大声で叫び、がっくりと肩《かた》を落とした。メイド修業をするという運命を受け入れたのか、これ以上ないくらい深々と溜息を吐く。そして――。

「師匠！　手合わせでありますッ！」

声を張り上げた。恐ろしく気持ちの切り替《か》えが早い。

「分かった分かった。あとで相手をしてやるからあそこの石に座《すわ》ってろ」

「約束でありますよ！」

フェイは庭の片隅《かたすみ》にある石に向かって走り出した。養父が深い溜息を吐いて箱馬車から降り、クロノと女将《おかみ》も後に続く。

「三年ぶりの我《わ》が家《や》はどうだ？」

「どうって言われても……」

クロノはクロフォード邸を見上げた。クロフォード邸は自然石で作られた三階建ての建物だ。建物の両サイドが迫《せ》り出すような構造をしている。

視線を巡《めぐ》らせると、粗末《そまつ》な小屋が目に留まった。旧クロフォード邸——養父達が南辺境に来たばかりの頃に建てた小屋だ。

「久しぶりって感じ」

「そりゃそうだ」

がははッ、と養父は笑った。その時、玄関《げんかん》の扉《とびら》が開いた。扉を開けたのはマイラだ。何故か、驚《おどろ》いたように目を見開く。何に驚いているのだろう。振り返ろうとすると——。

「おい、前を向いてろ」

養父に頭を掴まれて前を向かせられた。すると、目の前にマイラがいた。わずかな時間しか目を離していなかったのだが、いつの間に移動したのだろう。無音殺人術《サイレント・キリング》の名は伊達《だて》じゃないということか。

「教官殿《どの》、お久し——」

レイラが駆け寄ろうとする。だが、マイラは手で制した。

「気持ちは嬉《うれ》しいですが、私はメイドとして坊《ぼっ》ちゃまを遇《ぐう》さねばなりません」

「——ッ！　申し訳ございません」

レイラが道を譲《ゆず》る。マイラは満足そうに頷き、恭《うやうや》しく頭を垂れた。

「お帰りなさいませ。南辺境にいらっしゃると聞き、一日千秋の思いでお待ちしておりました。まずはお風呂《ふろ》になさいますか？　お食事になさいますか？　それとも――」

「俺《おれ》には何もねぇのかよ」

養父に言葉を遮《さえぎ》られ、マイラはムッとしたような表情を浮《う》かべた。

「旦那様《だんなさま》、よくお戻《もど》りになられました。なかなか戻っていらっしゃらないので、追っ手を差し向けようと思っていた所です」

「追っ手⁉」

「失礼いたしました。遣《つか》いを出そうと思っていた、の間違いです」

クロノが思わず叫ぶと、マイラは訂正《ていせい》した。

「さっさと執務室《しつむしつ》に戻って仕事をして下さい」

「大した仕事じゃねぇだろ。明日に回したって――」

「お言葉ですが、今日できることを明日に延ばすべきではありません」

「明日できることを今日やってどうすんだよ」

養父とマイラは無言で睨み合った。どちらも折れそうにない。このまま睨み合うつもりかと思ったが、折れたのは養父だった。降参と言わんばかりに手を上げる。

「分かった分かった。執務室に戻って――」

「師匠！　約束を破るつもりでありますか⁉」

　フェイが大声で叫び、駆け寄ってきた。

「フェイ様、旦那様には仕事が――」

「約束は約束であります！」

　マイラが説得しようとするが、フェイは聞く耳を持たなかった。長年の経験から説得は不可能と考えたのだろう。マイラは仕方がないと言うように溜息を吐いた。

「ま、そういう訳だ。俺はこいつに稽古《けいこ》を付けてやらなきゃいけねぇ」

「そういう訳であります」

　養父が手を頭の上に乗せると、フェイは勝ち誇ったように胸を張った。

「そういうことでしたら仕方がありません」

「その代わりに今回の件が一段落したらメイド修業をする約束をした」

「師匠⁉」

　フェイがぎょっと養父を見る。養父はニヤリと笑った。

「約束は約束だろ？」

「ぐッ……」

　フェイは口惜《くや》しげに呻き、ハッとしたような顔をした。

「私はメイド修業をすると約束していないであります！　だから、無効でありますッ！」

「そう来やがったか」

フェイが約束の無効を主張し、養父は顔を顰めた。今になってそんなことを言い出すなんて、深々と溜息を吐いたのは何だったのか。だが、それを指摘《してき》しても彼女は自身の主張を押し通そうとするに違いない。

養父を見る。さて、どうしたものかという顔をしている。何だか押し切られそうな雰囲気《ふんい》気《き》がある。養父にはメイドに対する執着《しゅうちゃく》が足りないのだ。マズい。フェイを説得しなければメイド修業の話が流れてしまう。使命感に突《つ》き動かされて口を開く。

「でも、騎士として仕えるためには礼儀《れいぎ》作法も必要だと思うよ」

「私は武で仕えたいのであります！」

お為《ため》ごかしを口にするが、フェイは断固とした口調で言った。手強《てごわ》い。ならば——。

「気持ちは分かるけどさ。救国の英雄《えいゆう》に稽古を付けてもらって何もしないのは……」

「それを言われると弱いであります」

今度こそ運命を受け入れたのか、フェイはがっくりと肩を落とした。

「お手柔《てやわ》らかにお願いするであります」

「ご安心下さい。足腰《あしこし》が立たないようにして差し上げます」

「全然、安心できないであります！」

フェイが両手で顔を覆《おお》い、マイラはクロノに視線を向けた。

「坊ちゃま、部下の方々はどうされますか？」

「屋敷《やしき》で寝泊《ねと》まりしてもらおうと思ってるんだけど……」

「承知いたしました。家具を移動させたいので手を貸して頂きたく」

「分かった」

クロノは振り返り――。

「タイガ！　寝床《ねどこ》を確保するのに人手がいるから来てッ！」

「承知でござる！」

名前を呼ぶと、タイガが駆け寄ってきた。五人の獣人も一緒《いっしょ》だ。その内の一人がぺこりと頭を下げる。神聖アルゴ王国で一緒に戦った黒豹《くろひょう》の獣人――エッジだ。

「できれば料理も手伝って頂きたく」

「料理ならあたしが手伝うよ」

「よろしくお願いいたします」

女将が名乗りを上げ、マイラは恭しく頭を垂れた。

※

夜——このベッドで寝るのも三年ぶりか、とクロノは天井《てんじょう》を見上げた。この世界にやって来て一年余りを南辺境で、二年を帝都《ていと》で過ごした。

帝都にいた頃はいずれ軍を退役《たいえき》して平凡《へいぼん》な領主として過ごすことになるだろうと考えていたものだが、それが帝国《ていこく》を変えようとしている。もちろん、後悔《こうかい》はない。死んでいった部下に、付き従ってくれる部下に報《むく》いる。それが自分のやりたいことだ。まあ、それはそれとして人生はままならないというのが正直な感想だったりする。

そんなことを考えながら横を向き、ぼんやりと自分の部屋を眺《なが》める。最低限の家具が設置された部屋だ。これは自分の部屋に限った話ではない。元々、クロフォード邸は調度品が少ない。家具も装飾《そうしょく》の少ない実用本位のものばかりだ。自分達のためにではなく、領民のために税を使う。それが養母の願いだったからだ。今も養父は養母の願いを叶《かな》え続けている。これもまた愛の形なのだろう。再び天井を見上げる。

「女将、遅《おそ》いな〜」

クロノが呟いたその時、トントンという音が響《ひび》いた。扉を叩《たた》く音だ。女将だろうか。ベッドから下りて扉に向かう。そっと扉を開く。すると——。

「とっとと開けとくれよ」

扉が開ききるより速く女将が滑《すべ》り込んできた。後ろ手に扉を閉め、ホッと息を吐く。クロノはしげしげと女将を見つめた。セクシーなネグリジェ姿に口元が綻《ほころ》んでしまう。すると、女将はぶるりと身を震わせ、睨《ね》め付けるような視線を向けてきた。

「なに、笑ってるんだい?」

「セクシーなネグリジェだなって思って」

「これは……」

女将は身を捩《よじ》った。恥ずかしいのだろう。顔が真っ赤だ。初々《ういうい》しい反応に満足感を覚える。恥じらう女性は素晴らしい。

「初めて見るデザインだね」

「持ってきたネグリジェを洗濯《せんたく》されちまったから仕方がなくだよ、仕方がなく。ったく、こんな格好で他所様の家を歩くなんて生きた心地《ここち》がしなかったよ」

女将はぶつくさと文句を言った。

「皆《みんな》の様子はどうだった?」

「たらふく飯を食って、ぐーすかよく寝てるよ」

「よかった」

クロノはホッと息を吐いた。馬車を使ったとはいえ一ヶ月の長旅だ。疲労《ひろう》が溜《た》まっているのは間違いない。ゆっくり休んで英気を養って欲しい。

「それで、あたしはいつまで突っ立ってりゃいいんだい？」

「ごめんごめん。じゃ、ベッドに……」

「あ、あ〜、よければ胸でしてやろうか？」

クロノが肩に手を回すと、女将はおずおずと切り出した。

「いいの⁉」

「いい笑顔《えがお》だねぇ」

女将は苦虫を嚙《か》み潰《つぶ》したような顔をした。自分から言い出したのにあまり乗り気ではなさそうだ。もしや、と思う。考えすぎのような気もしたが、クロノは女将から手を放してベッドにダイブした。そのまま転がって仰向《あおむ》けになる。

「何をしてんだい？」

「胸でしてもらうのは二回目以降ということで……。まずは約束を！」

「そうきたかい」

女将はベッドに歩み寄り、腰《こし》を下ろした。深々と溜息を吐くが、動こうとしない。クロノは体を起こし、そっと肩に触《ふ》れた。女将がびくっと体を震わせる。

「もしかして、胸で終わらせようと思ってなかった？」

「そんなこたないよ、そんなこた」

「本当かな～」

そっぽを向く女将を背後から抱《だ》き締めて胸に触れる。抵抗はない。相変わらず見事な胸だ。柔《やわ》らかく、それでいて重量感がある。やっぱり胸でしてもらえばよかったかなと思いながら円を描《えが》くように手を動かす。

ふと違和感を覚える。反応が薄《うす》いのだ。自分本位に動きすぎただろうか。一抹《いちまつ》の不安を覚えながら様子を窺《うかが》い、内心胸を撫で下ろした。ほんのりと肌《はだ》を上気させ、必死になって声を噛み殺していると分かったからだ。その必死な姿に悪戯心《いたずらごころ》を刺激《しげき》される。胸を揉《も》むのを止め、撫でるようにある場所を目指す。

「何をしてるん――んッ！」

胸の頂きを摘《つ》まみ上げると、女将は声を漏らした。何処《どこ》か鼻にかかったような声だ。

「あれ？　女将、もしかして――」

「そんな訳ないだろ。ちょっとびっくりしただけだよ」

女将は言葉を待たずに否定する。もちろん、クロノは信じない。こんな色っぽい姿を曝《さら》しておいて信じられる訳がない。だが、その嘘に乗る。

「そうだよね。ちょっとびっくりしただけだよね」

「そ、そうだよ。き、決まってるじゃないか」

「だったらもっとやってもいいよね？」

「か、構やしないよ。す、好きなだけやりゃいいじゃないか」

「じゃあ、遠慮《えんりょ》なく」

クロノはニヤリと笑い、胸の頂きを攻《せ》め立てた。女将は声を上げまいと指を噛む。その仕草にますます悪戯心を刺激されてしまう。片手をそっと下半身に伸《の》ばす。すると、女将がクロノの手首を掴《つか》んだ。だが、その力は弱々しい。

「どうかしたの？」

「そこは……」

「そこは何？」

「な、何でもないよ！」

クロノが意地悪く問い返すと、女将はわずかに声を荒《あら》らげた。許可を頂いたので遠慮なく下半身に手を伸ばす。じっとりとした感触《かんしょく》が伝わってくる。

「女将、下着が……」

「あ、暑いからだよ！」

「そういえばちょっと暑いね」

「アンタ、分かって——んんッ！」

捻り上げると、女将はびくっと体を震《ふる》わせた。当然、分かってやっている。だが、女将が嘘を吐かなければこんなことにはならなかったのだ。だから、攻める、攻める、攻め立てる。だが、女将はこの期《ご》に及《およ》んでまだ声を上げまいとしている。もう指先から濡《ぬ》れた感触が伝わって来ているというのに。

女将がわずかに体を強《こわ》ばらせ、クロノは手を止めた。女将が責めるような視線を向けてくる。あとちょっとだったのに。そんな気持ちが伝わってくるようだ。普段《ふだん》であれば喜んで期待に応えるのだが、今日は駄目《だめ》だ。クロノはズボンとパンツを脱《ぬ》ぎ、仰向けにベッドに横たわった。女将の視線を感じる。

「上になってくれる約束だったよね？」

「………分かったよ」

色々と葛藤《かっとう》があったのだろう。女将はかなり間を置いて頷いた。ベッドに上がり、そのままクロノに跨《また》がろうとする。だが——。

「待った」

「まだ何かあるのかい？」

クロノが制止すると、女将は訝しげな視線を向けてきた。

「立った状態で跨がって、それからゆっくりと腰を下ろして下さい」

「そんな真似《まね》──」

「ティリアにできることは女将にもできるんでしょ？」

「ぐッ、分かったよ！　や、やってやろうじゃないかッ！」

　女将は立ち上がり、クロノを跨いだ。特等席だ。ここからだと実によく見える。見られていることに気付いたのだろう。脚《あし》を閉じようとするが、クロノを跨いでいるのだ。脚を閉じることはできない。精々、内股《うちまた》止まりだ。意を決したように膝《ひざ》を屈め──。

「ショーツは脱がないの？」

「──ッ！」

　クロノが声を掛けると、女将は動きを止めた。唇《くちびる》を噛み締め、指でショーツの紐《ひも》を摘まむ。紐を引くと、はらりとショーツが落ちた。

「これで文句はないね？」

「文句なんて言ってないけどな～」

「よく言うよ」

　ふん、と女将は鼻を鳴らし、ゆっくりと膝を屈めた。女将が近づいてくる。もう少しという所で見えなくなる。女将が膝を閉じたのだ。

「膝を閉じちゃ駄目だよ」

「わ、分かってるよ！」

女将は声を荒らげた。だが、それは怒《いか》りからだけではない。羞恥心《しゅうちしん》と興奮のためだ。下から見ているのでよく分かる。だが、いつまで経《た》っても開こうとしない。仕方がなく膝に触れる。それほど力を込めていない。にもかかわらず開いていく。

「これ以上は堪忍《かんにん》しとくれよ」

「顔を隠《かく》すのも禁止」

クロノは体を起こし、手首を掴んだ。振り解《ほど》こうとするが、力は弱々しい。膝の件もそうだが、本気で抵抗をするつもりがないのだ。では、どうして素直《すなお》に従わないのかといえば抵抗したという事実が欲しいのだ。

「ほら、ゆっくりと腰を下ろして」

「ああ、もう……」

堪忍して、と女将は蚊《か》の鳴くような声で言いながら腰を下ろした。

第二章『自警団』

朝――カン、カンという音が聞こえる。槌《つち》を打つ音ではない。軽く、乾《かわ》いた音だ。何の音だろうとクロノは内心首を傾《かし》げ、それが木剣《ぼっけん》を打ち合わせる音だと気付いた。養父がフェイに剣術《けんじゅつ》の稽古を付けているのだろう。

もっと寝たいんだけどな、と寝返《ねがえ》りを打つ。すると、何か、いや、誰《だれ》かに触れた。いや、誰かなんて考えるまでもない。女将だ。手を伸ばすと、柔らかいものに触れた。おっぱいだ。おっぱいの感触だ。だが、違和感《いわかん》がある。記憶《きおく》にあるおっぱいより小振《こぶ》りだったのだ。一体、これはどういうことか。それはそれとして揉む。

「坊ちゃま、お止め下さい」

目を開けると、マイラが横にいた。というか添《そ》い寝《ね》をしていた。手を止める。

「マイラ、どうして添い寝してるの？」

「ですが、坊ちゃまが求められるのでしたら応じるのも吝《やぶさ》かではございません。ああ、女であることを優先してしまう弱い私をお許し下さい」

マイラはクロノの質問を無視して言った。質問に答えて欲しい。

「どうして、添い寝をしてるの？」

「さあ、今こそ内なる獣《けもの》を解き放つ時です。このマイラ、貪《むさぼ》られる覚悟《かくご》はできています」

「どうして——」

「坊ちゃまを起こすのはメイドたる私の役割ではないかと」

「……そうですか」

三度目の質問でようやく答えてくれた。起こすのはともかく、添い寝はメイドの役割ではないような気がするが、それはさておき——。

「皆は？」

「部下の皆様という意味でしたらすでに朝食を終え、周辺の見回りに行っております。もちろん、私も、旦那様もすでに朝食を終えております」

うッ、とクロノは呻《うめ》いた。どうやら寝坊《ねぼう》してしまったようだ。おずおずと口を開く。

「女将は？」

「女将？　ああ、シェーラ様のことですね。シェーラ様でしたら朝早く屋敷を出立されました。もちろん、湯浴《ゆあ》みを終えた後で……」

坊ちゃま、とマイラが囁《ささや》く。

「昨夜はお楽しみだったようですね」

「はい、久しぶりだったので楽しませて頂きました」

「シェーラ様に昨夜のことを聞きました所――」

「なんで、そんなことを聞くの？」

「閨《ねや》での出来事を把握《はあく》しておくのもメイドの仕事ではないかと」

「違《ちが》うと思う」

「ご理解頂けなくても無理はありません。坊ちゃまはメイドではございませんので」

マイラは仕方がないと言わんばかりの口調で言った。

「シェーラ様より閨での出来事を伺《うかが》い、坊ちゃまの雄《おす》としての成長に感服、もとい、はっちゃけすぎではないかと危惧《きぐ》の念を抱きました」

「感服って言った」

「聞き違えでは？」

「感服って言ったよ」

「聞き違えでは？」

「……聞き違えました」

クロノは前言を撤回《てっかい》した。何度指摘してもとぼけられるだけだ。それならば聞き違えて

しまったことにした方がいいと思ったのだ。

「ご理解頂けて恐縮《きょうしゅく》です。私が見た所、シェーラ様は経験が浅いようです」

「それは僕も分かってるよ」

「恐《おそ》れながら、経験の浅い相手にはっちゃけられるのは好ましいことではありません」

「うん、まあ、そうかも……」

クロノは口籠もった。マイラの言葉には一理ある。自分でもちょっと調子に乗りすぎたかなと反省することがしばしばあるのだ。

「さて、ここで提案ですが、愛人として私を囲うつもりはございませんか？　私はそれなりに経験を積んでおりますので、坊ちゃまのはっちゃけぶりに対応できます」

「はっちゃけぶりに対応できるってことは……。奴隷《どれい》みたいに首輪を付けて、鞭《むち》で叩いたり、胸を力一杯揉《ちからいっぱいも》んだり、お尻《しり》の××に××して、●●を△△してもOKってこと？」

「ええ、それくらいならば許容範囲《はんい》です。お尻を××するだけではなく、□□□して頂いても構いませんし、所有物として◇◇に××して頂いても構いませんが？」

マイラはこともなげに言った。

「『構いませんが』と言われても……」

「合意の上ですので。坊ちゃまが望むのであれば穴として使って頂いても構いません」

「え、無理……」

「そう仰《おっしゃ》らずに」

どん引きして胸から手を放そうとするとマイラに掴まれた。驚くほど握力《あくりょく》が強い。万力で締め上げられているみたいだ。振り解けない。

「私の何が不満なのでしょうか？」

「尻に敷《し》かれるよりもひどいことになりそうな所」

「それは坊ちゃまの考えすぎではないかと」

振り解くことはできなくても、せめて距離《きょり》を取りたい。そう考えて体を動かすが、できなかった。マイラが覆い被《かぶ》さってきたのだ。クロノを見つめ、艶然《えんぜん》と微笑《ほほえ》む。蛇《へび》を彷彿《ほうふつ》とさせる微笑みだった。

「私は尽《つ》くす女です」

「何処かで聞いたような台詞《せりふ》」

「どなたが仰ったか存じませんが、気が合いそうですね」

マイラはくすくすと笑い、クロノの胸に頭を乗せた。手を放して指を這《は》わせる。

「逞《たくま》しくなられましたね」

「そりゃ、この世界に来た頃《ころ》に比べれば」

「ふふ、楽しみです」

何が楽しみなのか気になるが、口にはしない。嫌な予感しかしない。べろり、とマイラはクロノの胸を舐《な》め、体を起こした。

「湯浴みの準備が整っておりますので、まずはそちらに」

「分かった」

クロノは溜息を吐《つ》き、体を起こした。

※

「ごちそうさまでした」

「お粗末様《そまつさま》でした」

クロノが手を合わせて言うと、マイラは空になった皿を重ね始めた。イスから立ち上がり、剣帯《けんたい》を付け、さらにマントを羽織る。これで準備完了《かんりょう》だ。マイラは手を止め――。

「坊ちゃま、お気を付けて」

「今日は挨拶《あいさつ》だから……」

大丈夫《だいじょうぶ》だよ、と言いかけて口を噤《つぐ》む。マイラの言葉に違和感を覚えたのだ。

「何かあったの？」

「クロフォード男爵領《だんしやくりょう》では何も……」

「他の領地は？」

「近頃《ちかごろ》、家畜《かちく》が騒《さわ》がしいという情報が入っております」

「蛮族《ばんぞく》のせい？」

「ガウル様が偵察《ていさつ》を始めてからですので、その可能性は高いかと」

うーん、とクロノは唸《うな》った。正直、この三つがどう結びつくのか分からない。だが、南辺境は帝国有数の穀倉地帯だ。畑や穀物庫に火を付けられたら穀物相場に影響《えいきょう》が出る。軽《かろ》んじることはできない。

「分かった。気を付けるよ」

「行ってらっしゃいませ」

「行ってきます」

マイラが深々と頭を垂れ、クロノは挨拶を返して歩き出した。食堂を出て、やや殺風景な長い廊下《ろうか》を抜《ぬ》け、玄関の扉を開けて外に出る。すると――。

「またしても敗れたりであります！」

そんなことを言いながらフェイが飛んできた。地面に叩き付けられるが、すぐに立ち上がる。フェイが飛んできた方を見ると、養父が立っていた。

「もう一勝負であります！」

「朝っぱらから何回勝負したと思ってやがる。終了《しゅうりょう》だ、終了」

フェイが木剣を構えるが、養父はもう勝負するつもりがないようだ。

木剣を肩に担《かつ》いで近づいてくる。

「そんなこと言わずにもう一勝負お願いするであります！」

「ほれ、馬鹿《ばか》息子《むすこ》が起きたぞ。仕事しろ、仕事」

養父は立ち止まり、クロノの頭を掴んだ。

「フェイ、ガウル殿に挨拶に行くから準備して」

「了解《りよ～か～い》であります」

よほど稽古が楽しかったのだろう。フェイはやる気がなさそうに言った。仕事で来ていることを忘れないで欲しいが、仕方がないと考えている自分がいる。フェイは天才だ。彼女《かのじょ》に匹敵《ひってき》する強者は部下の中にいない。才能を持て余しているのだ。自身と同じかそれ以上の強者に出会えれば仕事そっちのけになるのも無理からぬことだ。

「あからさまにやる気のない返事をしてるんじゃねぇよ。こういう時にこそ、やる気をアピールして覚えをよくしておくもんだろうが」

「了解《りょうかい》であります！　サップさ～ん！　駐屯地《ちゅうとんち》に行く準備をするであります！」

養父が呆《あき》れたように言うと、フェイはやる気を取り戻して厩舎《きゅうしゃ》に駆《か》けていった。

「父さん、お疲《つか》れ様《さま》」

「ったく、マジで疲れたぜ」

本当に疲れたのだろう。養父は溜息《ためいき》交じりに言った。

「フェイはどう？」

「初めて稽古を付けてやった時は馬鹿なりに頭を使えってアドバイスしたが、もう馬鹿のままでいいんじゃねぇかって思い始めてる所だ」

「ご迷惑《めいわく》をお掛《か》けしました」

「まあ、俺も好きでやってるからな」

養父はぼりぼりと頭を掻《か》いた。

「そういえば家畜の件で聞きたいことがあるんだけど……」

「そいつは……」

そう言って、養父は肩越《かたご》しに背後を見た。レイラとタイガが部下を率いて門を潜《くぐ》り、こちらに近づいてくる。見回りを終えて戻ってきたようだ。

「晩飯の時に話してやるよ」

「分かった」

クロノは頷《うなず》いた。養父が時間を改めてというのならそれが必要なのだろう。そんな風に考えているると、レイラとタイガが駆け寄ってきた。

「クロノ様、おはようございます！」

「おはようでござる！」

クロノの前で立ち止まって敬礼した。返礼して手を下ろすと、二人もそれに倣《なら》う。

「二人とも、おはよう。寝坊してごめんね」

「……いえ」

謝罪すると、レイラはやや間を置いて答えた。ちょっと気まずい。

「これからガウル殿に挨拶に行こうと思う。メンバーは……」

クロノは口籠《くちご》もり、厩舎を見た。そこではフェイ、アルバ、グラブ、ゲイナーの四人が馬に鞍《くら》を付けていた。サップは箱馬車の準備をしている。ふと養父が箱馬車を調べたがっていたことを思い出した。

「サップ！　ごめん！　幌《ほろ》馬車で行く！　あと幌は外してッ！」

「分かりやした！」

クロノが叫《さけ》ぶと、サップは作業を中断して叫び返してきた。

「なんだ、箱馬車を使わねぇのか？」

「箱馬車を調べたいって言ってたからさ」

「急いでた訳じゃねぇんだが……。だが、ありがとよ」

養父は頭を掻き、照れ臭《くさ》そうに言った。クロノは改めて連れて行くメンバーを考える。

「護衛としてフェイ、アルバ、グラブ、ゲイナー、御者《ぎょしゃ》としてサッブ——五人はもう決まってるからあとは最低限でいいかな」

「少人数だと舐められそうでござる」

「挨拶に行くだけだから十分だよ」

タイガが心配そうに言い、クロノは苦笑《くしょう》した。理由はよく分からないが、クロノはガウルに嫌《きら》われている。下手に刺激したくない。蛮族の件もある。駐屯地よりもクロフォード男爵領に人手を割《さ》きたかった。レイラが口を開く。表情は真剣《しんけん》そのものだ。

「連れて行くメンバーは？」

「レイラは決まりだね」

「承知いたしました。必ずやクロノ様をお守りします」

「期待してるよ」

「はッ！　命に替《か》えましてもッ！」

レイラは背筋を伸ばして言った。

「となると、拙者《せっしゃ》は留守番でござるな」

「何かあったら父さん――じゃなかった。クロフォード男爵の意向を聞いて」

「承知でござる。拙者達《たち》は土地勘《とちかん》がない上、余所者《よそもの》でござるからな」

「そういうこと」

タイガの言葉にクロノは頷いた。どれくらい南辺境に滞在《たいざい》することになるか分からないが、領主――養父を立てておけば反感を買うことはないだろう。

「他に誰を連れて行きますか？」

「エッ……ん？」

エッジと言いかけ、口を噤む。視界の隅《すみ》で誰かが動いたのだ。スノウだ。旧クロフォード邸《てぃ》の近くでしゃがみ込んでいる。

「ちょっと待ってて。ああ、父さんは屋敷に戻ってて」

「そうさせてもらうぜ」

クロノは養父が屋敷に入るのを見届け、スノウのもとに向かった。彼女はしゃがみ込んだまま動かない。旧クロフォード邸の壁《かべ》をじっと見つめている。

「何か面白《おもしろ》いものでもあった？」

「──ッ！」

声を掛けると、スノウは横に跳《と》んだ。小柄《こがら》な体格に見合わない見事な跳躍《ちょうやく》だ。着地すると同時にこちらに向き直り、ホッと息を吐く。

「なんだ、クロノ様か」

「なんだじゃありません！」

「──ッ！」

いつの間にか背後に立っていたレイラが叱《しか》るような口調で言い、スノウは首を竦《すく》めた。

「いいですか？　クロノ様はお優《やさ》しい方ですが、その優しさに甘《あま》えてはいけません。私達《たち》はクロノ様の部下であって友達ではありません。部下として節度ある態度を心掛《こころが》けなければならないのです。分かりましたね？」

「は～い、でも……」

レイラが説教するが、スノウは不満そうだ。

「スノウ！」

「──ッ！」

レイラがまなじりを吊《つ》り上げ、スノウが再び首を竦める。昔なじみということもあってか、レイラはスノウに対して少し厳しいようだ。いや、昔なじみだからこそか。だが、あまり厳しく叱るのも可哀想《かわいそう》だ。二人の間に割って入る。

「まあまあ、落ち着いて。スノウも悪気があってやった訳じゃないんだし」

「……クロノ様がそう仰るのなら」

レイラが引いてくれたので、クロノは内心胸を撫《な》で下ろした。

「スノウ、何を見てたの？」

「えっと、それ」

クロノが尋《たず》ねると、スノウは壁、いや、正確には壁に立て掛けられた物を指差した。

半ば蔦《つた》に覆われたそれは――。

「ああ、自転車ね」

「ジテンシャ？」

「懐《なつ》かしいな」

スノウが不思議そうに首を傾げ、クロノは自転車を覆う蔦を引き千切った。この世界に一緒に転移してきたものだ。雨ざらしにしていたので、フレームに錆《さび》が浮《う》いている。

「何をするものなの？」

「ああ、これは……」

クロノは自転車を壁から離《はな》し、ロックを外した。ハンドルを掴んでスタンドを上げ、サドルに跨がる。身長が伸びたせいだろう。サドルの位置が低い。だが、降りて高さを調整するのも面倒臭《めんどうくさ》い。ペダルに足を掛けて踏《ふ》み込むと、自転車が動き出した。久しぶりに乗ったせいでふらついてしまったが、数メートル進むと安定した。

「なんと面妖《めんよう》な……」

「ありゃ何だ？」

「なんで、あれで倒《たお》れないんだ？」

タイガが呆然《ぼうぜん》と呟《つぶや》き、部下がどよめく。当然か。クロノはこの世界に来てから自転車を見たことがない。大多数の人間にとって自転車は未知の乗り物なのだ。

庭園を一周してレイラ達のもとに戻《もど》る。すると、レイラは驚《おどろ》いたように目を見開き、スノウは好奇心《こうきしん》からか目を輝《かがや》かせていた。

「まあ、こんな感じ」

「すごい！　すごーいッ！　ボクも乗れるかな？」

「練習すればね」

「貸して貸して！」

「スノウ！」

スノウが身を乗り出し、レイラが窘《たしな》める。クロノは自転車を元の場所に戻し——。

「ただでは貸せないよ。スノウはレイラの命令に逆らってるからね」

「そんな～」

スノウが情けない声を上げ、クロノは苦笑した。

「罰《ばつ》として僕《ぼく》の護衛をすること。そしたら、自転車を貸してあげる」

「分かった！　ボク、頑張《がんば》るッ！」

「それと……」

「ええ～、まだあるの？」

条件を追加しようとすると、スノウは不満そうに言った。

「レイラ――上司の指示にはちゃんと従うこと。いいね？」

「うん、分かった！　嘘吐《うそつ》いちゃ嫌《いや》だよ！」

「……スノウ」

レイラはこめかみを押《お》さえ、小さく溜息を吐いた。それからクロノに視線を向ける。スノウか、自転車の件で言いたいことがあるのだろう。その時――。

「クロノ様！　馬車の準備ができやしたッ！」

サッブが叫んだ。

※

昼——クロノ達を乗せた馬車は街道《かいどう》を南へ、南へと進んでいく。街道沿いには荒《あ》れ地《ち》が広がっている。畑がないせいだろう。街道は曲がりくねり、整備もされていない。この馬車も足回りが強化されているのだが、振動《しんどう》が伝わってくる。お尻が痛い。

皆は大丈夫なのかな？　とクロノは視線を巡《めぐ》らせた。サッブは御者席で手綱《たづな》を握《にぎ》り、スノウは荷台の後部に座《すわ》っている。レイラ、フェイ、アルバ、グラブ、ゲイナーの五人は距離を取って周囲を警戒中《けいかいちゅう》だ。全員、お尻が痛そうには見えない。

スノウが肩越しにこちらを見る。

「ねぇねぇ、クロノ様？」

「何だい？」

「どうして、クロノ様は馬に乗らないの？」

ぐッ、とクロノは呻いた。無邪気《むじゃき》な質問だ。それ故《ゆえ》に心を抉《えぐ》る。何を思ったのか、スノウは立ち上がるとクロノの隣《となり》に移動した。腰を下ろし、顔を覗《のぞ》き込んでくる。可愛《かわい》らしいが、何処となく色香《いろか》を感じさせる。軍服の胸元《むなもと》に少し余裕《よゆう》があるのもいけない。もし、自覚的にやっているのならばとんだ小悪魔《こあくま》だ。

「もしかして、乗れないの？」

「いや、乗れるよ。乗れますよ、馬」

　クロノは顔を背《そむ》けながら答えた。ちょっと上擦《うわず》った声が出てしまった。

「ホントに〜？」

「本当だよ。戦うのは無理だけど……」

「お母さんはすぐに乗れるようになったよ」

「ぐッ……。僕も努力はしたんだよ」

　クロノは再び呻き、ごにょごにょと呟いた。スノウの言う通り、レイラは二週間で馬に乗って戦えるようになった。血の滲《にじ》むような訓練をしていたことは知っているが、あれは天才の所行ではないかなと思う。

「クロノ様にもできないことがあるんだ」

　えへへ、とスノウは胸の前で手を組んだ。可愛らしい仕草だ。

「嬉《うれ》しそうだね。何かあったの？」

「う〜ん、ボクね。弓が下手なんだ」

「へ〜、そうなんだ」

「でね、お母さん――じゃなくて、レイラさん？　に相談したの」

「何て言ってた？」

「練習しろって。それで、練習してるって言ったんだけど、練習が足りないって。ひどいよね。練習してもなかなか上達しないから相談したのに」

スノウは拗《す》ねたように唇を尖《とが》らせた。

「でも、短剣《たんけん》はすぐに使えるようになったんだ。新兵訓練所に入るまで殆《ほとん》ど使ったことがないのにおかしいよね。これってボクがハーフエルフだからかな？」

「う〜ん、どうだろう？」

クロノは首を傾げた。エルフは弓の得意な者が多い。それを考えると種族的な傾向《けいこう》があるような気がするが、断言はできない。

「ボクはもっと短剣の練習をした方がいいと思うんだけど、クロノ様はどう思う？」

「……難しい問題だね」

クロノは腕《うで》を組んだ。多分、スノウは弓の練習が嫌になっているのだろう。弓の練習を止める後押《あとお》しをして欲《ほ》しいのだ。ふと元の世界にいる母のことを思い出す。黒野《くろの》久光《ひさみつ》はスポーツや武道に打ち込んだ経験がなかった。

元々、運動が苦手だったし、運動が苦手ならば勉強で見返してやれという母の言葉を真に受けた結果でもある。母が間違《まちが》っていたとは思わない。現代日本においては最も正解に近い考え方だったのではないかと思う。

でも、もう少し運動しておけばよかったかな、と空を見上げる。この世界に来た時、黒野久光はぽっちゃりしていた。肥満ではない。ぽっちゃりだ。今でもぽっちゃりだったと信じている。だが、マイラの辞書にはぽっちゃりという言葉は存在しなかった。

マイラは黒野久光に訓練を課した。自死を選びたくなるほど過酷《かこく》な訓練だった。その果てに黒野久光はあるものを手に入れた。今にしてみればそれが軍学校で落ちこぼれても頑張れた一因になっていたような気もする。それを考えると安易に短剣を優先した方がいいとは言えない。クロノはスノウを見つめ、口を開いた。

「努力は続けた方がいいと思うよ」

「クロノ様も同じことを言うんだ」

スノウは膝を抱《かか》え、沈《しず》んだ声で言った。

「努力は技量を上げるためだけのものじゃないと思う」

「じゃあ、何のためにするの？」

「自信を手に入れるためだよ。自分は逃《に》げずに苦手なことと向き合ったんだって自信」

クロノはマイラの訓練や軍学校での日々を思い出しながら言った。そういうことの積み重ねが自己肯定感《こうていかん》に繋《つな》がり、人生を豊かにしてくれると思うのだが、スノウはきょとんとした顔をしている。難しすぎただろうか。ごほん、と咳払《せきばら》いをする。

「それに、接近戦に対応できる弓兵って格好《かっこ》いいじゃない」

「格好いい？」

「うん、格好いい」

スノウが鸚鵡《おうむ》返しに呟き、クロノは頷いた。エルフやハーフエルフは種族的に華奢《きゃしゃ》な体格の者が多い。そのため近接戦闘《せんとう》に持ち込まれると押し切られてしまう。実際、神聖アルゴ王国ではそれで大勢の部下が殺されている。

「そっか、ボクって格好いいんだ。えへへ、嬉しいな」

「もっと頑張って格好よくならないとね」

「うん、ボク頑張る」

そう言って、スノウは笑った。無邪気な笑《え》みだ。こんな子どもを戦わせなければいけないことに罪悪感を覚える。クロノが荷台に背を預けると、スノウが擦《す》り寄ってきた。

「どうしたの？」

「うん、クロノ様に相談してよかったなって」

「力になれてよかったよ」

クロノはきょろきょろと周囲を見回した。レイラに見られたらと気が気ではなかったのだ。幸い、彼女は近くにいないようだ。ホッと息を吐いた次の瞬間《しゅんかん》、ごほんという音が響《ひび》いた。咳払いをする音だ。振《ふ》り返ると、馬に乗ったレイラが馬車と併走《へいそう》していた。

「……クロノ様」

「な、何でしょう？」

クロノはレイラに向き直って正座した。ぴりぴりとした空気を纏《まと》っている。もしかして嫉妬《しっと》しているのだろうか。いや、そんなはずない。レイラはスノウと仲がいい。そこまで考えて思い直す。仲がいいからこそ嫉妬することがあるのではないかと。

スノウに視線を向けるが、きょとんとした顔をしている。駄目だ。状況《じょうきょう》を分かっていない。援護《えんご》は望めそうにない。どうすれば、と自問したその時——。

「盗賊《とうぞく》らしき一団が駐屯地の前にいます」

レイラが前方を指差して言った。クロノは立ち上がり、御者席に駆け寄った。やや遅《おく》れてスノウが付いてくる。手をひさし代わりにし、目を細める。だが、盗賊らしき一団どころか駐屯地さえ見えない。

「むぅ、馬に乗った盗賊でありますね」

隣を見ると、いつの間にかフェイが馬車と併走していた。

「よく見えるね？」

「神威術《しんいじゅつ》・活性《かっせい》を目に掛けたので――ぎゃぁぁぁッ！　目が、目がぁぁぁッ！」

フェイは勝ち誇《ほこ》ったように胸を張り、突然《とつぜん》、絶叫《ぜっきょう》した。どうやら視力を強化した状態で太陽を直視してしまったらしい。レイラが前に出る。

「何人くらい？」

「五十人ほどですが、武装しているのは十人ほどです。武装といっても――」

「身に着けているのは革鎧《かわよろい》で、武器は手製の槍《やり》であります！」

フェイがレイラの言葉を遮《さえぎ》って言った。大事にはならなかったようだ。ふむ、とクロノは腕を組んだ。駐屯地には千人もの兵士が詰《つ》めている。たった五十人で襲《おそ》うなんて正気とは思えない。しかも、武装はお粗末《そまつ》ときている。ということは――。

「どうしやす？　今なら引き返せやすぜ？」

「いや、このまま行こう」

「「――ッ！」」

クロノの言葉にレイラ、フェイ、サッブの三人は息を呑《の》んだ。

「つまり、皆殺《みなごろ》しということでありますね！」

「違うよ」

フェイが自信満々で言い、クロノは小さく溜息を吐いた。

「たった五十人、いや、武装しているのは十人だから実質十人か。たった十人で駐屯地を襲うなんてありえない。つまり――」

「攻撃《こうげき》されない確信があるということですね」

「そういうこと。だから、近隣《きんりん》領地の自警団の可能性が高いと思うんだ」

レイラの言葉にクロノは頷いた。フェイはしょぼんとしている。

「近隣領地ってぇと、地理的にクロフォード男爵領か、エクロン男爵領になりやすね」

「多分、エクロン男爵領の自警団だろうね」

クロノはクロフォード邸を出た後のことを思い出しながら言った。村人は警戒こそしていたが、敵意を抱《いだ》いているようには見えなかった。となればあとは消去法だ。

「クロノ様、すご～い！」

「そんなことはないよ」

スノウが感心したように言い、クロノは頬《ほお》を掻いた。誰でも知っている知識をひけらかしてしまったかのような居心地《いごこち》の悪さを感じる。

「でも、今のはあくまで予想だからね。危ないと判断したら――」

「皆殺しでありますね！」

「逃げるんだよ」

「逃げるのでありますか。そうでありますか」

フェイはしょんぼりと呟いた。

「合い言葉は『命、大事に』。いいね？」

クロノの言葉にレイラ、フェイ、スノウ、サップの四人が頷く。それからしばらくして駐屯地が見えてきた。いや、正確には駐屯地を囲む柵《さく》か。柵は丸太を地面に打ち込んで作られていた。高さは五メートルを優に超《こ》え、その周辺は更地《さらち》になっている。恐らく、練兵場として利用しているのだろう。地面は踏み固《かた》められ、草が疎《まば》らに生えている。自警団と思《おぼ》しき連中は――。

「ヒャッハーーーッ！」

「びびってんのか！　いつまでも引きこもってないで出てこいやッ！」

「爺《じい》ちゃんから教わった俺《おれ》のナイフ捌《さば》きを見せてやるぜぇぇッ！」

「見ろ！　この俺の手綱《たづな》捌きッ！」

馬に乗って門の前を行ったり来たりしながら帝国《ていこく》軍を挑発《ちょうはつ》していた。ちなみに駐屯地の門は開け放たれている。ついでに門番もいない。入ろうと思えば入れるはずだが――。

「クロノ様、自警団ってああいうものなの？」

「……人を見かけで判断しちゃいけません」

スノウが小首を傾《かし》げで言い、クロノは間を置いて答えた。非常に気まずい。その時、馬車が揺《ゆ》れた。サッブがスピードを落としたのだ。それに合わせるようにレイラ達がスピードを落とす。馬車が駐屯地から離れた所に止まる。

こちらに気付いたのだろう。自警団と思しき連中は馬を止め、視線を向けてきた。クロノが馬車から飛び降りると――。

「なんだ、てめーらは？」

「帝国軍のヤツだぜ！」

「俺らとやる気か？　受けて立つぜ！」

「おうおう、スカしてんじゃねーぞ！」

「クロノ様、下がって！」

何人かが威嚇《いかく》するように言い、スノウがクロノを庇《かば》うように前に出た。短剣を鞘《さや》から抜き、逆手に構える。自警団と思しき連中が失笑《しっしょう》する。

「このお子様、俺達《たち》とやる気だぜぇッ！」

「俺達も舐められたもんだ」

「今から詫《わ》びを入れるなら許してやってもいいぜ！」

「生意気なお子様を躾《しつ》けてやろうぜ」

自警団と思しき連中がそんなことを言い、三人の男が馬から下りた。一人は剣を腰《こし》から下げ、もう一人は槍を背負い、最後の一人は二本の短剣を腰に差している。

三人はクロノ達に歩み寄り、足を止めた。

「俺の名はソウ！　エクロン男爵領一の剣士《けんし》！」

「我《わ》が名はジャック。エクロン男爵領一の槍使い」

「俺の名はジョニー！　エクロン男爵領一の短剣使い！」

三人は名乗りを上げ――。

「「我らエクロン男爵領四天王ッ！」」

「――我らエクロン男爵領四天王ッ！」

武器を構えてポージングを決めた。だが、練習が足りなかったのか、ジョニーだけ遅れた。ソウとジャックが責めるような視線を向け、ジョニーは肩を窄《すぼ》めた。

「「臆《おく》さぬなら掛かってこい！」」

「……四天王という割に三人しかいないでありますね」

三人が声を張り上げ、フェイがぽつりと呟いた。自警団と思しき連中がどよめく。

「何故《なぜ》でありますか？」

「いや、それは……。もう一人いたんだけど、引退しちまって」

そこ突っ込んじゃうんだと思ったが、ソウは口籠もりながらも答えた。

「アイツ、恋人《こいびと》ができてから付き合い悪くなったよな」

「付き合いだけじゃなくて態度もだよ」

「確かに……。いつまでも馬鹿なことやってられないとか言ってたもんな」

「そこまで言わなくてもいいのにな」

「ああ、俺達だって真面目《まじめ》に頑張ってるのによ」

自警団と思しき連中がぼやく。彼《かれ》らにも事情があるようだ。微妙《びみょう》な空気になり、ソウとジャックがハッとしたような表情を浮かべた。

「ジョニー！　格の違《ちが》いを見せてやれッ！」」

「ヘッ、ちょっくら揉《も》んでやるか」

ジョニーは短剣を鞘に収めるとさらに距離を詰めてきた。クロノはしげしげとジョニーを眺《なが》めた。髪型《かみがた》はリーゼントに近い。革製《かわせい》のチョッキを身に着け、剥《む》き出しの腕は日に焼けている。五メートルほどの距離まで近づき、再び短剣を抜く。

「俺の名はジョニー！　エクロン男爵領一の短剣使いだッ！」

ジョニーは再び名乗りを上げ、短剣を構えた。足を開き、腰を突《つ》き出すような構えだ。隙《すき》だらけだ。それにしても名前がジョニー。

「掛かって来いや！」

「――ッ！」

ジョニーが叫び、スノウの体がわずかに沈む。いけない。クロノはジョニーが首を掻き切られる姿を幻視し、咄嗟《とっさ》にスノウの肩《かた》を掴《つか》んだ。彼女は動きを止め、肩越しに視線を向けてきた。不満そうに唇《くちびる》を尖らせている。

「なんで、止めるの？」

「僕が戦うから」

「でも……」

「スノウに人を殺して欲しくないんだ」

「ボクは兵士だよ。兵士は敵を殺すものでしょ？　それに、相手は武器を持ってるし、中《ちゅう》途《と》半端《はんぱ》にやったら仕返しに来るよ？」

スノウの言葉は正しい。兵士は敵を殺すものだし、報復されないようにするには殺すしかない。さらにいえばクロノは指揮官――敵を殺せと部下に命じる立場だ。そんな自分が人を殺して欲しくないと言っても偽善《ぎぜん》でしかない。そもそも、大勢の人間を死に追いやった自分にそんな台詞を吐く資格はない。だが――。

「それでも、スノウが人を殺す所を見たくないんだ」

「変なの。でも、クロノ様に従うね」

スノウが短剣を鞘に収め、クロノはホッと息を吐いた。レイラが心配そうにこちらを見る。心配いらない、と軽く手を上げ、スノウの前に出る。

「なんだ、そっちのガキが相手じゃないのかよ。まあ、俺は誰《だれ》でも構わねーけど」

「悪いんだけど、そこを通してくれないかな？」

「ヘッ、ここを通りたければ俺を倒していきな！」

やっぱり、無駄《むだ》だったか、とクロノは溜息を吐き、改めてジョニーを見た。彼は先程《さきほど》と同じようにして立ち、ジャグリングをするように短剣を投げている。クロノは短剣を見つめ、ゆっくりと視線を逸《そ》らす。

「あ⁉」

「あん？」

声を上げると、ジョニーはクロノが見ている方向に視線を向けた。だが、そこには何もない。当然だ。視線を誘導《ゆうどう》するために見ていたのだから。短剣が地面に突き刺《さ》さる。クロノは地面を蹴《け》り、一気に距離《きょり》を詰めた。拳《こぶし》を振り上げる。

「ひぃッ！」

「ごめんね」

ジョニーが悲鳴を上げ、顔を庇うように両腕《りょううで》を交差させた。残念ながら狙《ねら》いは顔ではない。謝罪して蹴りを繰《く》り出す。爪先《つまさき》がジョニーの股間《こかん》に突き刺さり——。

時が止まった。

そんな錯覚《さっかく》を抱かせるほどの沈黙《ちんもく》が一瞬《いっしゅん》にして周囲を支配した。クロノが足を引いてもジョニーは動こうとしない。じわじわと脂汗《あぶらあせ》が滲み——。

「——ッ！」

ジョニーは声もなく頽《くずお》れた。両手で股間を押さえ、びくびくと痙攣《けいれん》している。

「ジョ、ジョニーー！」

「ち、畜生《ちくしょう》！　よくもジョニーを！」

「股間を蹴り上げるなんて……」

「な、何てことをしやがるんだ！」

「鬼《おに》だ！　こいつは鬼だッ！」

ソウとジャックがジョニーに駆け寄ると、他のメンバーも馬から下りて駆け寄った。なんだかんだ仲はいいようだ。クロノはジョニーの仇《かたき》みたいな展開を想像したのだが、誰も襲い掛かってこない。臆病《おくびょう》なのか、本当にジョニーがエクロン男爵《だんしゃく》領一の短剣使いで彼を倒したクロノを警戒しているのか判断に迷う所だ。

「通らせてもらうよ？」

「この先ではカナン姐《ねえ》さんとロバートさんがナシを付けてるんだ。通す訳にゃいかねぇ」

「……そう」

ソウがこちらを睨《にら》み付けて言うが、クロノは構わずに足を踏み出した。自警団と思しき連中がどよめく。さらに足を踏み出す。すると、ソウとジャックはジョニーを抱えて道を空けた。戦意はないようだ。

「レイラ、フェイ、スノウは付いて来て。サッブ、アルバ、グラブ、ゲイナーはここで待機して馬と馬車を守って」

「連中が攻撃を仕《し》掛《か》けて来たら、どうすりゃいいんで？」

「できるだけ殺さないように」

「分かりやした」

クロノの言葉にサッブは歯を剥き出して笑った。少しだけ心配だが、サッブはケインの部下だ。ちゃんと空気を読んで骨の一本や二本で済ませてくれるはずだ。クロノが歩き出すと、レイラとフェイは馬から下りて、スノウはそのまま後を付いて来た。

自警団と思しき連中の間を通り抜《ぬ》ける。門まで数メートルという所でレイラとフェイがクロノに追いつき、肩を並べて歩き出す。

「クロノ様、お見事です」

「あまり強くなかったからね」

クロノは苦笑しながらレイラに応じた。ジョニーは新兵よりも遙《はる》かに弱かった。

「あれなら殺せたでありますね」

「そんなに人を殺したいの？」

「一人を惨《むご》たらしく殺せば警告になるであります」

クロノが尋ねると、フェイは胸を張って言った。その理屈《りくつ》は分かるが――。

「フェイの言い分は分かるし、そうしなきゃいけないこともあるだろうけど、命を大事にしようよ。考えれば別の方法が見つかるかも知れないんだしさ」

「確かに殺さなくても済んだでありますね」

反論されるかと思ったが、フェイは素直《すなお》に頷いた。

「クロノ様は師匠《ししょう》の息子《むすこ》なのにお優しいでありますね。何故でありますか？」

「そりゃ僕と父さんは違う人間だし……。人が殺される所を見たくないというか、簡単に人を殺すって決断をすると命を軽く見ちゃいそうで怖《こわ》いんだよ」

「なるほどな～であります」

フェイは合点《がてん》がいったとばかりに相槌《あいづち》を打った。門を通り抜け、視線を巡らせる。柵の内側には兵舎が建ち並んでいた。全《すべ》て、木造の平屋だ。

レイラがぴくっと耳を動かし、ある建物を指差した。周囲にある建物と同じ木造の平屋だが、作りはしっかりとしている。あそこに指揮官――ガウルがいるのだろうか。

「あちらから声が聞こえます」

「……行ってみよう」

レイラが指差した建物に向かう。扉《とびら》の前まで行くと、声が聞こえてきた。大声で叫んでいるが、内容までは分からない。そっと扉を開け、隙間《すきま》から中を覗き込む。建物の中では二組の男女が机を挟《はさ》んで睨み合っていた。

一方はガウルとセシリーだった。ガウルは席に着き、セシリーは背後に控《ひか》えている。もう一方は見知らぬ男女だ。自警団と思しき連中の言葉が正しければ女がカナンで、男がロバートだろう。二人とも革鎧を身に着け、腰から剣《けん》を下げている。ロバートが背後に控えていることから立場はカナンの方が上だと分かる。何故、セシリーが南辺境にいるのか気になったが、それ以上に気になることがあった。

何処《どこ》かで見たような？　とクロノはカナンを見つめた。そこで彼女《かのじょ》が女将《おかみ》とよく似ていることに気付いた。もっとも、髪《かみ》は短く、胸も控えめだが――。

「アンタらのせいでうちの家畜《かちく》が盗《ぬす》まれたんだよ。どう落とし前を付けるつもりだい？」

「……」

カナンが身を乗り出してすごむが、ガウルは無言だ。無言で腕を組んでいる。抗議《こうぎ》に来たようだが、家畜が盗まれた責任を追及してもという気はする。

「黙《だま》ってないで何とか言ったらどうなんだい？　蛮族を退治してやるとかでかい口を叩《たた》いたくせに一匹《いっぴき》も捕まえられないどころか、あたしらに迷惑《めいわく》を掛《か》けてるんだよ!?」

「……」

やはり、ガウルは無言だ。だが、彼は気が短い。リオに転ばされただけで決闘沙汰《けっとうざた》になりかけたのだ。激昂《げきこう》してカナンに斬《き》りかかるのではないかと気が気でない。未遂《みすい》に終わったとしても南辺境と帝国の関係は悪化する。

「ったく、旧貴族ってのはいいご身分だね。何の成果も出してないってのにあたしらの土地に居座《いすわ》って、偉《えら》そうにイスにふんぞり返ってるんだから」

「……」

カナンはさらに文句を言うが、ガウルは無言だ。そこで、クロノはガウルがカナンではなく、ロバートを見ていることに気付いた。改めてロバートを見る。背は高く、細身ながら引き締《し》まった体付きをしている。軍に所属していた経験でもあるのか、唇を縦断するように古傷が走っている。

ようやく合点がいった。ガウルはロバートを警戒しているから無言なのだ。だが、いつカナンに意識が向くか分からない。どうしたものか、と腕を組んだその時――。

「黄土《おうど》にして豊穣《ほうじょう》を司《つかさど》る母神《ぼしん》よ！」

「危ないであります！」

ロバートが神に祈《いの》りを捧《ささ》げ、クロノは後ろに吹《ふ》っ飛んだ。フェイが首根っこを掴み、思いっきり引っ張ったのだ。石の礫《つぶて》――神威術で作ったものだ――が扉に当たる。大きな音が響くが、それだけだ。

「『クロノ様！』」

「危なかったであります」

レイラとスノウがクロノに駆《か》け寄り、フェイは手の甲《こう》で額を拭《ぬぐ》った。レイラとスノウの手を借り、立ち上がる。結構なダメージだ。よろよろとフェイに歩み寄る。

「クロノ様、ご無事で何よりであります」

「無事に見える？」

「軽傷であります」

「そうだね」

クロノは溜息《ためいき》を吐《つ》き、建物の中に入った。建物の中にいた四人の視線が集中する。仕方がない。やりたくないが、出たとこ勝負だ。

「カナン姉さん！」

クロノが叫《さけ》ぶと、カナンはきょとんとした顔をした。初対面なので当然だが、話を合わせて欲しかった。これでは話の進めようがない。内心途方《とほう》に暮れていると、ロバートが歩み寄って耳打ちをした。あ～、とカナンの瞳《ひとみ》に理解の色が浮かぶ。

「クロノだったね、クロフォード男爵の一人息子の」

「ご無沙汰《ぶさた》してます」

「久しぶりに会ったから誰だったか分からなかったよ」

カナンが話を合わせてくれたので、クロノは内心胸を撫で下ろした。ロバートが話を合わせるようにアドバイスしたのだろう。神威術で攻撃してきた時は驚いたが、扉を貫通《かんつう》しなかったことを考えると狙ってやったに違いない。

「その節はお世話になりました。本当はもっと話をしたいんですが、ここには仕事で来たんです。ガウル殿《どの》と話をしたいので今日の所は――」

「帰れってのかい？　あたしはここにエクロン男爵領の領主として来てるんだよ。外に自警団の連中もいる。どの面下げて引き下がれってんだい？」

「そこを何とか僕に免《めん》じて」

カナンが溜息交じりに言い、クロノは頭を下げた。ふぅという音が聞こえた。溜息を吐く音だ。顔を上げると、カナンは頭を掻《か》いた。

「仕方がないねぇ。可愛い弟分の頼《たの》みだ。今日の所は引いてやるよ」

「ありがとうございます」

クロノは再び頭を下げ、壁際《かべぎわ》に寄った。すると――。

「行くよ、ロバート！」

「へい、姐さん！」

カナンはロバートを伴《ともな》って建物から出て行った。しばらくして歓声《かんせい》が響く。自警団と思しき連中――いや、カナンが自警団と言っていたので自警団か――の声だ。彼女が危ない橋を渡《わた》っていたのも知らずに呑気《のんき》なものだ。さて、次はいよいよクロノの番だ。一歩踏み出すと、ガウルが口を開いた。

「……エラキス侯爵《こうしゃく》か、何の用だ？」

「軍務局からガウル殿をサポートするように言われたんです」

「サポートなど必要ない！　帰れッ！」

ガウルは声を荒《あら》らげた。だが、はいそうですかと帰る訳にはいかない。諸々《もろもろ》の手続きを経《へ》た今、タウルのお願いは正式な命令となっているのだ。何もせずに帰ったらクロノが罰せられてしまう。それに一ヶ月も掛けて南辺境にやって来たのだ。最終的に帰されるにせよ、実績を作っておきたい。仕方がない。どう転ぶか分からないが——。

「タウル殿からもお願いされています」

「何だと？」

タウルの件を口にすると、ガウルは訝《いぶか》しげな表情を浮《う》かべた。態度が軟化《なんか》したようには見えない。悪手だったか。後悔《こうかい》の念が湧《わ》き上がるが、もう遅《おそ》い。ポーチからタウルの手紙を取り出し、ガウルに歩み寄る。

「……これを」

「寄越《よこ》せ！」

ガウルは乱暴に手紙を奪《うば》い取った。手紙を開き、文章を目で追う。怒《いか》りからか、ガウルの顔がどす黒く染まった。ぐしゃりと手紙を握り潰《つぶ》して肩を震《ふる》わせる。

「ぐッ、何処まで俺を認めないつもりだ」

ガウルは口惜《くや》しげに呻《うめ》いた。ここに至ってクロノは事情を理解した。ガウルは父親に認めて欲しかったのだ。だから、南辺境に来た。にもかかわらず、タウルはクロノに協力を要請《ようせい》してしまった。これでは怒《おこ》るのも無理はない。

さらにガウルがクロノに敵愾心《てきがいしん》を抱いている理由も理解できた。自分が欲《ほっ》して止《や》まないものを赤の他人が享受《きょうじゅ》しているのだ。敵愾心を抱いて当然だ。それはそれとして親子の確《かく》執《しっ》に巻き込まないで欲しいとも思うが――。

「タウル殿に恩返しする意味でもサポートさせて欲しいんですが……」

ギリッという音が響く。ガウルが歯軋《はぎし》りをする音だ。歯軋りをするのみならず睨み付けてくる。どうして、お前が……。そんな思いが伝わってくるようだ。

「どうでしょうか？」

「……」

問い掛けるが、ガウルは無言だ。仕方なく、質問を繰り返す。

「どうでしょう？」

ドンッという音が響いた。ガウルが机を叩いたのだ。思わず首を竦《すく》めてしまったが、机を叩かれたくらいで引き下がる訳にはいかない。

「どうでしょう？」

「勝手にしろッ！」

三度目の質問を口にすると、ガウルは立ち上がった。出口に向かって歩き出す。

床《ゆか》を踏《ふ》み抜かんばかりの荒々《あらあら》しい足取りだ。

「どちらに？」

「蛮族の襲撃《しゅうげき》に備えて寝《ね》る！」

クロノの質問にガウルは立ち止まり、苛立《いらだ》ったように言った。再び荒々しい足取りで歩き出す。様子を窺《うかが》っていたレイラ、フェイ、スノウの三人が壁《かべ》の陰に身を隠《かく》す。

これからどうしよう、とクロノは途方に暮れてセシリーに視線を向けた。すると、彼女はスンスンと鼻を鳴らした。唐突《とうとつ》に口を開く。

「……馬糞《ばふん》の臭《にお》いがしなくて？」

「馬糞？」

クロノは天井《てんじょう》を見上げ、スンスンと鼻を鳴らした。言われてみれば馬糞の臭いがするような気がする。だが、ここは駐屯地《ちゅうとんち》だ。厩舎《きゅうしゃ》だってある。それを考えれば気にするほどではないと思うのだが——。

「誰が馬糞臭《くさ》いでありますか！」

「あ〜ら、誰かと思えば馬糞女《まぐそおんな》ではありませんの」

フェイが建物に飛び込んで叫ぶと、セシリーは嫌《いや》みったらしい口調で言った。

「しばらく見ないと思ったらエラキス侯爵領にいらしたのね。それで、エラキス侯爵領でも厩舎の掃除《そうじ》をしてらっしゃいますの？」

「馬と鎧《よろい》を頂き、騎兵《きへい》として働いているであります！」

「そんなに見栄《みえ》を張らなくてもよろしいんですのよ？」

フェイがムッとしたように言い返すと、セシリーは哀《あわ》れんでいるかのような視線を向けた。実際は馬鹿《ばか》にしているのだろう。その時、スノウが壁の陰《かげ》から飛び出した。

「フェイは立派に騎兵として働いてるよ！」

「止めなさい！」

スノウが叫び、レイラが止めさせようと肩を掴む。セシリーは虫でも見るような目で二人を見つめ、剣を抜いた。

「あら？　虫の羽音が聞こえますわ」

「ボクは虫じゃない！」

「鬱陶《うっとう》しい虫ですわね」

セシリーが足を踏み出し、フェイが行く手を遮るように立ち塞《ふさ》がった。

「馬糞女が何の用ですの？」

「スノウ殿は私の友達であります。これ以上は私が相手になるであります」

「やる気ですの？」

「それはセシリー殿《どの》次第《しだい》であります」

フェイが腰を落として剣の柄《つか》に触《ふ》れる。彼女の戦意を示すように闇《やみ》が立ち上り、セシリーは跳《と》び退《すさ》った。できればこのまま引いて欲しい。

だが、セシリーは剣を構えた。表情は真剣《しんけん》そのものだ。当然か。自分が殺されそうな状況では真剣にならざるを得ない。空気が張り詰め——。

「ストップ！」

クロノは声を張り上げ、二人の間に割って入った。二人が止まってくれるか分からないので命懸《いのちが》けだ。フェイが剣の柄から手を放し、セシリーも剣を鞘に収めた。内心胸を撫《な》で下ろす。引いてくれなかったらどうしようかと思っていた所だ。

「セシリー、僕《ぼく》の部下を無駄に挑発するのは止めてくれない？」

「わたくしは事実を述べただけですわ！」

「……セシリー」

クロノが溜息交じりに呟《つぶや》くと、セシリーはびくっと体を震わせた。

「蹴りくらいなら許してあげてもいいけどね。一線を越《こ》えた人間を許してあげられるほど僕は寛大《かんだい》じゃないよ？」

「脅《おど》すつもりですの？」

「そういうつもりじゃないけど、君が望むのならあの時の捕虜《ほりょ》以上に惨たらしい目に遭《あ》わせてやってもいい」

足を踏み出す。すると、セシリーは後退《あとずさ》り、足がもつれたのだろう。尻餅《しりもち》をついた。

きゃッ、と可愛《かわい》らしい悲鳴を上げる。

「大丈夫《だいじょうぶ》？」

「――ッ！」

声を掛けると、セシリーはキッと睨み付けてきた。

「出てお行きなさい！」

「……分かった。三人とも行くよ」

セシリーがヒステリックに叫び、クロノは踵《きびす》を返して歩き出した。建物を出て、門に向かう。駐屯地の兵士が視線を向けてくるが、敵意はないようだ。不意に手が柔《やわ》らかな感触《かんしょく》に包まれる。視線を傾《かたむ》けると、スノウがクロノの手を握《にぎ》っていた。はにかむような笑みを浮かべてこちらを見上げる。ちなみに彼女の隣《となり》にはフェイがいた。

「えへへ、格好よかったよ」

「セシリー殿にビシッと言って下さって感謝感激であります」

「うん、まあ、どうも」

何と言っていいか分からず曖昧《あいまい》に答える。すると、反対側から溜息が聞こえた。反対側に視線を向けると、レイラがいた。

「クロノ様、もう危険な真似《まね》はなさらないで下さい」

「……はい」

クロノは素直に頷《うなず》いた。頷くしかない。小さく溜息を吐き、空を見上げる。明日以降のことを考えると気が重い。戦いには参加させてもらえないだろうし、それ以外の方法でサポートするしかない。そんなことを考えていると——。

「クロノ様！」

レイラが鋭《するど》く叫び、クロノを庇うように前に出た。わずかに遅れて門の陰から人が飛び出す。自称《じしょう》・エクロン男爵領一の短剣《たんけん》使い——ジョニーだ。何を考えているのか。ジョニーはいきなり地面に両手・両膝《りょうひざ》を突いた。土下座だ。嫌な予感がする。

「何の真似？」

「兄貴！　俺を舎弟《しゃてい》にして下さいッ！」

クロノが訝しんで言うと、ジョニーは声を張り上げた。

「舎弟って……」

「俺を一撃《いちげき》で倒《たお》すなんてただ者とは思えないッス！」

ただ者だよ、と言い返しそうになったが、ぐっと堪《こら》える。さて、どうしたものか、と視線を巡《めぐ》らせる。サッブ達はニヤニヤ笑っている。援護は期待できそうにない。フェイに視線を向けると、彼女は力強く頷いた。いい予感はしないが、今以上に拗《こじ》れることはないはずだ。頷き返すと、フェイが歩み出た。

「見る目があるでありますね！　この方こそ、三十一年前の内乱でラマル五世陛下率いる国軍を勝利に導いたクロード・クロフォード男爵と皇后陛下の護衛騎士《きし》エルア・フロンド殿の第一子クロノ・クロフォード様であります！」

「え、ちょっと、フェイ？」

呼びかけるが、フェイはさらに続けた。

「帝国暦《ていこくれき》四三〇年五月エラキス侯爵領に攻め込んできた神聖アルゴ王国軍一万を十分の一の兵力で撃破《げきは》し、近隣諸国に名を轟《とどろ》かせるイグニス・フォマルハウト将軍の右腕《みぎうで》を切断！　さらに先の親征《せ》においては押《お》し寄せる神聖アルゴ王国軍を千切っては投げ、千切っては投げ！　さらにさらに味方のミスによって窮地《きゅうち》に陥《おちい》ったアルフォート殿下《でんか》を命懸けで守ったのであります！　帝国の大英雄《だいえいゆう》でありますッ！」

「そんな大英雄だなんて知らなかったッス！　一生付いて行くッス！」

ははー、とジョニーは頭を地面に擦《こす》り付けた。なんだ、なんだという声が響《ひび》く。駐屯地の兵士が集まってきたのだ。マズい。これ以上ないくらい拗れた。

「……頭を上げて」

「舎弟にするって言ってくれるまで上げないッス」

くッ、とクロノは呻いた。このまま放置したいが、余計に話が拗れそうな気がする。

「分かった。舎弟にするから頭を上げて」

「本当ッスか⁉」

「……本当だよ」

ジョニーが顔を上げて言い、クロノは深々と溜息を吐いた。

※

夕方――クロノは馬車の荷台から畑を眺めた。夕陽が麦畑を染めている。何処か気怠《けだる》げな光景だ。それは夕陽が終わりを表象するからだろう。風が吹き、麦の穂《ほ》が揺れる。その音は潮騒《しおさい》に似て、胸が締め付けられるような痛みをもたらす。
痛みの正体は郷愁《きょうしゅう》だ。この世界と元の世界は似ても似つかない。そもそも、元の世界で見《み》渡《わた》す限り広がる麦畑なんて見たことがない。それでも、元の世界を思ってしまう。きっと、自分にとっての原風景がこれなのだろう。

未練だな、とクロノは苦笑《くしょう》した。この世界で生きると決めた。クロノとして生きることに納得《なっとく》もしている。もう二度と家族に会うことはない。元の世界で漠然《ばくぜん》と思い描いていた未来に辿《たど》り着くこともない。その機会は永遠に等しく失われたのだ。

それでも、未練を断《た》ち切ることができない。それは元の世界が自身の心を形作っているからだろう。心を分かつことはできない。つまり、そういうことだ。そんなことを考えていると、対面にいたジョニーが声を掛けてきた。

「兄貴、どうかしたんスか？」

「いや、ちょっと――」

「小便を我慢《がまん》してるんスか？　それとも大ッスか？」

「台無しだよ」

クロノは深々と溜息を吐いた。カナンが駐屯地に率いてきたくらいだ。領主と自警団はかなり近しい関係にあるはずだ。にもかかわらずこの発言だ。

「そんなんでよく自警団が務まるね」

「兄貴、あんまりッス。これでも真面目に働いてるんスよ」

ジョニーはムッとしたように言ったが、自警団の活動費用はエクロン男爵家が負担しているのだ。そんな当たり前のことを言われてもという気はする。自警団の活動に興味があるのか、荷台の後部に座《すわ》っていたスノウが振《ふ》り返る。

「普段《ふだん》はどんなことしてるの？」

「柵の破損箇所《かしょ》を直したり、逃《に》げた家畜を捕《つか》まえたり、喧嘩《けんか》を仲裁《ちゅうさい》したりッスね。熊《くま》や猪《いのしし》を退治することもあるッスよ」

「え⁉　熊と戦うの？」

「ああ、いや、熊と戦ったのはロバートさんッス。俺達は遠くから見てただけで……」

スノウが驚《おどろ》いたように言うと、ジョニーはごにょごにょと言った。

「なんだ、感心して損しちゃった」

「熊は獰猛《どうもう》なんスよ⁉」

「じゃあ、猪は？　何匹《なんびき》くらい退治したの？」

「そっちもロバートさんッス」

スノウが無邪気《むじゃき》に尋《たず》ね、やはりジョニーはごにょごにょと言った。

「危ないことは人任せなんだ」

「ぐッ、逃げた家畜を捕まえたり、喧嘩を仲裁したりするのも命懸けッス」

スノウがぼそっと呟き、ジョニーは口惜しげに呻いた。

「うーむ、ロバート殿はなかなかの手練《てだ》れでありますね」

「そりゃそうッス。ロバートさんは軍にいたんスから」

いつの間にか馬車と併走《へいそう》していたフェイが呟き、ジョニーは自慢《じまん》げに言った。

「なんで、ジョニーが自慢げなの？」

「うちの自警団の副団長なんだから当たり前じゃないッスか」

スノウが不思議そうに首を傾げ、ジョニーはムッとしたように言った。いきなり神威術をぶっ放してきたが、ロバートは身内から慕《した》われているようだ。

「どうして、そんなに強い人が自警団に？」

「ロバートさんは自分のことをあまり話してくれないんで分からないッス。けど、南辺境出身だったせいで出世できなかったたって噂《うわさ》ッス」

クロノの問いかけにジョニーは声のトーンを落として答えた。

「分かるであります。私も四年間厩舎の掃除をさせられたであります」

「ロバートさんだけじゃないんスね。やっぱり、帝国《ていこく》軍は腐《くさ》ってるッス！」

フェイの言葉にジョニーは拳を握り締めた。ただ、切実感はない。多分、本人が不利益を被《こうむ》った訳ではないからだろう。不意に視界が翳《かげ》り、周囲を見回す。木造の建物が建ち並んでいる。話している間に村に辿り着いたらしい。クロフォード邸《てい》まであと少しだ。

「やっぱり？　帝国軍に何かされたのでありますか？」

「柵《さく》を壊《こわ》されたり、野菜を盗まれたりしたッス」

「それは兵士個人の問題で、軍組織の問題ではないであります」

「兵士がやったことは帝国軍の責任に決まってるッス。姐さんはこういう現状を憂《うれ》いて自警団を立ち上げたんス。今日もビシッと帝国軍の指揮官に文句を言ってやったッス。流石《さすが》は姐さんッス。俺達《おれたち》にできないことをやってのける。そこに痺《しび》れる、憧《あこが》れるッス」

「なるほどな～であります」

フェイは感心したように相槌を打った。駐屯地の前で騒《さわ》いでただけのくせに、とクロノは心の中で突っ込みを入れた。すると――。

「駐屯地の前で騒いでただけなのに、なんで分かるの？」

「そ、それは姐さんがビシッと言ってやったって言ってたからッス」

スノウがクロノの心を代弁したかのように言い、ジョニーは口籠《くちご》もりながら答えた。

「ん～、でも、あまり喧嘩《けんか》腰《ごし》なのは止めた方がいいと思うな」

「兄貴がそんな弱腰《よわごし》でどうするんスか！」

クロノの忠告にジョニーは声を荒らげた。弱腰と言われても困る。クロノは帝国軍人だし、ここにはガウルをサポートするために来ているのだ。

「そろそろ、お屋敷《やしき》ですぜ」

スピードが落ち、馬車がクロフォード邸の門を通り抜ける。庭園ではタイガ達が組み手をしていた。長旅の疲れが影響《えいきょう》しているのか。普段に比べると穏《おだ》やかな組み手だ。馬車が庭園の片隅《かたすみ》に止まり、レイラがクロノに視線を向ける。

「私達は厩舎に馬を連れて行きます」

「連れて行くであります」

レイラが馬を進ませると、フェイ、アルバ、グラブ、ゲイナーがその後に続いた。ややあって、サッブが御者席《ぎょしゃせき》から降り、馬と馬車を繋《つな》ぐ固定具を外し始める。クロノが立ち上がると、スノウがおずおずと口を開いた。

「クロノ様、約束……」

「自転車を貸す約束は守るよ」

「よかった。じゃあ、ボクは訓練に参加するね」

スノウは満面の笑《え》みを浮かべ、馬車から飛び降りた。

「俺《おれ》はどうすればいいんスか？」

「訓練に交ざってきなよ」

「いいんスか？　アイツらを締めちゃって」

「できるものならね」

「挑発的《ちょうはつてき》な物言いッスね。分かったス。ここまで言われて逃げたんじゃ男が廃《すた》るッス。エクロン男爵領一の短剣使いジョニー様の実力を見せてやるッスよ」

ジョニーは馬車から飛び降り、タイガのもとに向かった。クロノは馬車から降り、荷台に寄り掛かる。馬がいななき、隣を見る。すると、サッブが手綱《たづな》を握って立っていた。

「なんで、あんなシャバゾウを参加させるんで?」

「実力差を思い知ってもらおうと思って」

「泣いちまいますぜ」

「泣くくらいで実力差を痛感できれば御《おん》の字《じ》だよ」

「違えねえ。ところで、俺に喧嘩を吹っ掛けてきたらどうすればいいんで?」

「適当に……。骨折や内臓破裂《はれつ》、重篤《じゅうとく》な後遺症《こういしょう》が残るような怪我《けが》はさせないように」

「お優《やさ》しいことで。じゃ、俺は馬を厩舎に連れて行きやす」

「よろしくね」

へい、とサッブは頷き、厩舎に向かった。さて、ジョニーは——タイガに向かって何かを叫んでいた。多分、口上を述べているのだろう。タイガが困惑《こんわく》しているかのような視線を向けてきたので、クロノは小さく頷いた。

タイガが腰《こし》を落として拳を構える。中国拳法《けんぽう》を連想させる構えだ。すると、ジョニーは跳び退った。距離を取って構える。足を開いて腰を突《つ》き出し、拳を握り締めたまま両腕を広げている。あれでどうやって攻撃《こうげき》するつもりなのだろう。内心首を傾《かし》げていると、タイガが動いた。距離を詰《つ》め、拳を突き出す。

ぼぐん、と拳がジョニーの顔面を捉《とら》えた。ガクガクとジョニーの足が震える。辛《かろ》うじて踏み止《とど》まり、手の甲で口元を拭う。口が動く。多分、なかなかやるじゃねーかとか、俺の本気はここからだみたいなことを言っているのだろう。

タイガが拳を繰り出す。いや、拳というより往復ビンタだ。左右から頬《ほお》を殴打《おうだ》され、とうとうジョニーが尻餅をつく。タイガは溜息を吐き、背中を向けた。

しばらくしてジョニーは立ち上がり、フェイのもとに向かった。大股《おおまた》開きのチンピラウォークで歩み寄り、口上を述べる。フェイが目を輝《かがや》かせてこちらを見る。嫌な予感がしたので、クロノはポーチから通信用マジックアイテムを取り出した。

「聞こえてますか？　どうぞ」

『……聞こえているであります。ジョニー殿が戦いを希望であります、どうぞ』

やや間を置いてフェイの声が通信用マジックアイテムから響く。

「手足が欠損したり、骨が折れたり砕《くだ》けたり、内臓が破裂したり、重篤な後遺症が残ったりするような怪我をさせずに戦ってあげて下さい」

『歯が折れるのは有りでありますか？』

「なしです。ただし、軽度の打撲《だぼく》と捻挫《ねんざ》、擦過傷《さつかしょう》は有りとします」

『なかなか注文が多いでありますね』

「相手は素人《しろうと》です。弟子《でし》のトニーに教える百倍くらい気を遣《つか》って下さい」

『了解《りょうかい》であります』

ガサゴソと音が響く。通信用マジックアイテムをポーチにしまっているのだろう。クロノも通信用マジックアイテムをポーチに収め、フェイ達に視線を向ける。フェイとジョニーは距離《きょり》を取って対峙《たいじ》していた。

フェイは半身で両腕を垂らし、ジョニーはあの珍妙《ちんみょう》な構えだ。先に動いたのはジョニーだった。構えを解き、殴《なぐ》りかかる。拳が空を切る。さらに拳を繰り出すが、フェイを捉えることはできなかった。五分と経たない内にジョニーはふらふらになっていた。全力で拳を振り回し続けたせいでスタミナが切れたのだ。

自棄《やけ》になったのだろう。ジョニーは拳を振り上げて突進《とっしん》した。拳を突き出すが、すでにフェイは懐《ふところ》に潜《もぐ》り込んでいる。胸倉《むなぐら》を掴《つか》んで投げる。ジョニーは物の見事に反転して足から地面に落ちた。勢い余ってさらに反転する。両手を地面に付いて止まる。それは奇《く》しく

も駐屯地の前で披露《ひろう》した土下座の姿勢だった。ジョニーがゆっくりと振り返る。すると、フェイは胸を張った。

ジョニーはよろよろと立ち上がり、レイラを指差した。ジョニーがタイガ、フェイと連戦したこともあってレイラはすぐに状況《じょうきょう》を察したようだ。距離を取って構える。ジョニーはタイガのように構えた。二連敗して流石に学習したらしい。

今回も先に動いたのはジョニーだ。足を踏み出して拳を突き出す。クロノは軽く目を見開いた。まだ初撃だが、戦いっぽくなっている。残念ながらジョニーの攻撃は通用しなかった。レイラはひらりと拳を躱《かわ》し、ジョニーの背後に回り込んだ。首に腕《うで》を回して絞《し》め上げる。見事なチョークスリーパーだ。

腕を引き剥《は》がそうとするが、叶《かな》わず足をばたつかせる。徐々《じょじょ》に抵抗《ていこう》が弱まり、レイラはチョークスリーパーを解いた。ドサッ、とジョニーが尻《しり》から地面に落下する。レイラは心配そうに見ていたが、しばらくしてジョニーは立ち上がった。ゆらりと幽鬼《ゆうき》のような足取りで近づいてくる。そして、クロノの前で立ち止まる。

「兄貴、相手が強すぎるッス」

「ジョニー、君が弱いんだよ」

「そ、そんなことないッス！　俺はエクロン男爵《だんしやく》領一の短剣使いッス！」

ジョニーはムキになったように言って、きょろきょろと周囲を見回した。突然《とつぜん》、動きを止める。視線の先にいるのはスノウだ。丁度、組み手が終わった所だ。そのせいで呼吸が乱れている。ジョニーはスノウに向かってダッシュした。

「俺はエクロン男爵領一の短剣使いジョニー！　勝負ッス！」

「え⁉　ええッ！」

ジョニーが叫び、スノウが驚いたような表情を浮かべる。だが、そこから先の動きは見事だった。まず足を踏み出した。これでジョニーは足を止めてしまった。次に懐に飛び込んで顎《あご》をかち上げる。それほど強い威力《いりょく》ではないが、それで十分だった。空を見上げている隙《すき》にスノウはズボンの裾《すそ》を掴んで頭突《ずつ》きをする。

ジョニーがもんどり打って地面に倒れる。スノウはすかさずマウントを取り、拳を振り下ろした。拳が顔面を捉える。ジョニーの四肢《しし》がぴんと伸《の》び、やがて力を失った。スノウはしまったと言うように口元を押さえ、駆け寄ってきた。

「ごめんなさい。思いっきり殴っちゃった」

「気にしなくていいよ。さあ、訓練の続きを」

「……分かりました」

スノウはちらちらとジョニーを見ながら仲間のもとに戻《もど》っていった。

「いや～、物の見事に負けやしたね」

そんなことを言いながらサップが厩舎から戻ってきた。予想通りの結果だったらしく軽い口調だ。その時、ジョニーが体を起こした。こちらを見て、立ち上がる。予感があったのか、サップが前に出る。

「兵士は駄目《だめ》ッス！　でも、御者のおっさんならッ！」

ジョニーはサップに向かって走った。すでに涙目《なみだめ》だ。

「うぉぉぉぉッ！　目覚めるッス！　俺の中の何かぁぁぁッ！」

「これだからシャバゾウは」

ジョニーが拳を突き出す。だが、拳は空を切った。サップが横に一歩踏み出して躱したのだ。そのまま手首を掴み、後ろ手に捻《ねじ》り上げる。

「あひぃぃぃぃッ！」

ジョニーが悲鳴を上げ、サップは手を放した。ジョニーは地面に両膝を突き、呆然《ぼうぜん》と自分の手を見下ろしている。ぽろぽろと涙がこぼれる。

「お、俺……御者のおっさんに、御者のおっさんにぃぃぃッ！」

ジョニーは土下座するように体を丸め、おいおいと泣いた。隣を見ると、サップはバツが悪そうに頬を掻いていた。サップには申し訳ないが、いいタイミングだ。クロノはジョニーに歩み寄ると跪《ひざまず》いた。

「……ジョニー」

「あ、兄貴。お、俺、エクロン男爵領一の、た、た、短剣使いなのに……」

名前を呼ぶと、ジョニーは顔を上げた。涙と鼻水でぐしゃぐしゃになっている。ほんの数時間の付き合いだが、彼《かれ》は思慮《しりょ》が浅いだけで悪いヤツではない。しかも、年下だ。そんな相手のプライドを粉砕《ふんさい》してしまったことに罪悪感を覚える。

だが、現実を教えてやらなければもっとひどい目に遭っていたはずだ。だから、仕方がないことだったのだ。そう自分に言い聞かせながら口を開く。

「ジョニー、君は、いや、君達は弱いんだ」

「そんな訳ないッス！　きょ、今日は体調が悪かったんス！」

「新兵の女の子どころか、御者のおっさんにも勝てなかったじゃないか」

「そ、それは……」

クロノが指摘《してき》すると、ジョニーは口籠もった。

「もう、帝国軍にちょっかいを出さない方がいい」

「俺達が弱いからッスか？」

「そこはあまり重要じゃないよ。万が一にでも帝国軍の兵士が怪我したり、死んだりしたら困るってだけ。エクロン男爵領だけじゃなく、南辺境全体の問題になるからね。君達が返り討《う》ちに遭うってパターンもあるだろうけど、その場合は特に問題にならないと思う」

「なんでッスか⁉」

「あれだけ挑発《ちょうはつ》を繰《く》り返しておいて帝国軍だけが悪いだなんて筋が通らないよ」

「そんな……」

ジョニーはショックを受けているようだった。

「最悪なのは帝国軍に死傷者が出て、君達も死ぬことだね。死者が出ると、人間は感情的になる。冷静さを失ったら後先考えなくなる」

クロノは論功行賞のことを思い出しながら言った。あの時、タウルが止めてくれなかったら感情のままに突っ走って破滅《はめつ》していただろう。

「今からジョニーに任務を与《あた》える」

「ど、どんな任務ッスか？」

ジョニーはおずおずと口を開いた。

「何事もなかったように戻って、自警団の連中が暴走しないようにするんだ。やり方は任せる。僕が言ったことをそれとなく伝えてもいいし、正規兵は強いって教えるだけでも構わない。カナン姉さんに泣きつくのもありだ」

「分かったッス！　俺にエクロン男爵領を守れってことッスね！　うぉおおッ！　男ジョニー、やってやるッス！」

ジョニーは勢いよく立ち上がり、雄叫《おたけ》びを上げた。やぁぁあってやるッス！　と叫びながらクロフォード邸から出て行った。ジョニーの奇行《きこう》が気になったのだろう。レイラが駆《か》け寄ってきた。

「クロノ様、ジョニー様は？」

「用事を言いつけたらその気になっちゃったみたいで……」

「大丈夫でしょうか？」

「何かあったら連絡《れんらく》くらいはしてくれる、はず」

「私も、その、信じたいですが……」

レイラが口籠もり、クロノは溜息を吐いた。タウルに恩を返すついでに実績を作ろうと思っていただけなのに予想以上に面倒臭《めんどうくさ》いことになっている。

※

訓練が終わり――。

「今日の訓練はここまでござる！　各々方《おのおのがた》、夕食までゆっくり休むでござるッ！」

「久しぶりの訓練のせいか疲《つか》れたな」

「ああ、普段の訓練に比べれば温《ぬる》いくらいなのにな」

「今日の飯は何かな？」

「たらふく食えるんだ。何でもいいさ」

「マイラさんの飯は美味《うま》いからな」

「師匠《ししょう》！　手合わせ！　手合わせでありますッ！」

タイガが声を張り上げると、部下達はそんなことを言いながらクロフォード邸に向かった。久しぶりの訓練ということもあって疲れた様子だが、フェイは元気一杯《いっぱい》だ。

「クロノ様！　自転車貸して、自転車！」

「こら、スノウ」

スノウが目を輝かせながら駆け寄ってきた。レイラがやや遅《おく》れて付いてくるが、自由時間ということもあってか声は弱々しい。スノウはクロノの前で立ち止まった。

「じゃ、行こうか」

「うん！」

クロノは優しく声を掛《か》けて旧クロフォード邸に向かった。自転車を壁から離《はな》し、サドルを一番低い位置に調整する。そして、スノウに向き直る。

「はい、まずはハンドルを握って」

うん！　とスノウは大きく頷き、ハンドルを握った。今朝、実演したことを覚えているのだろう。スタンドを蹴《け》り上げ、サドルに跨《また》がる。ペダルを踏むが、すぐにバランスを崩《くず》して足を付いてしまった。

「うッ、すぐ倒れちゃう」

「僕が荷台を掴んで支えるから——」

「クロノ様、私がやります」

レイラがクロノの言葉を遮《さえぎ》り、前に出る。

「結構、重いと思うよ？」

「鍛《きた》えてますから」

「どっちでもいいから早く支えてよ」

「分かった。任せるよ」

スノウが痺れを切らしたように言い、クロノは後ろに下がった。レイラが入れ替《か》わるように自転車の後ろに立ち、荷台を支える。スノウが肩越《かたご》しにレイラに視線を向ける。

「いい？」

「いつでもどうぞ」

レイラが答えると、スノウは正面を見据《みす》えてペダルを踏み込んだ。よたよたしながら自転車が前に進む。今にも倒れそうだが、レイラが支えることで何とかなっている。庭園の端《はし》まで行き、よたよたしながらUターンに成功する。そこで、レイラが手を放す。

バランスが崩れ、スノウが地面に足を付く。拗《す》ねたように唇《くちびる》を尖《とが》らせ、背後に視線を向ける。レイラが再び荷台を支え、スノウはペダルを踏み込んだ。自転車が再びよたよたと前に進む。スノウはクロノの前で自転車を止め——。

「まだいい？」

「いいよ」

可愛らしく小首を傾げ、クロノは頷いた。スノウは自転車から降りて反転させると再びサドルに跨がった。レイラが荷台を支えるが、ペダルを踏み込もうとしない。

「どうかしたの？」

「うん、バランスを取るのが難しくて。クロノ様はどうやって乗れるようになったの？」

「僕の時は両足で地面を蹴ってバランスを取れるように練習したかな」

「じゃあ、ボクもそうする」

レイラが荷台から手を放すと、スノウは両足で地面を蹴った。すぐにバランスを崩してしまうが、めげずに再挑戦する。少しずつバランスを保っていられる時間が延びていく。

ふと視線を感じて隣を見ると、レイラと目が合った。

「どうかした？」

「いえ、何でも……。あの！　クロノ様は――」

「お母さん！　クロノ様！　見て見てッ！」

レイラは口籠もり、意を決したように口を開く。だが、スノウによって遮られた。スノウの方を見る。ふらふらしているものの、ちゃんと進んでいる。ちょっとアドバイスしただけで乗れるようになるとは――。

「これが才能か」

クロノは溜息《ためいき》を吐《つ》いた。

※

夜――マイラがテーブルに料理を並べていく。パン、キャベツの酢漬《すづ》け、具沢山《ぐだくさん》のスープ、豚肉《ぶたにく》の香草《こうそう》焼きというメニューだ。最後にカップを置き、水出しの香茶を注ぐ。
「いただきます」

「どうぞ、召《め》し上がれ」

　マイラの言葉を待ち、クロノはパンに手を伸ばした。手に取って二つに割ると、湯気が立ち上った。断面はしっとりとしてきめ細やかだ。頬張《ほおば》ると、豊かな風味が広がる。思わず笑みがこぼれる。次はスープだ。スプーンで口に運ぶ。淡泊《たんぱく》ながらも滋味《じみ》豊かな味わいだ。マイラは深みのある料理を作るのが本当に上手《うま》いと思う。

「如何でしょうか？」

「顔見りゃ分かるだろ」

　答えたのは対面の席に座る養父だった。豚肉の香草焼きに齧《かじ》りついている。

「それにしてもお前は本当に美味《うま》そうに飯を食うな」

「実際、美味《おい》しいし」

　クロノはスープの具を口に入れる。味がしっかり染《し》みて美味い。しかも、口の中で崩れる絶妙《ぜつみょう》な煮込《にこ》み加減だ。キャベツの酢漬けに視線を向ける。シャキシャキしてて美味そうだ。手を伸ばすと、養父が口を開いた。

「家畜《かちく》の件はいいのか？」

「家畜の件？」

「晩飯の時に話してやるって言っただろ」

クロノが鸚鵡《おうむ》返しに問い返すと、養父は呆《あき》れたように言った。そういえばそんな話をしていた。料理が美味しいせいもあってすっかり忘れていた。

「今朝、マイラから家畜が騒がしいのはガウル殿《どの》のせいみたいな話を聞いて、どう関係してるのかちょっと気になって」

「さて、何処《どこ》から説明したもんかな」

養父は腕を組み、難しそうに眉根《まゆね》を寄せた。

「そうだな。お前はアレオス山地の蛮族についてどれだけ知ってる？」

「三十一年前にベテル山脈の諸部《しょぶ》族連合《ぞくれんごう》が分裂《ぶんれつ》して攻め込んできたとか、敗走を重ねて最終的にアレオス山地に逃げ込んだとか、まあ、その程度」

「大体、そんな感じだな」

養父は腕を解き、カップを口に運んだ。香茶を飲み、プハーッと息を吐く。

「そういや駐屯地《ちゅうとんち》に行ったんだったな。どうだった？」

「エクロン男爵領の自警団が門の前を行ったり来たりしてた。あと、カナンさんがガウル殿に食《く》って掛かってて超《ちょう》ヤバいと思った」

「マジかよ!?　アイツらそんなことまでしてんのかよ？」

「旦那様《だんなさま》」

養父は咳払《せきばら》いをした。

養父が驚いたように言い、マイラが窘《たしな》める。ごほん、と養父は咳払《せきばら》いをした。

「そっちじゃなくてよ。駐屯地を見て気付いたことはねぇか聞いてんだよ」

「駐屯地を見て？」

クロノは天井《てんじょう》を見上げ、記憶《きおく》を漁《あさ》った。そういえば——。

「蛮族と戦ってる割に破損箇所がなかったような気が……」

「まあ、つまり、そういうことだ」

「どういうこと？」

思わず問い返す。そういうことだと言われても訳が分からない。すると、養父は察しが悪ぃなと言わんばかりの表情を浮《う》かべた。ちょっと傷付く。

「要するに、蛮族どもと戦ってねぇんだよ」

「入植当時は小競《こぜ》り合いをしたものですが、全面的な攻勢《こうせい》は一度もございません」

「……もしかして」

養父の言葉をマイラが補足する。ふとある考えがクロノの脳裏《のうり》を過った。自分でも馬鹿《ばか》げた考えだと思うが——。

「蛮族の戦力って回復してないの？」

「多分な。つっても一人でも酒落《しゃれ》にならねぇほど強ぇから侮れねぇけどな」

昔のことを思い出しているのか、養父は顔を顰《しか》めながら答えた。まさか、蛮族がそこまで弱体化しているとは思わなかった。

「蛮族が弱体化しているのは分かったけど、どうして家畜が——あ!?」

思わず声を上げると、養父はニヤリと笑った。

「戦力が回復してないってことは食糧《しょくりょう》事情が悪いってことだよね？　でも、ガウル殿が偵察《ていさつ》をしたらそっちに人手を割《さ》かざるを得ない。だから——」

「だから、家畜を盗《ぬす》みに来るって訳だ」

養父はクロノの言葉を遮って言った。

「いきなり話がしょぼくなった」

「馬鹿野郎《やろう》！　家畜は財産だぞ!?　手塩に掛けて育てた家畜を盗まれる農家の身になってみろ！　鶏《にわとり》や豚《ぶた》を盗まれただけでも心が折れそうになるってのに、ヤツら《俺ら》は牛まで盗んで行きやがるんだぞ！　くそッ、俺はヤツらを許さねぇ！」

「昔、牛を盗まれた時は旦那様が有輪犂《ゆうりんすき》を引いていらっしゃいましたね」

養父が声を荒《あら》らげ、マイラがしみじみと呟《つぶや》く。

「じゃあ、今でもかなりの被害《ひがい》があるんだ」

「いえ、帝国軍の駐屯《ちゅうとん》を認める代わりに兵士や蛮族による損害を補償《ほしょう》する契約《けいやく》を結んでおりますので、その点はご心配なく」

ふふふ、とマイラは笑った。他にも何かしてそうな気がしたが、口にはしない。

「でも、そこまで弱体化した蛮族を倒して戦功になるのかな？」

「集団の規模は小さくなってるが、強ぇことには変わりねぇからな。自分の力を試《ため》してぇとか言って異動したヤツの箔付《はくづ》けにゃもってこいだろ」

「何処でそんな情報を？」

「帝都《ていと》の喫茶店《きっさてん》だよ。アーサーともそこで会ったんだぜ」

ふ〜ん、とクロノは相槌《あいづち》を打った。世間は狭《せま》いものなのだな、と思う。

「でも、損害を補償してもらえるんなら、どうしてカナンさんは食って掛かってたの？」

「そりゃ、ポーズだろ」

「ポーズ？」

「南辺境は成り立ちに問題があるからな。金をもらえりゃ解決って訳にはいかねぇし、金を払《はら》えば何をしてもいいと思われる訳にもいかねぇ。それで、これだけ怒《おこ》ってますよってアピールしに行ったんだろ」

だがなぁ、と養父は頭を掻《か》いた。

「話を聞く限り上手いやり方とは思えねぇな。帝国軍を挑発したら何のための抗議《こうぎ》なのか分からなくなっちまう。何事もシンプルが一番だ」

「流石、旦那様」

テーブルの脇《わき》に立っていたマイラが手を打ち鳴らした。

「止《よ》せやい。こんなのは基本だぜ」

「年月は人を成長させますね。若かりし頃《ころ》からその分別があればよかったのですが」

「誉《ほ》めるか貶《けな》すかのどっちかにしろよ」

「とはいえ、エクロン男爵家は代替《だいが》わりしたばかりなので詮《せん》なきことかと」

養父の言葉を無視してマイラは言った。

「なるほど、頼《たよ》れる領主を演出しようとして失敗したってことだね」

「流石、坊《ぼっ》ちゃまです。このマイラ、感服いたしました」

沈黙《ちんもく》が舞《ま》い降《お》りる。しばらくして養父が口を開いた。

「貶さねぇのか？」

「坊ちゃまの何を貶せと？」

「ったく、家督《かとく》を継《つ》がせるって決めた途端《とたん》、へりくだりやがって」

「旦那様もお歳《とし》ですので、次のことを考えなければ」

養父がぼやくと、マイラはしれっと言った。

「つきましては旦那様に『自分の死後、くれぐれもマイラのことをよろしく』と一筆書いて頂きたく存じます」

「長い付き合いだからそれくらいのことはしてやるけどよ」

「流石、旦那様です。老後の面倒《めんどう》はお任せ下さい」

「老後って、お前だって似たような歳じゃねぇか」

「種族的に私はまだ女盛りです。訂正《ていせい》を」

「分かった分かった。お前は綺麗《きれい》だよ」

「まあ、妥協《だきょう》しましょう」

養父がうんざりしたように言うと、マイラは落胆《らくたん》したように言った。

「代替わりしたのは分かるけど、何とかならないかな」

「仕方がねぇ。一筆書いておいてやるよ」

「効果はあまり期待されない方がよろしいかと思いますが」

クロノはマイラに視線を向けた。

「不吉《ふきつ》なことを言うね」

「経験上、こういうことは行き着く所まで行かなければ収まらないかと」

マイラは溜息を吐いた。不穏《ふおん》な物言いだが、彼女《かのじょ》なりに現状を憂いているのだろう。

「そういえばうちの自警団ってどうなの？」

「俺の所はマイラ以外にも付き合いの長いエルフがいるからな。足りない分は軍隊経験者を自警団員として雇《やと》って、ざっと五十人くらいか」

どうやら帝国軍に任せきりという訳ではないようだ。それはさておき、仕事が増えてしまった。エクロン男爵領の自警団に注意を払いつつ、ガウルをサポートして蛮族討伐《とうばつ》を成功させる。やることが多い。何処から手を付ければいいのか考えていると、ある思いが湧《わ》き上がってきた。それに気付いたのだろう。養父がこちらを見た。

「どうかしたのか？」

「よくよく考えたら蛮族を討伐する必要ってないんじゃないかなって。交渉《こうしょう》で――」

「そいつは難しいな」

「どうして？」

クロノは養父に尋ねた。

「おいおい、俺達は連中と殺し合ってたんだぜ。互《たが》いに因縁《いんねん》がある。交渉で何とかしようったって、そう簡単にゃいかねぇよ。お前だってそうだろ？」

「……そうだね」

クロノは間を置いて答えた。アルコル宰相《さいしょう》とアルフォートのことを思い出す。二人のことを許せるかと言えば無理だ。冷静さを保つ自信もない。

「ま、込み入った話はこの辺にしておいて飯を食っちまおうぜ」

「そうだね」

クロノは頷《うなず》き、パンに手を伸ばした。少し冷めてしまったが、夕食は美味しかった。

※

「今日も一日お疲れ様《さま》でした～」

クロノは自身に労《ねぎら》いの言葉を掛けてベッドに倒《たお》れ込んだ。マイラが留守中に干してくれたのだろう。布団《ふとん》から伝わってくる温かさにうっとりと目を細める。もう少し起きていようと思ったが、このまま眠《ねむ》ってしまおう。寝坊《ねぼう》してしまったばかりだし、明日も駐屯地に行かなければならない。恐《おそ》らく、明日も帰れと言われるだろうが――。

一週間ほど通い詰めて駄目なら帝都に手紙を送ろう。報告が遅《おそ》いと言われそうな気がするが、ガウルの体面を慮《おもんぱか》ったと言い訳すれば何とかなるはずだ。それにしても、と寝返《ねがえ》りを打ち、天井を見上げる。

「蛮族の件、何とか穏便《おんびん》に済ませられないかな」

小さく呟く。養父の言うことはもっともだと思う。どちらにも遺恨《いこん》がある。怒《いか》りを呑《の》み込むのは難しい。だが、それでも、と思ってしまう。

「偽善《ぎぜん》だな～」

溜息を吐いたその時、トントンという音が響《ひび》いた。扉《とびら》を叩《たた》く音だ。誰《だれ》だろう。

「は～い、今開けます」

クロノはベッドから下り、足早に扉に歩み寄った。ドアノブに手を伸ばし、そのまま動きを止める。もし、マイラだったらと思ってしまったのだ。その時は抵抗できるだろうかと自問し、難しいという結論に達《たっ》する。

再び扉を叩く音が響く。しばらく悩《なや》んだ末に扉を開け、胸を撫《な》で下ろす。廊下《ろうか》に立っていたのはレイラだった。胸を撫で下ろしたせいだろう。不思議そうな顔をしている。

「クロノ様、お時間を頂いてもよろしいでしょうか？」

「もちろんだよ」

レイラを招き入れ、扉を閉める。念のために施錠《せじょう》する。すると、レイラは恥《は》ずかしそうに顔を背《そむ》けた。いけない。勘違《かんちが》いさせてしまったようだ。

「マイラ対策だから」

「教官殿の？」

レイラはきょとんとした顔をしている。

「途中《とちゅう》で乱入されたら困るからね」

「そ、そうですね」

理由を説明すると、レイラは頬を赤らめつつ顔を背けた。いけない。ますます誤解させてしまった。明日は早起きしたかったのだが――。レイラが部屋を見回す。

「どちらに座《すわ》れば？」

「イスにどうぞ。僕《ぼく》はベッドに座るから」

クロノがベッドに腰を下ろすと、レイラはイスの向きを変えて腰を下ろした。

「どうかしたの？」

「……今日はありがとうございます」

レイラはぺこりと頭を下げた。

「何かあったっけ？」

「スノウに自転車を貸して頂いた件です」

「そんなこと気にしなくていいのに」

レイラは小さく俯《うつむ》いた。チラチラと視線を向けてくる。どうやら他にも目的があるようだ。クロノは前傾《ぜんけい》になって手を組んだ。

「悩《なや》み事《ごと》があるの？」

「――ッ！」

レイラは息を呑み、小さく頷いた。

「スノウとの距離の取り方で悩んでるのかな？」

「……はい、スラムにいた頃はよく面倒を見ていたのでどうしてもその感覚が抜《ぬ》けず」

クロノが尋《たず》ねると、レイラは間を置いて答えた。スノウを突き放《はな》せれば楽なのだろう。

だが、それができないから悩んでいるのだ。

「分かるよ。命に関《かか》わる仕事だし、部下の目もある。何処で線を引くか悩むよね」

「クロノ様でもですか？」

「意外？」

「はい、クロノ様は上手く線引きをしているように思います」

クロノが問い返すと、レイラは神妙《しんみょう》な面持《おもも》ちで頷いた。

「自分では上手く線引きできてないと思うんだけど……」

「そんなことはありません」

「そうかな？　上手く線引きできていたら部下を愛人にしないと思うよ」

「それは……」

「ごめん、意地悪な返しだったね」

レイラが口籠《くちご》もり、クロノは謝罪した。小さく溜息を吐き、太股《ふともも》を支えに頬杖《ほおづえ》を突く。

「僕にアドバイスできることがあるとしたら悩むべきだってことかな？」

「悩むべき、ですか？」

「心の問題だからね。自分なりの答えを模索《もさく》し続けるしかないと思う」

「クロノ様は……いえ、何でもありません」

レイラは口を噤《つぐ》んだ。クロノもまた答えを模索している最中だと気付いたのだろう。

「苦しいと感じた時は言ってね。できるだけ相談に乗るし、対応も考えるから」

「はい、ありがとうございます」

そう言って、レイラは俯いた。

「私はあまり成長できていないのかも知れません」

「そんなことないと思うよ」

「そうでしょうか？」

「普段《ふだん》から皆《みんな》をよく纏《まと》めてくれるし、ピクス商会と折衝《せっしょう》もしてくれてる。レイラがいるお陰《かげ》でかなり助かってる」

「……ありがとうございます」

レイラはぺこりと頭を下げた。誉められて照れているのか。耳が少し垂れている。クロノは手を伸ばし、耳を撫でた。レイラがうっとりと目を細める。その表情を見ている内にムラムラと、いや、愛し合いたくなってしまった。しばらくして――。

「あの、クロノ様。私はそろそろ……」

「もう少し撫でさせて」

「………はい」

おずおずと口を開くが、クロノの言葉に従う。レイラの懸念《けねん》は分かる。クロノだって同じ気持ちだ。明日も駐屯地に行かなければならない。早めに寝《ね》るべきなのだ。そもそもレイラは相談にきたのだ。それなのにエッチをしたいだなんて切り出せる訳がない。それではまるでケダモノだ。理性的に行動すべきだ。大丈夫《だいじょうぶ》、エラキス侯爵《こうしゃく》領を発《た》ってから昨日まできちんと禁欲できたではないか。そのせいか、昨夜ははっちゃけてしまった。

可愛《かわい》かったな、とクロノは昨夜の女将《おかみ》を思い出して相好を崩した。まさか、あんなに恥ずかしがって下さるとは思わなかった。次もお願いしよう。だが、嫌《いや》がられる可能性が高いので策を講じなければならない。そんなことを考えていると――。

「クロノ様？」

「――ッ！」

レイラに呼ばれて我に返った。いつの間にか手が止まっていた。

「あの、その、どうしてもということでしたら……」

手や口でご奉仕《ほうし》させて頂きます、とレイラは恥ずかしそうに顔を背けながら呟いた。ありがたい言葉だが、理性的に行動すると決めたばかりだ。

「じゃあ、お願いしようかな」

「……はい」

クロノの言葉にレイラは頷いた。僕は弱い人間だ、と小さく息を吐く。だが、折角《せっかく》レイラが恥《はじ》を忍《しの》んで申し出てくれたのだ。それを断る方がどうかしている。理性は大事だ。しかし、感情もまた大事なのではないだろうか。

「……失礼いたします」

レイラは立ち上がり、クロノの足下《あしもと》に跪いた。

※

マジックアイテム特有の白々とした光が村を照らしている。蛮族対策の照明だ。どれほど効果があるか分からないが、一晩中篝火《かがりび》を絶やさぬように気を遣《つか》うよりはいい。

カナンは馬首を巡《めぐ》らせ、自警団員に向き直った。視線が集中すると言いたい所だが、自警団員の半数は酒場を見ている。残る半数は視線こそこちらに向けているが、そわそわしている。酒を飲みたくて仕方がないのだ。

失敗した。もっと早く馬を止めればよかった。今ここで何を言っても彼らは聞き流してしまうだろう。仕方がない。さっさと用件を告げてしまおう。

「明日も見回りの仕事があるんだから、あんまりハメを外すんじゃないよ！」

「おっすッ！」

自警団員は威勢《いせい》よく返事をして酒場に向かった。残ったのはロバートだけだ。深々と溜息を吐き、屋敷《やしき》に向かう。自警団員は酒場で姐《あね》さんが帝国《ていこく》軍にカマしたとか、新人隊長はびびってたとか自分がその場に居合わせていたかのように語ることだろう。そして、カナンの武勇伝が広まる。ただ広まるのではない。尾《お》ひれが付いてだ。最終的には帝国軍の大隊長を血祭りにあげたみたいな話になるはずだ。

「姐さん？」

「――ッ！」

ロバートに呼ばれ、我に返る。慌《あわ》てて周囲を見回すと、そこは自分の屋敷だった。

「どうかしたんですかい？」

「どうもしちゃいないよ」

いけない。どうやら物思いに耽《ふけ》っていたらしい。カナンが馬から下りると、ロバートも馬から下りた。程なく年嵩《としかさ》の馬丁《ばてい》が駆け寄ってきた。

「御館様《おやかた》、お疲れ様です」

「そんなに疲れちゃいないよ。それより馬の世話をしっかり頼《たの》んだよ」

はい、と年嵩の馬丁は苦笑《くしょう》じみた表情を浮かべ、厩舎《きゅうしゃ》に向かった。カナンは小さな溜息を吐き、屋敷に向かった。もちろん、ロバートも一緒《いっしょ》だ。ぼんやりと屋敷を見上げる。増改築を繰り返してきたエクロン邸《てい》は何処《こ》かちぐはぐな印象を受ける。扉まで数メートルという所でロバートがカナンを追い越した。扉を開け、恭《うやうや》しく頭を下げる。扉を潜《くぐ》り抜けてエントランスホールを進む。バタンという音が響く。扉を閉めた音だ。

カナンはホッと息を吐き――。

「ああ、もう嫌！　姐さんだの、ナシ付けただの、私だけに抗議させないでアンタ達も来なさいよ！　駐屯地の前で馬をパカラパカラパカラって、馬鹿じゃないの！　何が自警団よ！　アンタ達は山猿《やまざる》よ！」

乱暴に革鎧《かわよろい》を脱《ぬ》ぎ捨てて叫《さけ》んだ。もう嫌、とその場に蹲《うずくま》る。

「もう嫌、本当に嫌……。山猿と行動するのも、あんな下品な話し方をするのも嫌。これなら馬糞の山に頭から突っ込んだ方がまだマシだわ」

先程《さきほど》までの振《ふ》る舞いを思い出して泣き崩れる。どうして、こんなことになってしまったのだろう。決まっている。姉が悪い。姉が男を追いかけて出て行ってしまったからだ。地の果てまで追いかけなかった父も悪い。おまけに――。

「儂《わし》は十分働いたからって何よ。そんな簡単に家督を譲《ゆず》っていいの？　ここは姉さんを探しに行く所でしょ？　村人同士で対立が起きてもいいわ。なんで、私に家督を譲っちゃうのよ？　なんで、家督を継ぐことを認めちゃうの？」

こんなの絶対おかしいわ、とカナンは両手で顔を覆《おお》った。

「一番悪いのは頼れる領主を気取ったお嬢様《じょうさま》だと思いますけどね」

「皆、喜んでくれたじゃない！」

カナンは振り返って叫んだ。ロバートは溜息を吐きつつ革鎧を脱いだ。何処からともなく片眼鏡《かためがね》を取り出して眼窩《がんか》に填《は》め込む。

「そりゃ、調子に乗った私も悪いけど……。今からでも止められないかしら？」

「止めておいた方がいいと思いますよ」

「そうよね。あの山猿どもは私が素を出したら絶対に舐《な》めた態度をとるわよね。でも、それならいつまで続ければいいのよ？」

「結婚《けっこん》するまでですかね。夫を立てる体裁《ていさい》を取れば何とか……」

「ロバート、お見合いの件は？」

「芳《かんば》しくありません」

「駄目《だめ》じゃないの」

カナンはよよと泣いた。お見合いが上手くいかない理由は分かっている。悪名が轟《とどろ》いているせいだ。皆、徒党を組んで駐屯地に押《お》しかけて責任者を口汚《くちぎたな》く罵《ののし》る女となんて見合いをしたくないのだ。そりゃそうだ。カナンだって男ならば同じことを考える。ふと駐屯地で出会った青年のことを思い出す。

「あの子なんてどうかしら？」

「どの子ですか？」

「駐屯地で会った、クロフォード男爵《だんしゃく》の」

「ああ、クロノ様ですか。止めた方が賢明《けんめい》です」

「どうして、そういうことを言うのよ！　確かに私の方がちょっと年上だけど！　ちゃんと着飾《きかざ》って出会ったらいい感じになるかも知れないじゃない！」

「彼《かれ》、愛人がいますよ」

え⁉　とカナンはロバートを見つめた。

「彼には愛人がいます」

「言い直さなくてもちゃんと聞こえてたわよ」

カナンはムッとして言い返した。それにしても——。

「どうして、そんなことを知ってるのよ？」

「舞踏会《ぶとうかい》でクロード様とマイラ様から話を聞きましたから」

「本妻はいないのよね？」

「まあ、そのはずですが……」

カナンがおずおずと尋ねると、ロバートは口籠もった。そういう問題じゃねーだろ、と言われているようでイラッとする。もっと気を遣って欲《ほ》しい。

「それでも、お勧《すす》めはしませんね」

「どうしてよ？」

「彼は有能な軍人です。軍学校を卒業して一年程度しか経《た》っていないのに実戦を経験し、多大な戦功を立てています」

「頼もしいじゃない」

「だから、お勧めしないんですよ。山猿どもすら御《ぎょ》せないお嬢様にクロノ様をどうにかできるとは思えません。下手したら家を乗っ取られますよ」

「まさか、クロード様とは長い付き合いよ。そんなことをする訳ないじゃない」

「……お嬢様」

ロバートが深々と溜息を吐く。はたと気付く。

「そう、よね。あの子は養子なのよね」

「戸籍《こせき》上は実子ですけどね」

「でも、それって弱みがあるってことよね？」

「お嬢様、当家がその嘘《うそ》に荷担《かたん》していることをお忘れなく」

「わ、分かってるわよ！　言ってみただけ！」

ロバートが呆れたように言い、カナンは慌てて前言を翻《ひるがえ》した。だが、上手くやれば何とかなるんじゃないかなという気はする。何か方法はないだろうか。

「お嬢様、馬鹿なことを考えたりせず、堅実《けんじつ》に参りましょう」

「分かってるわよ！」

カナンは再び声を荒らげた。要するに山猿どもの相手をしろということだ。辛《つら》い。見合いの相手がなかなか見つからないのは仕方がない。だが、山猿どもを相手にして時間を浪《ろう》費《ひ》するのが辛い。涙《なみだ》がこぼれた。マジ泣きだ。その時――。

「やっと帰って来たのかい？　なかなか帰って来ないから帰っちまおうかと思ったよ」

「──ッ！」

懐《なつ》かしい声が響き、ハッと顔を上げる。すると、姉──シェーラが階段を下りてくる所だった。ロバートが恭しく一礼する。

「ああ、いいんだよ。あたしはもうこの家を出て行ったんだから」

「そういう訳には参りません」

姉が止めるように言うが、ロバートは姿勢を崩さない。結構、頑固《がんこ》なのだ。カナンはきょろきょろと周囲を見回した。すると、姉が訝《いぶか》しげな視線を向けてきた。

「何をやってるんだい？」

「いえ、姉さんがここにいるということは義兄《にい》さんもここにいるのではないかと」

「その心配はいらないよ」

「どうしてですか？」

「病気で逝《い》っちまってね」

「それは……。お気の毒様です」

姉が弱々しい笑《え》みを浮かべ、カナンは何とか言葉を絞《しぼ》り出した。義兄の顔を思い出そうとする。だが、線の細い物腰《ものごし》の柔《やわ》らかな男性ということくらいしか思い出せない。

「でも、だったらもっと早く──何ですか、その目は？」

「いや、カナンがそんなに優《やさ》しい言葉を掛《か》けてくれるとは思わなくてね」

「姉さんは私を何だと思ってるんですか」

カナンはムッとして言った。確かに自分は未熟で意固地な部分がある。だが、未亡人になった姉に辛辣《しんらつ》な言葉を浴びせかける人でなしではない。

「そもそも、誰も姉さんの結婚に反対してなかったじゃないですか」

「そうだったっけね?」

「そうです。まあ、姉さんは家の体面のこととか考えたんでしょうけど……。それで、姉さんは今、何処で、何をしてるんですか?」

「……」

姉は無言だ。気まずそうに視線を逸《そ》らしている。

「姉さん!」

「………エラキス侯爵《こうしゃく》領で働いてるよ」

カナンが声を荒らげると、姉はかなり間を置いて答えた。思わず目を見開く。まさか、そんな北の果てまで義兄を追いかけていったとは思わなかった。

「何をしてるんですか?」

「……侯爵邸《てぃ》のコック」

「コック？　侯爵邸の？」

カナンは思わず問い返した。確かに姉は料理が上手かったが、貴族の邸宅で働くとなれば素性《すじょう》がしっかりとしていなければならない。正直、身分を偽《いつわ》っていた姉が働けるとは思えない。もしや、と姉の胸を見つめる。姉妹《しまい》だというのに圧倒的《あっとうてき》な戦力差だ。

「ど、何処を見てるんだい⁉」

「いえ、そういうこともあるんじゃないかと」

「そ、そそ、そんな訳ないだろ、そんな訳！」

姉は慌てふためいた様子で否定した。

「どういう経緯《けいい》で侯爵邸のコックになったんですか？」

「……食堂兼《けん》宿屋を経営してたんだけど、旦那《だんな》の治療費《ちりょうひ》とか、なんだかんだで金貨百枚の借金をこさえちまって、借金を肩代《かたが》わりしてもらった代わりに」

顔を背け、ごにょごにょと呟く。確定だ。姉は借金を背負い、愛人にされたのだ。姉の苦労を思うと目頭《めがしら》が熱くなる。でも、もう大丈夫だ。これからは姉妹仲よく暮らせる。多少ぎくしゃくするだろうが、きっと乗り越えられる。その時、ロバートが口を開いた。

「エラキス侯爵領と言うと、クロノ様の領地ですね」

「姉さん？」

「――ッ！」

カナンが視線を向けると、姉は勢いよく顔を背けた。

「ね、姉さん、まさか、あんな可愛い子と……やっちゃったんですか？」

「そ、そんな訳ないだろ。あ、あたしはまだ旦那を愛しているんだよ」

姉は薬指の指輪を見せつけるように左手を胸に置いた。再びロバートが口を開く。

「軍にいる友人が、クロノ様が女将と呼ばれる女性と抱《だ》き合っている所を見たと」

「姉さん！」

「――よ」

カナンが声を荒らげると、姉はごにょごにょと呟いた。

「何ですか？　もっとはっきり言って下さい！」

「だから――ったよ」

「もっとはっきり――」

「だから、やったって言ってるだろ！」

カナンの言葉を遮《さえぎ》って姉は叫んだ。

「あの時はまだ店を続けたいって気持ちもあったし、ちょっと弱ってる所を突《つ》けばあたしに依存《いぞん》して借金をチャラにしてくれると思ったんだよ！　悪いかい⁉」

「悪いに決まってるじゃないですか！」

カナンは叫び返し、がっくりと頭を垂れた。

「エクロン男爵家の人間ともあろう者がそんな愛のない爛《ただ》れた関係を結ぶだなんて……」

「……」

何故《なぜ》か、姉は無言だ。不審《ふしん》に思って顔を上げると、姉はそっぽを向いていた。

「姉さん、愛はないんですよね？」

「………いや、うん、まあ、何というか、それなりに」

姉はごにょごにょと呟いた。恥ずかしいのだろう。耳まで真っ赤だ。

カナンは全《すべ》てを理解した。姉は愛情を抱いていると。

「ミイラ取りがミイラになってどうするんですか⁉」

「仕方ないだろ！　落ち込んでる姿を見てたら気分が盛り上がっちまったんだから！」

「義兄さんに申し訳ないとは思わないんですか？」

「そ、そりゃ、旦那には申し訳ないとは思うよ？　体が先で、心が後なんて関係に思う所がない訳ではないしね。だから、断るんだけど、捨てられた子犬みたいな目で見てくるから突き放せなくて……」

　参ったね、と姉は頭を掻いた。そんなことを言いながら参っている感じがしない。ようやくカナンは理解する。これは惚気《のろけ》だと、自分は惚気られていると。自分が山猿どもに囲まれている間、姉は年下の男の子とイチャイチャしていたのだ。境遇《きょうぐう》のあまりの違《ちが》いにカナンは泣いた。泣くことしかできなかった。

第三章『誓約』

早朝――。

「ただいま戻《もど》った――うッ！」

ジョニーが自警団の詰《つ》め所《しょ》――といっても村はずれにある粗末《そまつ》な小屋だが――の扉を開けると、強烈《きょうれつ》な酒の臭《にお》いが押し寄せてきた。足下を見ると、そこには十人ほどの自警団員が累々《るいるい》と横たわっていた。また朝まで酒を飲んでいたのだろう。彼らを踏《ふ》まないようにして詰め所の窓を開ける。新鮮《しんせん》な風が吹《ふ》き込み、酒の臭いが薄《うす》れる。

小屋の隅《すみ》にあったイスに座り、深々と溜息《ためいき》を吐《つ》く。昨日までの自分ならばこの光景を見ても何も感じなかっただろう。だが、兵士の強さを知った今は違う。昨日、クロノ――兄貴の所で手合わせした兵士達は強かった。必死に戦ったが、手も足も出なかった。

「……仕方がないッス」

ジョニーは小さく呟いた。何しろ、自分は自警団員だ。荒事《あらごと》の対応もするが、それが専門という訳ではない。さらにジョニーは素手《すで》だった。短剣《たんけん》使いである自分の実力は短剣を手にした時にこそ発揮される。だから、譲ってしまう部分が出てきても仕方がない。そう自分に言い聞かせたかった。だが、ジョニーは御者《ぎょしゃ》のおっさんにも負けた。もう言い訳はできない。自分は、いや、自分達は本当に弱いのだ。

視界が滲《にじ》み、天井《てんじょう》を見上げる。この仕事が好きだった。壊《こわ》れた柵《さく》を直したり、逃《に》げ出した家畜《かちく》を捕《つか》まえたりと子どもの遣いのような仕事も多い。それでも、感謝されると嬉《うれ》しかったし、猪《いのしし》や熊《くま》を退治した時は誇《ほこ》らしい気分になった。それと、姐さんだ。姐さんが帝国軍の偉《えら》い人に文句を言った時、スカッとした。農家の四男坊《よんなんぼう》として何かと我慢《がまん》を強《し》いられてきたジョニーには堪《たま》らなく心地《ここち》いい瞬間《しゅんかん》だった。

多分、皆もそうッスよね、と床《ゆか》に横たわる仲間を見つめる。自警団は農家の三男坊、四男坊を中心に構成されている。鬱屈《うっくつ》した人生を送っている自分達にとって自警団の活動は非日常そのものだったのだ。こんな日々がずっと続いて欲しかった。

だが、自分達の活動でエクロン男爵領、ひいては南辺境に迷惑《めいわく》が掛かると知ってしまった。となれば抗議活動を自粛《じしゅく》するしかない。そんなことを考えていると、う～んと誰かが呻《うめ》いた。一人が体を起こすと、一人また一人と体を起こす。

「皆、聞いて欲しいことがあるんス」

「聞いて欲しいこと？」

「難しい話は後にしようぜ。二日酔《ふつかよ》いで頭が痛ぇんだよ」

「いや、重大な話なんスよ」

ジョニーは食い下がった。話を聞いてもらわなければ。

「そういえば昨日は残念だったな。あとちょっとで勝てたのによ」

「あんな卑怯《ひきょう》な手を使われたら遅《おく》れを取っても不思議じゃねぇさ。なあ？」

「そ、そうッスね」

突然《とつぜん》、話を振られたせいで思わず頷いてしまった。

「でも、遅れを取ったのは――」

「次にやれば勝てるさ。何しろ、ジョニーは強ぇんだからよ」

「ああ、次はエクロン男爵領一の短剣使いが伊達《だて》じゃないって所を見せてやれよ」

「普通《ふつう》にやれば勝てるさ」

俺《おれ》が弱かったからと言おうとして言葉を遮られる。仲間達はジョニーを擁護《ようご》してくれた。あんな無様な姿を曝《さら》してしまったにもかかわらずだ。胸に温かいものが広がる。マズい。泣きそうだ。さらに仲間達は兄貴――クロノの悪口を言い立てた。最初はムカッとしたが、皆に言われると本当のことのように思えてくる。

確かに皆の言う通りだ。ジョニーは卑怯な手段で負けた。股間《こかん》を蹴《け》り上げられたダメージが抜けていなかったことを考えると、御者のおっさんに負けても仕方がないような気がしてくる。いや、気がしてくるではない。仕方がないのだ。

「そういや聞いて欲しいことがあるって言ってたけど、何なんだ？」

「ああ、そのことはどうでもいいッス。さあ、仕事を始めるッスよ」

そう言って、ジョニーは立ち上がった。

※

カン、カンッという音が聞こえる。木剣《ぼっけん》を打ち合わせる音だ。きっと、養父とフェイが手合わせをしているのだろう。朝っぱらから元気だな～、とクロノが目を開けると、隣《となり》でレイラが眠っていた。結局、昨夜は我慢できなかったのだ。いや、我慢しようとはしたのだ。前日、はっちゃけたので我慢できると信じていた。だが、レイラにご奉仕されても元気なままだった。二回目のご奉仕をお願いし、レイラも快く応じてくれた。

そして、その途中でレイラが切なそうにしていることに気付いた。これはいけないと思い、互いにご奉仕することを提案した。二度目が終わったものの、収まらずに三度目に突《とっ》入《にゅう》した。その後、四度目に突入した訳だが――。

「……自制心は筋肉に似ている」

「それは、鍛《きた》えた分だけ強くなるということでしょうか？」

独り言のつもりだったのだが、どうやら起こしてしまったようだ。

「おはよう」

「おはようございます」

挨拶《あいさつ》を交《か》わし、耳を撫でる。すると、レイラは心地よさそうに目を細めた。

「クロノ様、自制心は筋肉に似ているとはどのような意味でしょうか？」

「使えば使うほど疲弊《ひへい》して力が入らなくなるって感じかな」

「なる、ほど？」

レイラは困惑《こんわく》しているかのような表情を浮《う》かべた。昨夜の件はそのまま該当《がいとう》すると思うのだが、いや、彼女にとっては一ヶ月ぶりの夜伽《よとぎ》だから違うのか。

「戯《ざ》れ言《ごと》だから気にしないで」

「は、はい……」

やはり困惑した様子で頷く。レイラにも理解して欲しい。そんな気持ちがムクムクと湧き上がる。だが、自制する。朝っぱらから励《はげ》んでしまうのはマズい。今日も駐屯地《ちゅうとんち》に行かなければならないのだ。仰向《あおむ》けになり、天井を見上げる。

でも、自制心が疲弊してるから仕方がないよね、と体の向きを変える。ほぼ同時にレイラが体を起こした。恥ずかしそうにシーツで胸元《むなもと》を隠《かく》す。

「クロノ様、先に湯浴《ゆあ》みをさせて頂いてもよろしいでしょうか？」

「いいけど……。準備できてるかな？」

「昨夜、教官殿《どの》が準備をして下さると。相談するだけだと申し上げたのですが……」

教官殿の指摘《してき》は正しかったです、とレイラは膝《ひざ》に顔を埋《うず》めた。クロノの脳裏《のうり》を『相談だけ？　はッ、ご冗談《じょうだん》を』と鼻で笑うマイラの姿が過った。

「それで、湯浴みの件なのですが……」

「いいよ、先に行っておいで」

「ありがとうございます」

そう言って、レイラはベッドから下りた。背中を向け、机の上に置いておいた衣類を身に着け始める。普段から鍛えているだけあって首筋からお尻《しり》にかけてのラインがとても美しい。だが、そのラインもすぐに覆い隠されてしまう。レイラは服を着終えるとクロノに向き直り、深々と頭を垂れた。

「それでは、先に湯浴みをさせて頂きます」

「ごゆっくりどうぞ」

「いえ、そんな訳には……」

レイラは焦《あせ》ったような素振《そぶ》りを見せ、部屋から出て行った。クロノは再び仰向けになって天井を見上げた。カン、カンッと木剣のぶつかり合う音が響く。小気味よい音だ。そのせいだろうか瞼《まぶた》が重くなってきた。

レイラが出るまで時間が掛かるだろうし、と目を閉じる。カン、カンッと木剣のぶつかり合う音が響き、ガウルやエクロン男爵領の自警団、蛮族《ばんぞく》のことが脳裏を過る。いや、浮かんでは消えるというべきか。思考が取り留めなく垂れ流され、およそ意味のある結論を導き出すことができない。

ふとレイラのおっぱいを思い出す。手の平にすっぽりと収まるサイズだ。従順なおっぱいと名付けよう。レイラのおっぱいが従順なおっぱいだとすればエレナのおっぱいはどんなおっぱいだろうか。小さく、ツンと澄《す》ました感じのおっぱいだ。うむ、生意気なおっぱいと名付けるしかあるまいて。

では、ティリアはどうか。大きく重量感があるが、お願いを聞いてくれた例《ためし》がない。実に我《わ》が儘《まま》な――そう、我が儘なおっぱいだ。ではでは女将のおっぱいはどうか。これはすぐに思い付いた。背徳的なおっぱいだ。クロノは間男のようなものなのだから。ならアリデッドとデネブは――と考えたその時、現実に引き戻された。人の気配を感じたのだ。

誰《だれ》かが隣にいる。寝返《ねがえ》りを打つふりをして体の向きを変え、恐《おそ》る恐る目を開ける。すると、マイラが寝そべっていた。しっかりと目を開ける。

「マイラ、どうしてここにいるの？」

「坊《ぼっ》ちゃまを起こしに参りました」

マイラはすんすんと鼻を鳴らし、うっとりとした表情を浮かべた。

昨夜の残《のこ》り香《が》に興奮しているのだろう。ちょっと怖《こわ》い。

「やはり、湯浴みの準備を整えておいて正解でした。若い二人が一緒にいて相談で済むはずがありません。それにしても、昨夜は随分《ずいぶん》と楽しまれたようですね」

「はい、お陰様《かげさま》で」

クロノはとんちんかんな答えを返した。何と言っていいのか分からなかったのだ。

マイラは体を起こし、クロノに覆い被《かぶ》さった。

「ツンとした雄《おす》の匂《にお》いを嗅《か》いでいると、私の――雌《めす》の部分が疼《うず》いてしまいます」

「――ッ！」

マイラの瞳《ひとみ》がギラリと光る。しまった。油断した。寝起きで危機察知能力が働かなかったのだろうか。それとも、これが無音殺人術の力なのか。逃げなければ捕食《ほしょく》される。

「そ、そそ、そういえば蛮族は弱体化しているらしいけど、どんな感じなの？」

「そこまで露骨《ろこつ》に話を逸らそうとしなくてもよろしいのでは？」

「敵のことは何でも知っておきたいんだよ」

「一戦交えた後でお答えしますので、今は楽しませて頂きたく」

「勘弁《かんべん》して下さい」

「申し訳ありませんが、ご期待には添《そ》いかねます」

マイラはニヤリと笑う。だが、次の瞬間、落胆《らくたん》したかのような表情を浮かべた。ごろりと転がってベッドから下り、音もなく立ち上がる。

「残念ながらここまでのようです」

「それって――」

「それでは、失礼いたします」

どういうこと？　と問いかける間もなく、マイラは部屋から出て行った。何にせよ、助かった。安堵《あんど》の息を吐いた次の瞬間、扉《とびら》を叩《たた》く音が響《ひび》いた。マイラが戻って来たのだろうか。体を起こして布団《ふとん》を抱き締《し》める。ぎぃぃ、と音を立てて扉が開く。扉の隙間《すきま》から顔を覗《のぞ》かせたのは――。

「クロノ様、上がりました」

「レイラか」

どうやらレイラに邪魔《じゃま》されると思って引いたようだ。

クロノはベッドに倒《たお》れ込み、深々と溜息を吐いた。

※

「……朝から疲《つか》れた」

クロノは深い溜息を吐き、脱衣所《だついじょ》の扉を開けた。レイラが出たばかりだからだろう。脱衣所は湿《しめ》っぽく、石鹸《せっけん》のいい匂いがした。後ろ手に扉を閉め、服に手を掛ける。素《す》っ裸《ぱだか》になるまで一分と掛からない。服と下着を洗濯籠《せんたくかご》に入れて浴室に入ると、浴槽《よくそう》に湯がたっぷりと満たされていた。掛け湯をして浴槽に入る。

「は〜、いい湯だな」

浴槽に背中を預け、天井を見上げる。そして、マイラのことを思う。彼女《かのじょ》は愛人になることを望んでいるようだが、地獄《じごく》のようなトレーニングを課せられたこともあって苦手意識を拭《ぬぐ》い切れない。年齢《ねんれい》の問題もある。彼女は養父と同年代だ。見た目が若くても関係を結ぶのは躊躇《ためら》われる。さらに養父と彼女の関係だ。養父は養母に操《みさお》を立てていると言ったが、マイラと関係を持っていたのは想像に難《かた》くない。血の繋《つな》がりがないとはいえ父と慕《した》う人物と兄弟になるのは避《さ》けたい。幸い、彼女はあまり本気ではないようだ。このまま凌《しの》げば無事にエラキス侯爵領に帰れるはずだ。

突然、ガチャッという音が響く。びっくりして浴室の扉を見る。だが、扉は閉まったままだ。安堵の息を吐く、マイラが来たのかと思ったが、杞憂《きゆう》だったようだ。ホッと息を吐いたその時、浴室の扉が開いた。

「ぎゃぁぁぁぁッ！」

「む、まだ入っていたのでありますね」

クロノは悲鳴を上げた。扉を開けたのがフェイだったからだ。しかも、裸《はだか》だ。いや、ここが浴室であることを考えれば裸で当然なのだが――。いやいや、当然ではない。それほど深い仲でない二人が裸で浴室にいる。異常事態だ。にもかかわらずフェイは惜《お》しげもなく裸身《らしん》を曝している。いつかのティリアのようだ。それにしても素晴らしい肉体美だ。見事に鍛え上げられ、ルネサンス期の彫刻《ちょうこく》を彷彿《ほうふつ》とさせる。

「仕方ないでありますね」

「出直すんじゃないの⁉」

浴室に入ってきたフェイに突っ込みを入れる。

「出直すのは手間であります」

「それはそうかも知れないけど……」

「失礼するであります」

「ストップ！」

フェイが浴槽に入ろうと足を上げ、クロノは声を張り上げた。

「なんでありますか？」

「掛け湯をして下さい」

「面倒《めんどう》でありま――痛ッ！」

フェイは濁《にご》った声を上げて足を引いた。クロノが叩いたからだ。

「掛け湯をして下さい」

「わ、分かったであります」

クロノが改めて言うと、フェイは跪《ひざまず》いて掛け湯をした。身を乗り出して床を見る。地面を転がったりしたのだろう。濁った湯が排水溝《はいすいこう》に吸い込まれていく。

「いいでありますか？」

「もう二、三回お願いします」

「分かったであります」

お願い通り、フェイは掛け湯をした。視線を向けてきたので端《はし》に寄ってスペースを確保する。彼女は浴槽に入り、膝を抱《かか》えるようにして湯に浸《つ》かる。

「訓練の後の入浴は最高でありますね」

「恥《は》ずかしくないの？」

「いずれ愛人になる身であります。恥ずかしがっても仕方ないであります」

フェイはあっけらかんとした口調で答えた。愛人になろうがなるまいが恥ずかしいものは恥ずかしいと思うのだが、やはり彼女は男女、いや、他人の機微《きび》に疎《うと》いようだ。幼い頃《ころ》からムリファイン家を再興するために修練に明け暮れていたと言うし、そちらに注力するあまり人間関係をおざなりにしてしまったのだろう。

「ありえそうだ」

「何がでありますか？」

「……何でもないよ」

クロノは少し悩《なや》んだ末に答えた。このままではいけないと思うが、だからと言って今すぐに何かができる訳でもない。ここは温かく成長を見守るべきだろう。

「ふひッ」

「――ッ！」

奇妙《きみょう》な笑い声をもらすと、フェイは胸を隠すように腕《うで》を交差させた。どうやら露骨に好色っぽい態度を取ると、フェイも警戒《けいかい》するようだ。

※

長風呂《ながぶろ》しすぎたか、とクロノは軽く頭を振りながら食堂に入った。食堂では養父が席に着いて待っていた。ちなみにフェイはいない。入浴を終えると、馬の準備をするでありますと言って出て行ってしまった。

「よう、遅《おそ》かったな」

「色々ありまして」

クロノは養父の対面の席に座《すわ》った。しばらくして厨房《ちゅうぼう》からマイラがやって来た。料理をテーブルに並べていく。パン、スープ、サラダというメニューだ。

最後にカップを置く。触《ふ》れるとひんやりした感触《かんしょく》が伝わってきた。水出しの香茶のようだ。少しのぼせ気味の身にはありがたい。カップを手に取り、香茶を飲む。

「ふぅ、生き返る」

「フェイ様との入浴は如何《いかが》でしたか?」

クロノがカップをテーブルに置くと、マイラがナイーブな話題をぶっ込んできた。

「朝っぱらから何をやってるんだよ」

「誤解しないで下さい。一緒《いっしょ》にお風呂に入っただけで他には何もしていません」

「一緒に風呂に入っただけって、病気か？」

「坊ちゃまには失望しました。このヘタレ」

クロノが身の潔白を主張すると、養父は呆《あき》れたように、マイラは見下すように言った。

「え⁉　僕《ぼく》が悪い流れなの？」

「据《す》え膳《ぜん》食わぬは男の恥《はじ》って言うだろ？」

「そういう諺《ことわざ》があるのは知ってるけど……」

養父が真顔で言い、クロノは口籠《くちご》もった。

「でも、言い寄られた訳じゃないし、今のフェイに手を出すのはちょっとね」

「まあ、それは――」

「性のせの字も知らぬ娘《むすめ》に教え込むのが醍醐味《だいごみ》では？」

マイラが養父の言葉を遮って言った。多分、フェイが浴室に乱入してきたのはマイラの仕《し》業《わざ》だ。視線を向けると、彼女は軽く咳払《せきばら》いをした。

「これはメイド教育の一環《いっかん》です。誤解されませんよう」

「メイド教育って」

「坊ちゃまも理解されていると思いますが、フェイ様は男女の機微に疎いようです」

「まあ、そうだね」

クロノは相槌《あいづち》を打った。養父も同意見らしくこくこくと頷《うなず》いている。

「今のフェイ様では胸元やショーツを見られてもあっけらかんとしていると思われます」

「「ああ～」」

クロノと養父の声が重なる。思わず顔を見合わせる。どうやら自分と養父がフェイに抱いているイメージはかなり近いようだ。

「胸元やショーツを見られて恥じらわないなど言語道断です。坊ちゃまに質のよい恥じらいを提供するために、他《ほか》ならぬ坊ちゃまの手でフェイ様に自身が雌であると刻み込んで頂きたかったのです」

マイラは拳《こぶし》を握《にぎ》り締めて言った。碌《ろく》でもない主張だが――。

「素晴《すば》らしい、マイラ、パーフェクト、パーフェクトだ。キャベツ畑やコウノトリを信じている娘に無修正のポルノを見せつけるが如き下衆さだ。その下卑《げび》た発想には吐《は》き気《け》すら催《もよお》す。だが、そこがいい」

「無修正のポルノが何なのか分かりかねますが、お褒《ほ》めに与《あずか》り恐悦至極《きょうえつしごく》に存じます」

クロノが両手を打ち鳴らすと、マイラはスカートを摘《つ》まんで一礼した。

「お前ら気が合うよな」

「世界が違っても殿方《とのがた》は同じということではないかと」

養父が呆れたように言うと、マイラは誇らしげに胸を張った。

「それにしたって自身が雌であると刻み込んでなんてよく言えるな」

「まあ！　私は旦那《だんな》様《さま》が仰《おっしゃ》ったことをアレンジしただけなのですが？」

「……そうだったな」

マイラがわざとらしく言うと、養父は伏《ふ》し目《め》がちになって言った。

長い付き合いだと色々あるようだ。

「ところで、父さんとマイラって……。昔、付き合ってたりする？」

「付き合ってはおりませんでしたが、肉体関係はありました」

養父に尋《たず》ねたつもりだったのだが、答えたのはマイラだ。養父は顔を顰《しか》めている。

「傭兵《ようへい》団を率いていた頃、旦那様はブイブイ言わせていたのですが、結婚《けっこん》されるとすっかり落ち着いてしまい……。私は女盛りの体を持て余すことに」

「人生守りに入ってますね」

「うるせぇ。若い頃はどうせ早死にするだろうと思って無茶《むちゃく》苦茶《ちゃ》やってたんだよ」

クロノが指摘すると、養父は拗《す》ねたように言った。

「いいから飯を食っちまえ。今日も駐屯地に行くんだろ」

「いただきます」

クロノは手を組み、パンに手を伸《の》ばした。

※

「ごちそうさまでした」

「お粗末様《そまつさま》でした」

クロノが手を組んで言うと、マイラは満足そうな笑みを浮かべた。残っていた水出し香茶を飲んで立ち上がる。すると、養父がこちらを見た。

「気を付けて行ってこいよ」

「行ってらっしゃいませ」

「行ってきます」

クロノは養父とマイラに挨拶を返して食堂を後にした。廊下《ろうか》を通り、エントランスホールを抜《ぬ》け、外に出る。これから領内の見回りに行くのだろう。部下達《たち》が庭園に整然と並んでいる。レイラは、と視線を巡《めぐ》らせる。いた。タイガと打ち合わせをしているようだ。程《ほど》なく打ち合わせが終わり、レイラが駆《か》け寄ってきた。クロノの前で立ち止まる。

「おはようございます。すでに準備は整っております」

「お疲れ様」

レイラの肩越《かたご》しに庭園を見ると、馬車が止まっていた。御者席にはサッブ、荷台にはスノウが乗っている。昨夜、どういう風に接すればいいのかと悩んでいたが、近くに置いて接し方を模索《もさく》することに決めたようだ。馬車の近くにはフェイ、アルバ、グラブ、ゲイナーの姿もあった。四人とも馬に乗っている。一頭だけ誰も乗っていない馬がいた。レイラの馬だ。鞍《くら》を乗せているので出発の準備は整っているようだ。

「行こうか？」

「はい！」

クロノが歩き出すと、レイラはやや遅れて付いて来た。

「クロノ様、遅いであります！」

フェイが馬上から叫《さけ》び、クロノは苦笑《くしょう》した。養父と手合わせし、浴室でクロノと鉢合《はちあ》わせたにもかかわらず元気一杯《いっぱい》だ。レイラが小さく溜息を吐く。どうやら悩みの種はスノウだけではないようだ。

「「「おはようございやす！」」」

「おはよう」

アルバ、グラブ、ゲイナーの三人が威勢《いせい》よく言い、クロノは挨拶を返した。

「スノウ、おはよう」

「クロノ様、おはようございます」

挨拶を交わして馬車の荷台に乗る。すると、レイラは一礼して自分の馬に向かった。軽《かろ》やかに飛び乗る。クロノは馬に乗るのも難儀《なんぎ》するのだが、これが才能の違いだろうか。そんなことを考えていると、サッブが肩越しに視線を向けてきた。

「おはようございやす」

「おはよう、サッブ。今日もよろしく」

「こちらこそ、よろしくお願いしやす」

サッブは歯を剥《む》き出して笑い、正面に向き直った。荷台に座ると、レイラが馬に乗って近づいてきた。静かに口を開く。

「クロノ様、よろしいでしょうか？」

「よろしく」

「では、出発！」

レイラが声を張り上げると、馬車が動き出した。

※

馬車は村を通り、畑沿いのエリアを抜け、一路駐屯地に向かう。昨日と同じく振動《しんどう》が伝わってきてお尻が痛い。なんで、クッションを持ってこなかったんだろう、とクロノは後《こう》悔《かい》を噛《か》み締めながら荷台に寄り掛《か》かった。その時——。

「ねぇねぇ、クロノ様」

荷台の後方に座っていたスノウが声を掛けてきた。

「何だい？」

「なんで、帰れって言われたのにまた駐屯地に行くの？」

クロノが居住まいを正して尋ねると、スノウは不満を滲ませて言った。何故、駐屯地に行くのか。もちろん、答えは出ている。それは——。

「仕事だからね」

「ボク、あの女に会いたくない」

スノウは拗ねたように唇《くちびる》を尖《とが》らせて言った。あの女とはセシリーのことだろう。

「フェイを馬鹿《ばか》にしたし、ボクを虫呼ばわりして斬《き》ろうとしたんだもん」

「気持ちは分かるけど……」

正直にいえばクロノも会いたくない。嫌《いや》みや挑発《ちょうはつ》なら我慢もできるのだが、彼女は暴力に訴《うった》えてくるからだ。暴力に訴えられたら黙《だま》ってはいられない。クロノは部下を守らなければならないし、部下——レイラ達だってクロノを守らなければならない。

駐屯地で刃傷沙汰《にんじょうざた》を起こすかも知れないと考えただけで気が重くなる。目下の敵は彼女なのではないかという気さえする。側頭部を撫《な》でる。そこにはハゲ——セシリーに蹴られてできた傷が残っている。この報《むく》いはいつか必ず、とクロノは拳を握り締めた。

不意にスノウが立ち上がる。何かあったのだろうか。彼女はクロノの隣に移動すると腰《こし》を下ろした。悪戯《いたずら》っ子のような笑《え》みを浮かべて顔を覗き込んでくる。

「帰っちゃおうよ？」

「仕事なんだから駄目《だめ》だよ」

ちぇッ、とスノウは可愛《かわい》らしく舌打ちした。

「嫌でも仕事はこなさないとね」

「貴族ってもっと自由なものだと思ってたのに」

「案外、不自由なもんだよ」

「そっか、貴族も大変なんだね」

「そう！　貴族も大変なのでありますッ！」

スノウがしみじみとした口調で言うと、馬車と併走《へいそう》していたフェイが大声で同意した。

「特に宮廷《きゅうてい》貴族は大変であります。当主が死ぬと、収入がなくなってしまうであります」

「没落《ぼつらく》貴族のフェイはクロノ様より大変なんだ」

「ぐッ……。ぼ、ぼぼ、没落はしてないであります」

スノウが憐《あわ》れむかのように言い、フェイは呻いた。収入が途絶《とだ》えた時点で立派に没落していると思うのだが、指摘はしない。部下を泣かせる趣味《しゅみ》はないのだ。

「家が没落したって言ってなかったっけ？」

「言ってないであります！　没落したような状況《じょうきょう》とは言ったかもでありますが……」

フェイがムキになったように言い、スノウが可愛らしく首を傾《かし》げる。

「没落と没落したような状況ってどう違うの？」

「そ、それは……」

無邪気《むじゃき》な質問にフェイは口籠もった。無邪気さは残酷《ざんこく》なのだな、としみじみ思う。フェイは馬車と併走しながら思案するように首を傾げていた。突然、ハッと顔を上げる。

「それは家を立て直せるチャンスの有無《うむ》であります！」

「でも、あの時って……」

スノウは口を噤《つぐ》んだ。フェイが涙目《なみだめ》になっていることに気付いたからだろう。

「うん、フェイの家は没落してないよね」

「そ、そうであります！　没落してないでありますッ！」

スノウが前言を翻《ひるがえ》すと、フェイは嬉しそうに言った。どっちが年下か分からない。

「どうやって、家を立て直すの？」

「もちろん、武勲《ぶくん》を立てるのであります！」

むふー、とフェイは鼻息も荒《あら》く言った。だが、家の立て直しと武勲がどう繋がるか分からないのだろう。スノウは不思議そうに首を傾げている。仕方がない。

「貴族は武勲を立てると、論功行賞でお金や領地をもらえるんだよ」

「そっか、クロノ様も手柄《てがら》を立てて領地をもらってたもんね」

説明すると、スノウは合点《がてん》がいったとばかりに頷いた。

「偉い人に顔を覚えてもらえれば大隊長に任命されることもあるし、そしたら各方面にコネができるし、やりようによっては給料以上のお金が稼《かせ》げるよ」

「知ってる。それって賄賂《わいろ》ってヤツでしょ？　スラムにいた時、警備兵がお金を受け取ってスリを見逃《みのが》してたりしてたもん」

「私はそんなことしないであります」

フェイはムッとしたように言ったが、そうする者もいるということだ。以前、ケインから聞いた話によれば治安の悪い地域では役人が賄賂を受け取って犯罪を見逃すケースが多いらしい。その金は上役への賄賂となるという。

「クロノ様は賄賂を受け取ってないの？」

「トータルでマイナスになるから受け取ってないよ」

「トータルでマイナス？」

スノウが鸚鵡《おうむ》返しに呟《つぶや》く。

「当たり前のことなんだけど、犯罪を見逃すと治安が悪化するんだよ。そして、治安を回復させるためにはすごく手間が掛かる。ほら、全体で見ると損してるでしょ？」

「クロノ様ってすごい」

「伊達に一年以上領主をやってないよ」

スノウが目を輝《かがや》かせて言い、クロノは胸を張った。商人からの賄賂についても説明しようかと思ったが、知識の浅さが露呈《ろてい》してしまいそうなので止めておく。

「ホントにすごいや。クロノ様ってエッチなだけの人だと思ってたのに」

「スノウ！」

「――――ッ！」

背後からレイラの声が響き、スノウは首を竦《すく》めた。クロノもびっくりしたが、平静を装いながら体の向きを変える。すると、レイラが馬車と併走していた。

「だって、毎晩毎晩、亜人《あじん》をベッドに連れ込んでるって聞いたし」

「私はその噂《うわさ》を聞いて異動を決意したのであります」

サイモンから聞いていたが、想像以上に噂が広まっている。あの時は知っていればダメージが少ないと思ったが、ちょっとへこんだ。クロノの気持ちを知ってか知らでかスノウは頬《ほお》を赤らめつつ——。

「お母さんやアリデッド百人隊長、デネブ百人隊長を呼び出してるみたいだし」

「強制したことはないよ」

「エレナ殿はクロノ様が枕《まくら》を返してくれないから仕方がなくと言っていたであります」

「それはプレイの一環だから」

「プレイの一環？　つまり、駆け引きという訳でありますね。なるほどであります」

フェイは不思議そうに首を傾げ、すぐに合点がいったとばかりに頷いた。

ややあって、レイラがこほんと咳払いをした。

「スノウ、私は自分の意思で夜伽を務めています。それは他の方も同じです」

「そうなんだ。クロノ様ってモテるんだ」

レイラが頬を赤らめつつ言うと、スノウは感心したように言った。

「でも、クロノ様はお母さんの何処《どこ》が好きなの？　お母さんはハーフエルフだよ？」

「答えなくていいです」

「……最初は誤解とか、勢いとかあったと思うよ」

ややを置いて答える。クロノが軍に残るように説得した時、レイラは愛情からだと誤解した。本当ならば誤解を解く努力をすべきだったのだろう。だが、クロノはその場の勢いで病室に忍《しの》んできたレイラを抱《だ》いてしまった。こんな不誠実な真似《まね》をしていいのかと後悔もしたが、今にして思えばそれでよかったのではないかという気もする。ああいう形で結ばれなければレイラを抱くことなんてできなかっただろう。

「ティリアには身分違《ちが》いの恋《こい》はいけないって言われたけど……。でも、レイラはすごく必死で、信じたいって思ったんだ」

「クロノ様は皇女殿下《でんか》に逆らって愛を貫《つらぬ》いたのでありますね！」

「……クロノ様」

フェイが語気を強めて言うと、レイラは感極《かんきわ》まったように目を潤《うる》ませた。その時、馬車がスピードを落とした。駐屯地が近いようだ。正面に視線を向ける。ジョニーが上手《うま》くやったのか、エクロン男爵領《だんしやく》の自警団はいない。その代わりという訳ではないが、兵士達が更地《さらち》で訓練をしていた。

駐屯地の近くでは組み手をしている。素手《すで》で殴《なぐ》り合っている者もいるが、木剣や木槍《もくやり》を使っている者もいる。ガウルの姿を求めて視線を巡らせるが、すぐには見つからない。しばらくして土煙《つちけむり》が上がっていることに気付いた。

騎兵《きへい》もいるんだ、とクロノは目を細める。視線の先では騎兵が訓練用の突撃槍《とつげきやり》を構えて大地を駆けていた。鎧《よろい》の形状から女性であると分かる。セシリーだろうか。騎兵は一直線に標的に向かう。材木を組み合わせて作った標的だ。巨大《きょだい》な十字架《じゅうじか》のように見える。

突撃槍が標的——横木の先端《せんたん》を捉《とら》える。折れるかと思ったが、そうはならなかった。横木が回転したのだ。簡単そうに見えるが、実際はかなり難しい。芯《しん》を捉えなければ横木が回転せずに突撃槍が折れるか反動で落馬するからだ。

不意に馬車が揺《ゆ》れる。サッブが馬車を止めたのだ。クロノが馬車から飛び降りると、スノウも後に続いた。やや遅《おく》れてレイラとフェイが馬から下り、サッブが口を開く。

「あっしらはここで待ってればいいんで？」

「そうだね。いや、ちょっと待って」

どうしよう？　とクロノは腕を組んで考える。待機で支障はないのだが、サッブ達は優《ゆう》秀《しゅう》な傭兵だ。特にサッブは交渉力《こうしょうりょく》にも長《た》けている。遊ばせておくには惜しい。

「情報収集をお願いできないかな？　ガウル殿の人柄《ひとがら》や駐屯地の状況を知りたいんだ」

「へい、分かりやした」

サッブは頷き、視線を巡らせた。何か気になることでもあるのだろうか。

「レイラ嬢《じょう》ちゃんやスノウちゃんに協力してもらっても構いやせんか？」

「レイラとスノウに？」

クロノは鸚鵡返しに呟き、視線を巡らせた。ぱっと見た限り、駐屯地の兵士は人間よりも亜人の方が多いようだ。

「確かに二人に協力してもらった方がよさそうだね」

「流石《さすが》、クロノ様だ。話が早ぇや」

「レイラとスノウはサッブに協力して」

「はッ、承知しました」

「……承知しました」

クロノの言葉にレイラは即答《そくとう》し、スノウはやや間を置いて答えた。

「アルバ、グラブ、ゲイナーはここで待機させて構いやせんね？」

「任せるよ」

「へへ、ありがとうございやす」

サッブは手の甲《こう》で鼻の下を擦《こす》ると御者席《ぎょしゃ》から飛び降りた。

「アルバ、グラブ、ゲイナー！　お前らはここで待機だ！」

「「「うっす！」」」

サッブが声を張り上げ、アルバ、グラブ、ゲイナーの三人が威勢よく返事をする。

「さあ、二人とも行きやしょう」

「よろしくお願いします」

「お願いしま～す」

サッブが駐屯地《ちゅうとんち》に向かって歩き出す。訓練に励《はげ》んでいる兵士ではなく、待機している兵士から話を聞くつもりのようだ。クロノと同じ結論に達したらしく、レイラはすぐにサッブを追った。スノウは戸惑《とまど》っているかのような素振りを見せた後で付いて行く。

「私達はどうするのでありますか？」

「ガウル殿を探そう」

「了解《りょうかい》であります」

クロノは組み手をしている兵士達のもとに向かった。フェイと肩《かた》を並べてガウルの姿を求めてさまよう。訝《いぶか》しげな視線を向けてくる者もいたが、トラブルを起こしたくないのだろう。それ以上のことはしてこない。

「あまりやる気がないみたいでありますね」

「よく分かるね」

「音や熱が違うであります」

むふ、とフェイは得意げに鼻を鳴らした。音は分からないが、熱は分かった。張り詰《つ》めたような雰囲気《ふんいき》がないのだ。当然か。駐屯地の兵士は蛮族と戦っていないのだ。治に居て乱を忘れず——平和な時でも備えを怠《おこた》ってはならないとはいうものの、何もなければ人は緩《ゆる》むものだ。

それに、とクロノは歩きながら視線を巡らせた。満足に食べさせてもらっていないのだろう。獣人《じゅうじん》の毛並みが悪い。平和な上、空腹となれば訓練に身が入らないのも道理だ。さらに蛮族討伐《とうばつ》はガウルの功名心から出たことなので反感を買っている可能性が高い。

だが、気になることもある。ガウルは感情的な部分があるが、よくも悪くも裏表のない性格だ。そんな人物が部下を満足に食べさせられない状況をよしとするとは思えないのだ。前任者から引き継《つ》いだ内容を精査していないのだろうか。

「……ありえそうだ」

ガウルは部隊運営に明るくなさそうだし、副官がセシリーなのだ。二人とも問題を是正《ぜせい》できそうにない。不意にフェイが口を開く。

「誰か来たであります」

「セシリーじゃないの？」

フェイの見ている方向を見ると、騎兵が近づいてくる所だった。フルフェイスの兜《かぶと》を被っているが、彼女以外には考えられない。フェイがクロノを庇《かば》うように前に出る。すると、騎兵は馬を止め、バイザーを撥《は》ね上げた。

「あ～ら、フェイさんではなくて？」

やっぱりセシリーだった、とクロノは深い溜息《ためいき》を吐《つ》いた。それが面白《おもしろ》くなかったのだろう。彼女はまなじりを吊《つ》り上げた。

「今日も軍服姿ですの？」

「ガウル殿《どの》に会いに来ただけなので鎧は必要ないであります」

「本当のことを仰っても構いませんわよ？」

「本当のことでありますか？」

「ええ、支給された鎧が見窄《みすぼ》らしくて着て来られなかったと」

フェイが問い返すと、セシリーは小馬鹿《こばか》にするような笑みを浮《う》かべた。

「失礼でありますね。ゴルディ殿に作って頂いた鎧は見窄らしくないであります」

「ああ、そういえばこの前ご一緒した時、エラキス侯爵《こうしやく》は胸甲冑《ブレストアーマー》を着ていらっしゃいましたわね。もし、フェイさんの仰る見窄らしくない鎧が胸甲冑でしたら哀れとしか言い様がありませんわ。騎士《きし》の鎧は板金鎧《プレートアーマー》以外にありえませんもの」

　フェイは無言でクロノの陰《かげ》に隠《かく》れた。言い返して欲《ほ》しいでありますと言うようにクロノの軍服を掴《つか》む。舌戦《ぜっせん》はフェイの負けのようだ。

「わざわざ嫌みを言いにきたの？」

「嫌みだなんてとんでもありませんわ。わたくしは挨拶《あいさつ》に伺《うかが》っただけですわ」

「ふ～ん、僕は『おはようございます』も『お疲れ様です』も聞いてないんだけど？」

「耳が遠いのではなくて？」

「そうかもね。なら、改めて挨拶をしてくれないかな？」

「何故《なぜ》、わたくしがそんなことをしなくてはいけませんの？」

「挨拶に来たんでしょ？」

　クロノが言い返すと、セシリーは顔を顰めた。

「……ごきげんよう、エラキス侯爵」

「ごきげんよう、セシリー。下馬してくれるともっとよかったよ。そういえばマルカブの街に行く途中《とちゅう》で矢から庇ってあげた時のお礼がまだだったね」

「――――ッ！」

セシリーは鬼《おに》のような形相で睨《にら》み付けてきた。潮が引くように兵士達がクロノ達から距《きょ》離《り》を取る。流血沙汰を予想したのだろう。クロノもセシリーが斬りかかってくるのではないかと思ったが、そうはならなかった。突然《とつぜん》、セシリーが馬首を巡らせたのだ。背を向け、騎《き》兵達《へいたち》のもとに向かう。その時、フェイが飛び出した。

「セシリー殿！　お礼がまだでありますよッ！」

「お黙りなさい！　この馬糞女《まぐそおんな》ッ！」

フェイが叫ぶと、セシリーは背を向けたまま叫び返してきた。ぷッという音が響《ひび》く。周囲の兵士が笑いを堪《こら》えきれずに噴《ふ》き出したのだ。

「馬糞女じゃないであります！」

フェイが真っ赤になって叫ぶが、セシリーは無視して行ってしまった。ぐッ、と口惜《くや》しげに呻《うめ》くが、それ以上のことはできないようだ。クロノは彼女の肩を叩《たた》いて歩き出す。

「フェイ、行こうか」

「……馬糞女じゃないであります」

フェイは隣《となり》を歩きながらぼそっと呟く。

「セシリーって、いつもあんな感じだったの？」

「もっと苛烈《かれつ》であります。馬糞女だの、愚図《ぐず》だの、よく言われたものであります。それでも、耐《た》えられたのは……」

「ムリファイン家を再興させる目的があったから、か」

「いつか屈辱《くつじょく》を味わわせてやりたいと思っていたからであります！」

フェイは拳を握り締《し》めて言った。気持ちは分かるが――。

「そこはムリファイン家を再興させるためって言おうよ」

「それはそれ、これはこれであります。クロノ様、蛮族を討伐《とうばつ》してセシリー殿に屈辱を味わわせてやって欲しいでありますッ！」

「いや、僕は戦い以外の道はないものかと――」

「どうして、そんなことを言うのでありますか？」

フェイはクロノの言葉を遮《さえぎ》って言った。信じられないと言わんばかりの顔をしている。

「戦えば犠牲《ぎせい》が出るし、蛮族と言っても同じ人間なんだから」

「それでは戦功を立てられないであります」

「まあ、そうなんだけど……。民族を全滅《ぜんめつ》させた男として歴史書に載《の》るのは避けたいな」

「歴史書に載るのは誉《ほま》れでありますよ？」

クロノがぽつりと呟くと、フェイは不思議そうに首を傾げた。

「今はそれでいいかも知れないけど、数百年後もそうとは限らないよ」

「数百年後……。なるほどであります」

フェイは難しそうに眉根《まゆね》を寄せ、こくこくと頷いた。どうやら納得《なっとく》してくれたようだ。

「むッ、あっちからいい音がしたであります！」

突然、フェイが方向転換《てんかん》して歩き出した。いい音と言われてもあちこちから木剣や木槍を打ち合わせる音が響いている。こんな状況で音の区別が付くのだろうか。だが、他に当てはない。フェイの後に続く。

しばらくして彼女《かのじょ》が足を止め、クロノは目を見開いた。本当にガウルがいたのだ。彼《かれ》は木剣を片手に少年と戦っていた。いや、稽古《けいこ》を付けていたというべきか。

やぁッ！　と少年が木剣を繰《く》り出すが、ガウルは受けに徹《てっ》している。少年の技量は稚拙《ちせつ》だが、ガウルの表情は真剣《しんけん》だ。真摯《しんし》に向き合っている。好感度がかなり上がった。それはさておき——。

「これがいい音なの？」

「そうであります。気合いの入ったいい音であります」

フェイは満足そうに頷いた。正直、違いが分からない。だが、彼女がいい音というのならそうなのだろう。体力が尽《つ》きたのか、少年が動きを止める。

「ニア、もう休め」

「まだ……まだ、大丈夫《だいじょうぶ》です」

ガウルが優《やさ》しく声を掛けるが、少年――ニアはムキになったように木剣を構えた。

「やぁぁぁッ！」

ニアが声を上げ、突っ込んでいく。ガウルは小さく溜息を吐き、最小限の動きで攻撃《こうげき》を躱《かわ》した。軽く、本当に軽く爪先《つまさき》を差し出す。爪先がニアの臑《すね》に触れる。恐《おそ》らく、普段《ふだん》なら避《よ》けるか、避けられなかったとしても体勢を立て直せたことだろう。

だが、体力の尽きているニアには不可能だった。バランスを崩《くず》し、何とか立て直そうとするも叶《かな》わずに転倒《てんとう》してしまう。立ち上がろうとするが――。

「勝負ありだ」

ガウルは木剣の切っ先をニアの首元に突《つ》きつけた。

「反論は？」

「……ありません」

ニアは立ち上がり、深々とガウルに頭を垂れた。

「次は――」

「私であります！」

誰《だれ》だ？　と言おうとしたのだろう。だが、ガウルの言葉はフェイによって遮られた。彼はクロノの方を見つめ、不愉快《ふゆかい》そうに顔を顰めた。

「次はだ――」

「私であります！　私でありますッ！」

無視することに決めたのだろう。ガウルは顔を背《そむ》けて口を開くが、再びフェイに言葉を遮られる。怒《いか》りからか、顔が真っ赤だ。

「手合わせをお願いするであります！」

「ニア、木剣を貸してやれ」

「はい、分かりました」

無視しても無駄《むだ》だと悟《さと》ったのか、それとも痛めつけて黙らせようと考えたのか、ガウルは顎《あご》をしゃくった。ニアがフェイに歩み寄り、木剣を差し出す。

「ありがたく使わせて頂くであります」

「あ、はい、どうぞ」

フェイはぺこりと頭を下げ、木剣を受け取った。具合を確かめるように一振《ひとふ》りする。大して力を込めているように見えなかったが、風を切る鋭《するど》い音が響く。ほう、とガウルは感心したように声を漏《も》らした。表情が引き締まる。フェイの実力を認めたのだろう。

「名を聞いておこう」

「フェイ・ムリファインであります！」

「そうか。知っていると思うが、俺《おれ》はガウルだ。ガウル・エルナト」

フェイが木剣を中段に構えると、ガウルも中段に構えた。クロノは内心首を傾げた。恵《めぐ》まれた体躯《たいく》を活《い》かすならば上段に構えるべきだと思うのだが、別の意図があるようだ。二人は対峙《たいじ》したまま動かない。高度な駆け引きが行われているはずだが、クロノには分からない。風が吹《ふ》き、フェイが動いた。一息で距離を詰めて突きを放つ。狙《ねら》いは首だ。

だが、木剣は虚空《こくう》を貫いた。ガウルが側面に回り込んだからだ。そのまま木剣を振《ふ》り下ろす。カンという音が響く。フェイが木剣を弾《はじ》いたのだ。今の彼女は神威術《しんいじゅつ》を使っていない。体格差を考えれば弾くのは難しいはずだが、クロノに分からないだけで何らかの意図があるのだろう。二人は跳《と》び退《すさ》り、距離を取った。

「なかなかやるな」

「そちらこそなかなかやるでありますね」

二人は実力を認め合った。笑みを浮かべているものの、薄《うす》ら寒《さむ》いものを感じる。ぎりぎりの所で獰猛《どうもう》さを隠している。そんな風に感じられる。フェイが木剣を下段に構え、ガウルが上段に構える。今度はガウルが先に動いた。瞬《またた》く間《ま》に距離が詰まる。

ガウルが木剣を振り下ろす。ぞっとするような風切り音を伴《ともな》った一撃《いちげき》だ。今度はフェイも木剣で弾こうとはしなかった。当然か。あんな攻撃を弾ける訳がない。だが、距離を取れば追撃《ついげき》される。フェイは強く大地を蹴《け》った。攻撃を潜《くぐ》り抜けて側面に回り込む。

養父と手合わせした時、クロノも同じ手を使った。あの時は初撃を躱したものの、直後に体当たりを喰《く》らった。さて、ガウルはどうするのか。彼は木剣を振りきった姿勢から即座《そくざ》に次の攻撃を繰り出した。横薙《よこな》ぎの、いや、掬《すく》い上げるような一撃だ。二撃目までのタイムラグを考えるに一撃目は躱されると考えていたに違いない。

フェイはわずかに膝《ひざ》を屈《かが》めて攻撃をやり過ごした。あまりの剣圧《けんあつ》に髪《かみ》が揺れる。反撃《はんげき》のチャンスだ。クロノがそう考えた瞬間《しゅんかん》、ガウルは三撃目を繰り出した。距離を詰め、柄頭《つかがしら》を振り下ろす。最初の一撃を躱した時と同じようにフェイは地面を蹴ってガウルの側面に回り込んだ。そのまま木剣を振り上げる。

だが、木剣は空を斬った。ガウルが跳び退って躱したのだ。わずかに体勢が崩れる。わざとらしさは感じられない。しかし、タイミングを考えると攻撃を誘《さそ》っている可能性は十分にある。フェイは迷う素振《そぶ》りも見せずに飛び出した。正しい判断なのか。カンという音が響く。木剣がぶつかり合う音だ。フェイの攻撃をガウルは木剣で受け止めていた。どうやら誘いではなく本当に体勢を崩していたようだ。

ガウルが木剣を振るうと、フェイはいとも容易《たやす》く吹き飛ばされた。大して力を込めたようには見えないが、体格差を考えれば不自然なことではない。ガウルはチャンスを逃《のが》すまいと突進《とっしん》し、木剣を振り下ろした。木剣がフェイを両断する。いや、違う。フェイがぎりぎりの所で木剣を躱したせいで両断されたように見えたのだ。

　フェイが木剣を突き出し、ガウルは体を捻《ひね》って躱した。二人が動きを止める。クロノは内心首を傾げた。ガウルは体勢を崩している。現状ではフェイが優位だ。だが、あくまで優位——まだ逆転の目は残されているように思える。

「……俺の負けだ」

「お手合わせ頂き、ありがとうございますであります」

　ガウルが敗北を認めると、フェイは背筋を伸ばして頭を垂れた。不完全燃焼感《ねんしょうかん》は否《いな》めないが、決着が付いたようだ。同じ価値観を持つ者同士の暗黙《あんもく》の了解みたいなものがあるのだろうか。あると考えると、いくつかあった不自然な点にも合点がいく。

「ははッ、貴様は強いな」

「お褒《ほ》めに与《あずか》り恐悦至極《きょうえつしごく》であります」

　ガウルが朗《ほが》らかに笑い、フェイは誇《ほこ》らしげに胸を張った。

「どうだ？　俺の部下にならんか？」

「ちょっと！　人の部下をスカウトしないで欲しいんですけどッ！」

「ちッ、いたのか」

クロノが早足で歩み寄ると、ガウルは忌々《いまいま》しそうに舌打ちした。

「で、どうだ？　貴様ならすぐに副官になれるぞ？」

「何事もなかったようにスカウトを再開しないで欲しいんですが！」

「これは俺とフェイの問題だ」

間に割って入ると、ガウルはうんざりしたように言った。

「違いますぅ！　僕《ぼく》の問題でもありますぅ！」

「鬱陶《うっとう》しいヤツだ」

「お言葉は嬉《うれ》しいのでありますが――」

「この、裏切り者が！」

「落ち着いて欲しいであります！　社交辞令でありますッ！」

クロノが向き直って叫ぶと、フェイは宥《なだ》めるようにこちらに手の平を向けてきた。

「社交辞令ということは俺の部下になるつもりはないんだな？　こういうやり方はあまり好きではないんだが、エルナト伯爵家《はくしゃくけ》は――」

「自分の力を試《ため》したいとか格好《かっこ》いいことを言って蛮族討伐に志願したくせに実家の力を使わないで欲しいんですけど！」

　クロノがガウルの言葉を遮って叫ぶ。すると、彼はぎょっとした顔でこちらを見た。何故、知っていると言わんばかりの表情だ。だが、問い質《ただ》しても仕方がないと判断したのだろう。フェイに向き直る。

「アルコル宰相《さいしょう》による改革以降、諸侯《しょこう》の力は軒並《のきな》み低下しているが、エルナト伯爵家はそれなりに影響力《えいきょうりょく》を保っている。貴様が上を目指すのならばクロフォード男爵家より力になれるはずだ。これでも、心変わりはしないか？」

「……そこまで評価して頂いて――」

「なんで、即答しないの？」

「即答したら失礼でありますよ、失礼」

　クロノが理由を尋《たず》ねると、フェイは小声で言った。

「評価して頂いてありがたいのでありますが、クロノ様は何ができるかも分からない私を温かく迎《むか》えてくれた方であります。そんな方を裏切っては罰《ばち》が当たるであります」

「そういうことですよ！」

「そこまで義理立てするほどの男か？」

　クロノがドヤ顔で言うと、ガウルはくだらないものでも見るような視線を向けてきた。

「確かにちょっと残念な所がある方でありますが……。男の中の男であります」

「ほう、貴様にそこまで言わせるとは……」

フェイが胸を張っていると、ガウルは感心したように言った。こちらを見つめ、難しそうに眉根を寄せ、まさかなと言わんばかりの表情を浮かべた。何気に傷付く。

「それで、今日は何をしに来た？」

「仕事ですよ、仕事。ガウル殿のサポート」

「必要ないと言ったはずだ。フェイを置いて帰れ」

「軍務局からの正式な命令ですよ？」

「ならば一筆書いてやる。だから、フェイを置いて帰れ」

「全責任を負ってくれるんなら従うのも吝《やぶさ》かじゃないんですが、それにしたってガウル殿の一存で帰れるってもんじゃないですよ。軍務局の判断を仰《あお》がないと」

「素直《すなお》に帰るつもりはないということか」

「正式な命令が出れば帰ります」

「……それで、貴様は何人くらい兵士を率いて来たんだ？」

ガウルはやや間を置いて言った。うんざりしたような口調だが、兵士の人数を尋ねるということは興味を持ってくれたのだろう。

「騎兵五、歩兵四十一、弓兵十、御者一です」

「それっぽっちの兵士が何の役に立つと言うんだ」

クロノが人数を伝えると、ガウルは呆《あき》れたように言った。ちなみにレイラは騎兵、タイガは歩兵としてカウントしている。

「あくまでサポートが任務ですし。ああ、でも、部隊運営では役に立てると思います」

「そういえば親征の時に貴様は糧秣《りょうまつ》の管理を任されていたな」

「よく覚えてますね」

「俺は馬鹿ではない」

ガウルはムッとしたように言った。部隊運営か、と呟いて思案するように腕《うで》を組む。

「……分かった。貴様の力を見せてもらおう」

「では、物資の納入状況について——」

「待て、訓練がまだ終わっていない」

ガウルは手の平をこちらに向けて言った。早く仕事に取りかかりたいのだが——。

「じゃあ、訓練が終わるまで待ってます」

「なんだ、貴様は参加しないのか」

「怪我《けが》してサポートに支障を来したくないので」

「そんな真似はせん」

ガウルはムッとしたように言った。どうやら手ずから相手をするつもりだったようだ。

深々と溜息を吐き、顎をしゃくって駐屯地を指し示す。

「まあ、いい。門の所で待っていろ。一段落したら行く」

「ありがとうございます。フェイ、行こう」

「了解であります」

フェイを置いていけと言われるかと思ったが、ガウルは何も言わなかった。クロノはフェイを伴い、駐屯地の門に向かう。そこでは情報収集を終えたレイラ達《たち》が待っていた。

「クロノ様、お疲《つか》れ様《さま》で」

「そっちこそ、お疲れ様」

サッブがぺこりと頭を下げて言い、クロノは労《ねぎら》いの言葉を返した。

「首尾《しゅび》はどうだった？」

「上手くいきやした。報告はレイラ嬢《じょう》ちゃんにお願いして構いやせんか？」

「構わないよ」

クロノが視線を向けると、レイラが歩み出た。

「ガウル殿の評判はどうだった？」

「蛮族討伐については否定的な意見が多かったのですが、ガウル様の評判はそれほど悪くありませんでした。前回の偵察《ていさつ》で部下を守るために単身蛮族に挑《いど》んだことから頼《たよ》りになるという評価を受けているようです」

「でも、皆《みんな》はお腹一杯《なかいっぱい》食べたいみたいだよ。ボクがクロノ様の下で働いていると、一日三食お腹一杯食べられるって言ったら、羨《うらや》ましそうにしてたもん」

レイラがガウルの評価を、スノウが兵士達の不満を報告する。評価はともかく、兵士の不満は予想通りだった。ガウルもそれに気付いていたからこそ『貴様の力を見せてもらおう』と言ったのだろうが――。

「セシリーについてはどうだった？」

「いい噂は聞きませんでした。何でも騎兵ばかり優遇《ゆうぐう》すると……」

クロノが尋ねると、レイラは戸惑いながら答えた。むふーという音が響く。鼻息だろうか。音のした方を見ると、フェイが小鼻を膨《ふく》らませていた。

「どうしたの？」

「何でもないであります」

笑いを堪えているのだろう。フェイは頬をひくつかせながら答えた。

※

昼――訓練が終わり、兵士達が駐屯地に戻《もど》っていく。文句こそ口にしていないが、表情は暗く、足取りは重い。クロノはすんすんと鼻を鳴らした。昼時にもかかわらず芳《こう》ばしい匂《にお》いは漂《ただよ》っていない。糧秣不足で一日二食なのだろう。そんなことを考えていると、ガウルが意気揚々《いきようよう》とやって来た。クロノ達の前で立ち止まる。

「待たせたな」

「今来た所です」

「すぐにバレる嘘《うそ》を吐くな」

ジョークのつもりだったのだが、ガウルはムッとしたように言った。

「部隊運営の役に立てるということだったが、何から始めるつもりだ？」

「まず物資の納入状況《じょうきょう》を確認《かくにん》したいと思います」

「つまり？」

「書類を確認させて下さい」

「分かった。付いて――」

「ちょっと待って下さい！」

「何だ？」

ガウルが歩き出したので呼び止める。すると、彼は立ち止まり、こちらに向き直った。

「部下に指示を出させて下さい」

「……お前の言う通りだな。悪かった」

ガウルは頭こそ下げなかったが、自身の非を認めた。軽く目を見開く。文句を言われると思っていたのだが、第一印象が最悪だっただけで悪い人物ではないのだろうか。

「レイラは僕のサポートをお願い」

「はい、承知――」

待て、とガウルがレイラの言葉を遮る。

「ハーフエルフにサポートができるのか？」

「レイラには教養がありますし、普段から部隊運営に携《たずさ》わってもらっています」

クロノは平静を装いつつ答えた。少しだけムカッとしたが、ガウルはレイラを馬鹿《ばか》にしている訳ではない。帝国の識字率は低い。教養は限られた人間のものなのだ。それを考えればガウルの物言いは当然だ。

「ならば問題ない。指示を中断させて悪かった」

「では、改めてレイラはサポートをよろしく。フェイ、スノウ、サッブ、アルバ、グラブ、ゲイナーはここで待機」

「承知しました」

「了解であります」

「うん、分かった」

「「「「うっす！」」」」

レイラ、フェイ、スノウ、サッブ、アルバ、グラブ、ゲイナーが応じる。

「これで問題ないな。付いて来い」

ガウルが歩き出し、クロノとレイラは後を追った。案内されて辿《たど》り着いたのはカナンとロバートがいた建物だ。中に入ると、大きなテーブルがあった。昨日はガウルとセシリーの机しかなかったので、新たに運び込んだのだろう。

「そこのテーブルを使え」

ガウルはテーブルを指差し、自分の机に向かった。クロノが席に着くと、やや遅れてレイラが席に着く。すぐにガウルが箱、いや、机の引き出しを持って近づいてきた。ドンとテーブルの上に置く。クロノは引き出しを覗《のぞ》き込んで顔を顰《しか》めた。羊皮紙が乱雑に詰め込まれていたからだ。思わずガウルを見る。

「そんな目で見るな。俺だって好ましい状況にあるとは思っていない」

「そうですか」

ガウルが言い訳がましく言い、クロノは小さく溜息を吐いた。だが、嘆《なげ》いていても仕方がない。書類を整理して状況を把握《はあく》しなければ。書類を手に取り、内容を確認する。どうやら納品書のようだ。レイラがおずおずと口を開く。

「どうしますか？」

「とりあえず日付順に並べ直そう」

クロノは納品書を取り出し、自分とレイラの前に置いた。手分けして納品書を日付順に並べ始める。並べ替《か》えは思っていたよりも早く終わった。

「クロノ様、どうぞ」

「ありがとう」

レイラから納品書を受け取って一つに纏《まと》めたその時、ガチャという音が響いた。反射的に顔を上げると、セシリーが扉《とびら》を開けたままの姿勢で立っていた。表情が歪《ゆが》む。

「まったく、下賤《げせん》な輩《やから》は虫と一緒《いっしょ》ですわね。気が付いたら紛《まぎ》れ込んでいるんですもの」

「クロノ様、私は——」

「いや、そのままでいいよ」

レイラが立ち上がろうとするが、クロノはその場に止まるように伝える。レイラは戸惑ったような素振りを見せ、イスに座《すわ》り直した。セシリーの表情がさらに歪む。元々、整った容貌《ようぼう》をしているだけに迫力《はくりょく》を感じさせる。

だが、引く訳にはいかない。クロノは命令を受けてここにいる。そして、命令を遂行《すいこう》するためにレイラの力が必要だと判断した。嫌《いや》みを言われたくらいでレイラを退室させる訳にはいかない。それに、ここで庇わなければ信頼《しんらい》を失ってしまう。上司としてそれだけは避けなければならない。

「出て行かないのであれば——」

「止めろ、セシリー」

セシリーが剣に手を伸《の》ばし、ガウルが口を開く。

「どうして、止めなければなりませんの？　ガウル隊長とて昨日は帰れと仰《おっしゃ》っていたじゃありませんの。それなのにわたくしを止めるだなんて不可解ですわ」

「昨日とは状況が変わった。二人には俺が力を貸して欲しいと頼《たの》んだ」

「だったら他の場所で仕事をすればよろしいのではなくて？　わたくし、下賤な輩と同じ部屋にいると吐《は》き気《け》がしてきますの」

「そうか、体調が悪いのならば自室で寝《ね》ていろ」

「——ッ！」

怒りにだろう。セシリーの頬《ほお》が赤く染まる。だが、ガウルは平然としている。

「もう一度言う。この二人には俺が力を貸して欲しいと頼んだ。一緒にいたくないというのならば貴様が出て行け」

「──ッ！　失礼しますわッ！」

セシリーは口惜しげに歯軋《はぎし》りすると乱暴に扉を閉めた。

「すまなかったな」

「いえ、ありがとうございます」

クロノは礼を言い、納品書に視線を落とした。内容を確認する。納品者はベイリー商会ブルクマイヤー伯爵《はくしゃく》領支店となっている。日付を見る限り、毎月決まった日に来ているようだ。品目と数量を確認し、あることに気付く。

「ガウル殿、駐屯地の兵士は千人ですか？」

「ああ、歩兵と弓兵が九百で、騎兵《きへい》が百だ。それがどうかしたのか？」

クロノが確認すると、ガウルは訝しげな表情を浮かべた。

「兵士は一日で小麦千グラム、肉百五十グラム、塩十二グラム、馬は大麦五千グラム、干し草と藁《わら》を四千グラムずつ消費すると言われています」

「もったいぶらずに結論を言え」

クロノが糧秣の消費量について説明すると、ガウルは苛立《いらだ》ったように言った。

「小麦を相場より高い金額で仕入れているせいで必要数の八割しか納められていません」

「何故、そんなことになっているんだ？」

「そこまでは分かりません」

ガウルは訝しげな表情を浮かべたが、納品書からこれ以上の情報を読み取ることはできない。考えられる可能性はいくつかあるが、全《すべ》て推測の域を出ない。

「エラキス侯爵、どうすればいい？」

「他の商会に見積もりを頼んで、ベイリー商会と値下げ交渉《こうしょう》をしましょう」

「交渉に応じなかったら？」

「取引を終わらせるだけです」

ガウルの問いかけにクロノは即答《そくとう》した。大隊長にはどの商会と取引するかを決める権限がある。それを行使するだけだ。迷うまでもない。

「今までの不足分を徴収《ちょうしゅう》することは可能か？」

「納品書に署名をしているので無理だと思います」

「そうか。だが、問題がある。俺には伝手《つて》がない」

ガウルは頷《うなず》き、沈《しず》んだ口調で言った。クロノにも伝手はないが——。

「そこは父さん——父の力を借りるのでご安心を」

「いいのか？」

「うちは親子仲が良好なので」

「……では、頼む」

揶揄《やゆ》されたと思ったのだろう。ガウルは顔を顰めた。だが、それも数秒のことだ。数秒後には神妙《しんみょう》な面持《おもも》ちで頭を下げてきた。これには少し驚《おどろ》いた。

「差し出がましいようですが、これからは納品に立ち会い、数字に強い部下に糧秣を管理させるべきだと思います」

「数字に強い部下か」

クロノが提案すると、ガウルは難しそうに眉根を寄せた。悪い予感がする。

「レイラを引き抜《ぬ》こうとしないで下さいよ」

「……分かっている」

機先を制して言うと、ガウルはやや間を置いて答えた。

「レイラも、フェイもうちの士官候補生で教育の真っ最中なんですから」

「それは自分の領地で教育を施《ほどこ》しているということか？」

「ええ、軍学校に勤めていた方を教師として招きました」

ほう、とガウルが感心したように声を上げた。

「貴様は部下を育てているのだな」

「教養のある人を雇《やと》うのは難しいですからね。それで、数字に強い部下に心当たりは？」

「心当たりはあるが――」

「はい、決定！　その人に任せましょうッ！」

「俺の話を最後まで聞け」

クロノが言葉を遮ると、ガウルはムッとしたような表情を浮かべた。

「心当たりはあるが、問題がある。ニアは気が弱い」

ニア？　とクロノは首を傾《かし》げた。そういえば練兵場でガウルと手合わせしていた少年がそう呼ばれていた。ガウルと手合わせしている時点で相当な胆力《たんりょく》の持ち主だと思うが、信頼関係があったからできたと考えるべきか。

「気の弱い交渉役《こうしょうやく》など話にならんだろう？」

「ガウル殿が背後に立っていればいいのでは？」

「なるほど、その手があったか」

ガウルは感心したように言った。

「とりあえず、今日できるのはここまでですね。納品書をお借りしても？」

「ああ、構わん。それがないと見積もりができんだろうからな」

「ありがとうございます」

クロノは納品書をポーチに入れて立ち上がった。やや遅《おく》れてレイラも立ち上がる。ふとエクロン男爵領《だんしやくりょう》の自警団や蛮族の件が脳裏《のうり》を過る。できれば話をしたいが、今は難しいだろう。まずは信頼を勝ち取らなければ。

「それでは、失礼します」

「次はいつ来る？」

「見積もり次第《しだい》ですね」

そうか、とガウルは頷いた。クロノはレイラに目配せして建物から出た。門から出ると、フェイとスノウが駆《か》け寄ってきた。

「クロノ様、お疲れ様であります」

「お疲れ様です」

「二人とも……。皆、待たせて悪かったね」

フェイとスノウに視線を向け、それからサッブ達に視線を向ける。

「首尾はどうでありますか？」

「ぼちぼちだね」

「それはよかったであります」

「行こうか」

フェイが胸を撫《な》で下ろし、クロノは馬車に向かって歩き出した。レイラとフェイは自分の馬に向かう。荷台に足を乗せると、サッブが振り返った。

「お疲れ様で。クロフォード邸《てい》に戻ってよろしいんですかい？」

「うん、よろしく」

へい、とサッブは頷き、正面に向き直った。クロノが腰《こし》を下ろすと、スノウが荷台によじ登った。四《よ》つん這《ば》いになって近づいてくる。制服の胸元《むなもと》に余裕《よゆう》があるので——ハッ、いけないいけない。こんな年端《としは》もいかぬ少女の胸元を見るだなんて。

「ねぇねぇ、クロノ様。今日も自転車を借りていい？」

「構わないよ」

「えへへ、ありがとう」

クロノが胸元を見ないようにして言うと、スノウは微笑《ほほえ》んだ。無邪気《むじゃき》な笑《え》みだが、計算しているのではという疑念が生じる。いや、考えすぎか。無警戒《むけいかい》で擦《す》り寄ってくる少女の胸元を見てしまう汚《けが》れた心がそう思わせているのだ。

「今日は一人で大丈夫？」

「うん、もう乗れるようになったし」

スノウがクロノの隣《となり》に座り、馬車がゆっくりと動き始めた。

※

陽が西の空に大きく傾《かたむ》いてきた頃《ころ》、クロノ達はクロフォード邸に到着《とうちゃく》した。門を通り抜け、庭園を進む。タイガ達——といってもタイガは歩き回って指導していたが——は二人一組になって組み手をしていた。タイガが敬礼をしようとするが、手で制する。馬車が庭園の片隅《かたすみ》に止まり、サッブが振り返る。

「着きやしたぜ」

「ありがとう、サッブ」

クロノは礼を言って立ち上がった。ずっと座っていたせいであちこちが痛い。荷台から飛び降り、軽くストレッチをする。ゴキゴキという音が響《ひび》く。

さて、父さんの所に行かないと、と玄関《げんかん》に向かう。突然《とつぜん》、扉が開く。屋敷《やしき》から出てきたのはマイラだった。どうかしたのだろうか。訝《いぶか》しんでいると、近づいてきた。クロノの前で立ち止まり、深々と頭を垂れる。

「お帰りなさいませ」

「ただいま。どうかしたの？」

「旦那様《だんなさま》を見かけませんでしたか？」

「帰ってきたばかりだから」

「チッ、またサボって」

マイラは舌打ちし、吐《は》き捨てるように言った。

「ところで、お仕事は如何でしたか？」

「まあ、ぼちぼち」

「それはようございました」

クロノがポーチに触《ふ》れながら言うと、マイラはくすっと笑った。

「そういえばベイリー商会って知ってる？」

「はい、存じております。ベイリー商会はブルクマイヤー伯爵領に支店を持つそこそこ大きな商会です。そこそこ、大きな」

マイラは『そこそこ』と『大きな』の部分を強調するように言った。

「もしかして、ベイリー商会のこと嫌《きら》い？」

「死ねばいいと思っておりますが、それが何か？」

マイラは真顔で問い返してきた。あまり踏《ふ》み込まない方がいいかな？　と厩舎《きゅうしゃ》の方を見る。そこではレイラ達が馬から鞍《くら》を下ろしている。あっちに行こう。ここは危険だ。そう思って足を踏み出すと、マイラが回り込んできた。何か言いたそうな目で見ている。駄目《だめ》だ。踏み込まざるを得ない。

「何かあったの？」

「ええ！　そりゃあもうッ！　精魂《せいこん》込めて作った作物を安く買い叩《たた》かれました！　金額が不満なら他所に行っても構いませんよと上から目線で……。ま！　開拓《かいたく》が軌道《きどう》に乗ってから他の商会に切り替えてやりましたけどね！　その時の担当者の顔ときたら……。うははははッ！　ざまぁぁぁぁッ！」

マイラは哄笑《こうしょう》した。本当に楽しそうだ。この成功——ざまぁ体験を口にせずにはいられなかったのだろう。まあ、気持ちは分かる。

「それで、ベイリー商会がどうかなさいましたか？」

「あ、うん、実は——」

「そういうことでしたら協力は惜《お》しみません」

クロノが事情を説明すると、マイラはお任せ下さいと言わんばかりに胸を叩いた。

「恐らく、ガウル様の前任者は小麦の価格を高く設定することでキックバックを受け取っていたに違《ちが》いありません。軍費の横領は死罪ですので——」

「ストップ！　そこまでしなくていいからッ！」

「では、何のために私に相談されたのですか？」

クロノが言葉を遮《さえぎ》ると、マイラは真顔で首を傾げた。本当に分かってなさそうで怖《こわ》い。

「他の商会に見積もりをしてもらうだけでいいんだよ」

「それではベイリー商会の人間が死にませんが？」

「死ななくていいから！」

「坊《ぼっ》ちゃま、坊ちゃまが穏便《おんびん》に収めようとしてもベイリー商会の悪徳商人どもは横領の証《しょう》拠《こ》を掴《つか》んでいると判断することでしょう。守っていては勝てません。先手必勝です」

マイラは笑みを浮《う》かべ、親指で喉《のど》を掻《か》き切るジェスチャーをした。目がマジだ。彼女《かのじょ》の目を見ていると、それもそうかもみたいな気分になってくる。だが――。

「僕の仕事はサポートだからね。判断はガウル殿《どの》に委《ゆだ》ねるよ」

「素晴《すば》らしい。手柄《てがら》を譲《ゆず》る体でガウル殿を矢面《やおもて》に立たせる非道《ひどう》さ。このマイラ、感服いたしました。流石《さすが》、クロフォード男爵家の嫡男《ちゃくなん》です」

「そんなことはこれっぽっちも考えてないんだけど……」

「はッ、ご冗談《じょうだん》を」

マイラは鼻で笑った。どうすれば信じてもらえるのだろう。不意にマイラの耳がぴくっと動いた。視線がクロノの背後に向けられる。養父を見つけたのだろうか。振り返ると、馬が駆け込んでくる所だった。もちろん、人が乗っている。その人物は――。

「女将《おかみ》⁉」

思わず声を上げる。だが、聞こえなかったのだろう。女将はそのまま馬を走らせ、クロノの前で馬首を巡《めぐ》らせた。まるでブレーキターンだ。女将は馬から飛び下りると駆け寄ってきた。馬に乗ってきたせいだろうか。服装がかなり乱れている。

「よかった。擦れ違いになるかと思ってヒヤヒヤしたよ」

「ヒヤヒヤって……。何かあったの？」

「自警団の連中が帝国《ていこく》軍を追い出してやるみたいなことを言い出したんだよ」

ジョニー、とクロノは呻《うめ》いた。それほど期待していた訳ではないが、昨日の今日でそんなことになるとは。女将は苛立ったように頭を掻き毟《むし》った。

「ったく、カナンも、ロバートもビシッと言ってやりゃいいのに」

「女将、質問していい？」

「何だい？　こっちは急いでるんだよ」

「カナンさんって女将の妹？」

「――ッ！」

女将は驚いたように目を見開き、気まずそうに視線を逸《そ》らした。あれだけ似ていれば血《けつ》縁《えん》関係を疑って当然だと思うのだが――。

「妹って言うか、その――」

「はい、こちらは前エクロン男爵のご息女シェーラ様です」

女将がごにょごにょと呟《つぶや》き、マイラが溜息《ためいき》交じりに呟く。

「ちょいと！　黙《だま》ってるって約束だっただろ⁉」

「シェーラ様に付き合っていては話が進みません。貴族だってバレたら関係が壊《こわ》れちゃうと乙女《おとめ》チックなことを考えていたのかも知れませんが……」

「そんなことはないよ、そんなことは」

マイラが溜息交じりに言うと、女将は拗《す》ねたような口調で言った。

「それで、僕は何をすればいいの？」

「自警団の連中を何とかして止めて欲《ほ》しいんだよ」

「止めて欲しいって、もう手遅《ておく》れなんじゃ……」

「カナンが時間稼《かせ》ぎするからまだ大丈夫《だいじょうぶ》なはずだよ。だから、助けとくれよ」

「分かったよ」

「本当かい⁉」

見捨てられると考えていたのだろうか、女将は大きく目を見開いた。

「新貴族は嫌《きら》われてるからね。自警団員が駐屯地《ちゅうとんち》の兵士を傷付けたら旧貴族に付け入る隙《すき》を与《あた》えることになる。それだけは避《さ》けたいんだ。ただ、できる限りのことはするけど、自警団員の安全は保証できない。最悪、全員殺すことになる」

「そりゃ――」

「僕だってできれば殺したくないよ」

クロノは女将の言葉を遮った。彼女の気持ちは分かる。何年も離《はな》れていたとはいえ同郷の人間だ。死んで欲しくないだろう。ましてや彼女は前領主の娘《むすめ》だ。だが、大を救うために小を殺す決断をしなければならない時もある。それが人の上に立つということだ。

「ぎりぎり、本当にぎりぎりまで踏み止《とど》まる。でも、覚悟《かくご》はしておいて」

「分かったよ」

女将は俯《うつむ》き、絞《しぼ》り出すような声音《こわね》で言った。

「レイラ、フェイ、タイガ！　エクロン男爵領の自警団が駐屯地に向かっている！　これから迎撃《げいげき》に向かう！　すぐに準備を！」

「「「はッ！」」」

クロノが命令を下すと、レイラ、フェイ、タイガの三人は声を張り上げた。三人が詳細《しょうさい》な命令を下すと、部下達が慌《あわ》ただしく動き始める。準備が整うまで間がある。この間に策を練らなければ――。女将に視線を向ける。

「女将、自警団の進行ルートは？」

「それは打ち合わせてきたよ。バッチリさ」

「なら先回りできるね」

クロノは腕を組んで策を練る。先回りはできる。あとは待《ま》ち伏《ぶ》せだが、部下はいいとして問題はクロノだ。部下ほど巧《たく》みに身を隠《かく》せる自信がない。いや、あの魔術《まじゅつ》を使えば姿を隠せる。欠点もフェイとレイラがいれば補える。まさか、エレナを驚かせるために身に付けた魔術がこんな所で役に立つとは思わなかったが――。

待ち伏せも何とかなる。だが、その後はどうすればいいのか。自警団の連中は殺し合いというものが分かっていない。威嚇《いかく》したくらいでは引かないはずだ。一人を惨《むご》たらしく殺して警告するという手もあるが、パニックになって襲《おそ》い掛《か》かってきても困る。ふとカナンとロバートの姿が脳裏を過る。

「女将、カナンさんとロバートさんは今回の件を穏便に済ませたいんだよね？」

「当たり前だろ！」

「だったら……」

あるアイディアが閃《ひらめ》き、クロノはフェイに視線を向けた。彼女は馬——黒王に鞍を付け直している。実現可能なのか自問する。不可能ではないが、そこまでどう持って行くかが問題だ。クロノが主導しても自警団の連中は従わないはずだ。その場で従ったとしても望まない結末になれば文句を言うに決まっている。

カナンがこちらの意図を察してくれればいいのだが、ぶっつけ本番でそこまで求めるのは酷《こく》だ。ロバートがフォローしてくれればと思うが、不安要素が大きい。他のアイディアはと思案を巡らせる。だが、簡単に思い付けば苦労はない。時間が欲しい。時間があればいいアイディアを思い付けるはずだが、その時間がない。こうやって迷っている間にも時間は過ぎていく。その時——。

「なんで、こんなことになっちまったんだか」

女将がぽつりと呟いた。

※

どうして、こんなことに——、とカナンは馬上で下腹部を押《お》さえた。胃が痛い。吐き気がする。ぐるぐるという不気味な音が下腹部から響いている。自分の屋敷を出た時からずっとそうだ。家に帰ってベッドで休みたい。

だが、そんなことはできない。カナンは頼れる姐御《あねご》として通っているのだ。少なくとも山猿《やまざる》どもはそう認識《にんしき》している。お腹《なか》が痛いから家に帰ると言ったらどうなるか。決まっている。信用を失う。それだけならばいい。

もし、見くびられたら——。帝国軍に対してやってきたことが自分の身に降りかかる可能性が高い。考えただけで吐きそうだ。だから、地獄《じごく》が待ち受けているとしてもこの道を進むしかない。カナンがこんなにも苦しんでいるというのに山猿どもは——。

「へへ、帝国軍のヤツらに目にもの見せてやるぜ」

「俺達《おれたち》の力を見ればすぐに降伏《こうふく》するって」

「いつも偉《えら》そうにしやがって」

「ジョニーの仇《かたき》を取ってやろうぜ」

などと呑気《のんき》な会話をしていた。きっと、帝国軍を相手に大立ち回りを演じている自分を夢想しているに違《ちが》いない。頭がおかしいんじゃないかと思う。相手はプロだ。父達と同じ荒事《あらごと》の専門家だ。猪《いのしし》や熊《くま》にさえ怯《おび》えて逃《に》げ惑《まど》う山猿がどうして勝てるだろう。

「でも、相手は千人もいるんスよ？」

手に力を込めたその時、ジョニーがおずおずと口を開いた。カナンは心の中で快哉《かいさい》を叫《さけ》んだ。いいぞ、山猿どもの戦意を削《そ》いでやれ。

「止めた方がいいんじゃないッスかね」

「おいおい、ジョニー。今更《いまさら》、何をびびってんだ？」

「蹴《け》り上げられて玉を落としちまったのかよ？」

「一人二十人やれば駐屯地くらい落とせるさ」

「それに、俺達にはロバートさんがいるだろ」

「そ、それもそうッスね」

　この役立たず！　と心の中で悪態を吐く。どうして、そんな簡単に諦《あきら》めるのか。無理でもいいからもっと粘《ねば》れと言いたい。それはさておき、山猿どもが妙《みよう》に強気だと思ったらロバートの存在が大きかったらしい。まさに虎《とら》の威《い》を借る狐《きつね》だ。他人の力に頼ってどうするというのか。だが、いくらロバートが強いと言っても所詮《しよせん》は多勢に無勢だ。一人で千人も相手取れる訳がない。戦うどころかいきなり降参する可能性もある。

　そしたら山猿どもは皆殺《みなごろ》しにされるに違いない。それはいい。仕方がない。だが、自分はどうなるのか。まず捕《と》らえられるのは間違いない。そして、地下牢《ちかろう》に閉じ込められて薄《うす》汚《ぎたな》い看守どもに死ぬ前に楽しませてやるよと言われて代わる代わる犯《おか》されるに違いない。

　姉さん、早く助けに来て、とカナンは涙目《なみだめ》で祈《いの》った。ふと姉がクロノを説得できるか心配になる。エクロン男爵家の自警団が駐屯地を襲撃《しゅうげき》なんてことになれば他の家も不利益を被《こうむ》る。利害関係を考えれば説得に応じてくれるはずだ。だが、人間は必ずしも利害だけで動いている訳ではない。初対面で無礼を働いてしまったことが悔《く》やまれる。せめて、詫《わ》びを入れておけばよかった。

ああ、どうして私はこうなんだろう、と溜息を吐いたその時――。

「あ、姐《あね》さん！」

「あ？　何だい？」

馬首を巡らせて振《ふ》り返る。すると、ジョニーは馬上で下腹部を押さえていた。

「うんこかい？」

「そ、そうッス」

「仕方がないねぇ。待っててやるからそこら辺の草むらでひり出してきな」

「申し訳ないッス」

ジョニーは馬から下りると街道《かいどう》沿いの草むらに飛び込んだ。ふぅ、と溜息を吐く。うんこだなんて汚《きたな》らしい言葉を使ってしまった。嫌になる。とはいえ、これで少しは時間を稼げるはずだ。

「ジョニーが戻って来るまで休憩《きゅうけい》だよ、休憩！」

「姐さんの命令だ！　休憩！」

「休憩だと！　休憩！」

「は？　なんでだよ？」

「ジョニーがうんこしてんだよ、うんこ」

「じゃ、俺《おれ》は小便」

カナンが叫ぶと、ロバートが後に続いた。その後、何匹《なんびき》かの山猿が馬から下りて草むらに向かう。草むらの手前で立ち止まって小便をする。

しばらくして小便を終えた山猿が馬に飛び乗るが、ジョニーはまだ戻ってこない。この調子で時間を稼いで欲しいが、さらに時間が経《た》ち——。

「ジョニーのヤツ、遅くねーか？」

「下痢《げり》なんだろ、下痢」

「それにしてもよ」

「だったらお前が見て来いよ」

「なんで、俺が。嫌だぜ、うんこをひり出してるジョニーを見るのは」

「俺だって嫌だよ」

流石に山猿どもも騒《さわ》ぎ始めた。だが、本格的に騒ぎ出すまで間があるはずだ。そこまでは粘る。誰《だれ》が何と言おうと粘る。ここで粘るのだ。そんなことを考えていると、ロバートが馬を寄せてきた。そして、カナンにだけ聞こえる声で呟く。

「お嬢様《じょうさま》、囲まれています」

「まさか、帝国軍⁉」

「分かりません」

カナンは視線を巡らせた。街道沿いの草が揺《ゆ》れている。それだけだ。冷《ひ》や汗《あせ》が背中を伝う。囲まれていると分かっても見つけられない。それほどの手練《てだ》れということだ。相手がその気になれば為《な》す術《すべ》もなく殺される。引き返すべきか。いや、方向転換《てんかん》している間に攻撃されるのがオチだ。ならば——。

「馬を走らせて——」

「正面にも敵がいます」

ロバートが言葉を遮る。カナンは馬首を巡らせて正面に向き直る。街道が真《ま》っ直《す》ぐ延びているが、やはり敵の姿は見えない。

本当にいるのか訝しんでいると、ロバートが口を開いた。

「恐《おそ》らく、開陽回廊《かいようかいろう》です」

「開陽回廊？」

「エリル・サルドメリク子爵《ししゃく》が開発した姿を見えなくする魔術《まじゅつ》です」

カナンが鸚鵡《おうむ》返しに呟くと、ロバートは魔術について解説してくれた。流石、元帝国軍人だけあって魔術に詳《くわ》しい。

「弱点は？」

「姿を消せる代わりに何も見えなくなると聞いたことがあります」

「欠陥《けっかん》魔術じゃない」

「元々、開陽回廊は他の魔術で視覚を補ったり、他の兵士と連携《れんけい》したりして使うものなんです。だから、欠陥とは言い切れません。まあ、敵ならば範囲《はんい》攻撃で吹《ふ》き飛ばすこともできるのですが……」

「そんなことできないわよ」

カナンは小さく呟いた。姉がクロノを連れて戻《もど》ってきたと信じたいが、そうではない可能性もある。だとしたら最悪だ。地下牢に閉じ込められて酸《す》っぱい臭《にお》いのする看守に同じ臭いにしてやると犯される。クロノかどうか見極《みきわ》める必要がある。

「正体は分かってるんだ！　隠れてないで出てきなッ！」

カナンが声を張り上げると、二十メートルほど先の空間が歪んだ。陽炎《かげろう》みたいだ。歪みは少しずつ大きくなり、やがて弾《はじ》けた。そこにいたのは三人の男女だ。一人は男――クロノだ。あとの二人は女だ。一方は弓を持ち、もう一方は白い軍服を着ている。

どうやら、姉はクロノを連れてきてくれたようだ。もちろん、油断はできない。彼《かれ》が味方かどうかまだ分からないのだ。その時、ガサッという音が響いた。

「うわ！　敵だッ！」

「囲まれてるぞ！」

「くそッ！　帝国軍のヤツら、待ち伏せしてやがったッ！」

山猿どもが叫んだ。視線を巡らせると、獣人《じゅうじん》やエルフが草むらから姿を現した。五十人近くいるだろうか。存在を知らされていたが、こんなにいるとは思わなかった。年端もいかぬ少女もいるが、山猿どもよりは強いに違いない。

「こちらは帝国軍です！　エクロン男爵領の自警団は速《すみ》やかにお引き取り下さい！　退去勧告《かんこく》に従わない場合は実力を行使します！」

はい！　喜んでッ！　とカナンは叫びたかった。だが、ぐっと堪《こら》える。山猿どもに弱気な所を見せる訳にはいかないのだ。そんなカナンの気持ちを無視して――。

「ここはエクロン男爵領だ！　帝国軍の命令には従わないぞッ！」

「横暴だ！　横暴ッ！」

山猿どもが口々に叫ぶ。クロノは無言だ。無言で片手を上げる。すると、彼の隣にいた女が矢を放った。

矢が地面に突《つ》き刺《さ》さり、山猿どもがどよめく。また何か言い出すかと思ったが、黙り込んでしまった。矢を撃《う》ち込まれてびびったのだ。無理もない。彼らは余所者《よそもの》にすごむことしかできない半端者《はんぱもの》なのだ。とはいえ落胆《らくたん》にも似た思いを抱《いだ》いた。多分、心の何処《どこ》かでいざとなれば男らしく戦うと期待していたのだろう。

「姐さん！　言い返して下さいよッ！」

「いつもみたいにビシッと言ってやって下さい！」

山猿どもが小声で言い、カナンは溜息を吐いた。まったく、情けない。

「お引き取り下さいって言われて、はいそーですかって引く訳にゃいかないんだよ！」

「そうだそうだ！」

「俺達は引かないぞ！」

「姐さんと最後まで戦うぞッ！」

「うっさいね！　あたしが話してるんだから黙ってなッ！」

カナンが怒鳴ると、山猿どもは黙り込んだ。

「どうしたら引いてくれますか？」

「どうしたら……」

カナンは鸚鵡返しに呟いた。どうしたらと言われても困る。むしろ、クロノが条件を提示すべきではないだろうか。だが、そんなことを言えるはずもない。どうすればと自問したその時、ロバートがこちらに視線を向けてきた。

それで閃くものがあった。決闘《けっとう》だ。ロバートを代理に立て、負ければ引き返すという条件で決闘を行うのだ。こちらから提案すれば山猿どもも卑怯《ひきょう》とは言わないだろうし、負けても約束を守ったと面子を保てるはずだ。なるほど、よく考えている。問題は打ち合わせを全くしていないことだ。

それに、とカナンはクロノの隣にいる白い軍服を着た女を見つめる。目が爛々《らんらん》と輝《かがや》いている。戦いたくて仕方がないという目だ。空気を読まずに全力で挑《いど》んできそうな怖さがある。だが、今はこの流れに乗るしかない。

「決闘だよ！　ロバート、叩きのめしてやりなッ！」

「フェイ、任せた！」

カナンが叫ぶと、クロノは呼応するように叫んだ。

※

「決闘だよ！　ロバート、叩きのめしてやりなッ！」

「フェイ、任せた！」

よし！　とクロノは拳《こぶし》を握《にぎ》り締《し》めた。意を汲んでくれなかったらと心配だったが、第一関門はクリアした。あとは戦って勝つだけだ。だが、その匙加減《さじかげん》が難しい。自警団員を満足させる戦いを演じなければならない。ぶっつけ本番でできるだろうか。そんな不安が湧《わ》き上がるが、後戻《あともど》りはできない。このまま進むしかないのだ。

フェイが歩き出し、ロバートが馬から下りる。無造作に距離《きより》を詰《つ》め、足を止める。距離は五メートルほど。フェイがゆっくりと腰を落として剣《けん》の柄《つか》に触れると、ロバートも同じように構えた。黒い光が煙《けむり》のようにフェイから立ち上り、呼応するように黄色の光がロバートから立ち上る。緊張感《きんちょうかん》が高まる。

じり、じりと二人が距離を詰める。いや、距離を詰めようとしているだけではない。自身に有利な位置取りをしようとしているのだ。不意に動きが止まる。

「神よ！　我《わ》が刃《やいば》に祝福をッ！　神威術・祝聖刃《しゅくせいじん》ッ!!」

声が重なり、二人は地面を蹴った。瞬《また》く間《ま》に距離が詰まり、光が迸《ほとばし》る。二人が同時に剣を抜き放ったのだ。剣がぶつかり合い、雷鳴《らいめい》にも似た音が響き渡《わた》る。次の瞬間《しゅんかん》、剣が弾《はじ》き返された。二人は剣に振り回されてよろめく。だが、即座《そくざ》に体勢を立て直し、横薙《よこな》ぎの一《いち》撃《げき》を放つ。再び剣がぶつかり合うが、今度は鍔迫《つばぜ》り合いに移行する。

ロバートが剣を押し込む。体格差を利用して押し潰《つぶ》そうとしているのだ。フェイは必死に押し返そうとしているが、じりじりと剣が押し込まれていく。

刃が軍服に触れた次の瞬間、フェイから立ち上る光が強くなった。身体能力をさらに強化したのだろう。剣を押し返す。だが、数センチ押し返して止まってしまった。ロバートも身体能力を強化したのだ。また押し込まれる。そう考えた次の瞬間、ロバートの体が傾《かし》いだ。フェイが片足を軸《じく》に反転し、ロバートを受け流したのだ。

これは予想外、いや、予想していたとしてもどうにもならなかったのだろう。ロバートはたたらを踏み、無防備な背中を曝け出した。一撃入れれば勝負が付く。だが、フェイは跳《と》び退《すさ》った。半瞬《はんしゅん》遅《おく》れて石柱が地面から飛び出す。クロノはホッと息を吐いた。危ない所だった。一撃入れることに拘《こだわ》っていたら重傷を負っていた。

フェイを遠ざけることに成功したものの、ロバートはまだ体勢を立て直していない。フェイが足を踏み出し、ロバートは振り向き様に剣を一閃《いっせん》させた。無意味な一撃だ。ますます体勢が崩《くず》れる。その時、カンという音が響いた。ロバートの剣が石柱を打った音だ。石柱が砕《くだ》け、無数の礫《つぶて》となってフェイに襲い掛かる。

だが、礫はフェイを傷付けることができなかった。忽然《こつぜん》と姿を現した光の壁《かべ》によって防がれたのだ。しかし、ロバートにはそれで十分だった。足止めし、神威術を使わせた。その時間で体勢を立て直せたのだから。

　ロバートはフェイに向き直ると大きく足を踏み出した。距離を詰め、横薙ぎの一撃を放つ。だが、光の壁は健在だ。攻撃《こうげき》は不発に終わる可能性が高い。ロバートの剣が光の壁と接触《せっしょく》し、ガラスの砕けるような音が響いた。光の壁が砕けたのだ。壁の破片《はへん》が空気に溶《と》けるように消える。ロバートは手の平をフェイに向け——。

「神よ！」

　短く叫んだ。手の平から無数の礫が放たれる。フェイは横に跳んで礫を躱《かわ》す。だが、全《すべ》てを躱すことはできなかった。礫が上腕《じょうわん》を捉《とら》え、苦痛に表情が歪《ゆが》む。クロノならば引いてしまったはずだ。だが、フェイはこれが剣士《けんし》の正しい資質と言わんばかりに踏み込んで剣を振り下ろした。刃が空を斬《き》る。ロバートもまた大きく踏み込んで攻撃を躱したのだ。

　フェイが切っ先を跳《は》ね上げる。ロバートは剣で受けるが、攻撃を躱した直後ということもあって勢いに負けて後退《あとずさ》った。フェイの攻撃は止まらない。上下左右から斬撃を繰《く》り出す。怒濤《どとう》の連撃だ。ロバートは剣で受ける。中には受けきれないものもあったが、わずかに革鎧《かわよろい》が傷付く程度だ。さらにフェイは攻撃を繰り出す。

　クロノは違和感《いわかん》を覚えた。攻撃を仕掛《しか》けているフェイの方が余裕がないように見えるのだ。時間が経ち、違和感が正しかったと確信を抱く。フェイは怒濤の連撃を繰り出している。にもかかわらず、ロバートは余裕を取り戻していた。確実に攻撃を捌《さば》いている。

甲高《かんだか》い音が響く。ロバートが剣で攻撃を受け止めたのだ。フェイが剣を振り払《はら》うようにして距離を取る。動きがぎこちない。礫を受けた腕《うで》を庇っているせいだ。そこで怒濤の連撃の意味を理解する。フェイは威力《いりょく》のある攻撃ができないと判断してスピードで押し切ろうとしたのだ。結果は見ての通りだ。彼女は賭《か》けに失敗した。

いや、とクロノは心の中で否定する。これはフェイが勝たなければいけない勝負だ。賭けに失敗するのはおかしい。それに、これだけ派手に戦えば自警団員も納得《なっとく》するはずだ。ロバートを見る。真剣《しんけん》な表情で剣を構えている。それ以上のことは分からない。フェイを勝たせるつもりがないのではないかと疑念が湧き上がる。

考えてみれば必ずしもフェイを勝たせる必要はないのだ。激戦で消耗《しょうもう》したといえば自警団はすごすごと引き下がるだろう。根本的に臆病《おくびょう》な連中なのだ。くそッ、と心の中で悪態を吐く。これだからぶっつけ本番は嫌《いや》なのだ。

ロバートが動く。一気に距離を詰めて剣を振り下ろす。フェイは体捌きのみで躱す。片《かた》腕《うで》しか使えない状況《じょうきょう》だ。力比べになれば不利は否《いな》めない。自身の優位を確信しているからだろう。ロバートは次々と攻撃を繰り出す。だが、攻撃は全て空を斬った。フェイが華麗《かれい》な体捌きで躱したからだ。

フェイが剣を振るう。間隙《かんげき》を縫《ぬ》うように繰り出された攻撃が革鎧に傷を付ける。といっても見過ごしてしまいそうなほど小さな傷だ。この程度の傷など問題ないとばかりにロバートは攻撃を繰り出す。攻撃、攻撃、攻撃、攻撃、防御――フェイに攻撃の機会が巡ってくるのは五回に一回だ。だが、その一回をフェイは確実にものにしていた。

ロバートの革鎧にはいくつもの傷が刻まれている。その殆《ほとん》どは表面を引っ掻いた程度のものだ。攻撃、攻撃、攻撃、攻撃――そして、フェイが反撃する。

ロバートは動かない。これまでの攻防《こうぼう》でフェイの間合いを把握《はあく》しているからだ。剣が目の前を通過し、ロバートは慌てて跳び退った。血が流れ、片目を細める。瞼《まぶた》を斬られ、そこから血が溢《あふ》れたのだ。間合いを読み損《そこ》ねたのか。いや、違う。フェイは祝聖刃で刃を形成し、間合いを伸《の》ばしたのだ。通常であれば見切られた可能性が高い。だが、繰り返された攻防と自分が優位であるという慢心《まんしん》が警戒心《けいかいしん》を鈍らせたのだ。

ロバートが横薙ぎの斬撃を放つ。攻撃を喰《く》らったが、それでも自分の優位は揺るがないと言わんばかりの一撃だ。フェイは軽《かろ》やかなバックステップで攻撃を躱し、ロバートの死角に潜《もぐ》り込もうとする。もちろん、そう簡単にはいかない。ロバートは死角に潜り込まれまいと体の向きを変えている。

ロバートが剣を突き出す。だが、切っ先は虚空《こくう》を貫《つらぬ》いた。動揺《どうよう》はない。すぐに次の攻撃に移る。剣を振り下ろし、振り上げ、袈裟《けさ》懸《が》けに——その全てを躱し、フェイは剣を一閃させる。ロバートは跳び退るが、わずかに遅《おそ》い。鎧《よろい》が斬《さ》り裂かれ、血が流れる。かなり大きな傷だ。にもかかわらず何事もなかったように足を踏み出す。

ロバートが次々と攻撃を繰り出し、フェイが間隙を縫うように反撃する。同じ映像を繰り返し見せられている気分だ。そんな攻防がしばらく続き、変化が生じる。先程《さきほど》までフェイは五回に一回反撃するのが精々だった。それが四回に一回に、三回に一回になる。そして、二回に一回になった時、ロバートは傷だらけになっていた。

ロバートは攻撃を止め、地面に剣を突き立てた。呼吸は荒《あら》い。消耗しているのは明らかだが、フェイは注意深く様子を窺《うかが》っている。しかし、このままでは埒《らち》が明かないと判断したのだろう。足を踏み出す。力尽《ちからつ》きたのか、ロバートが片膝《かたひざ》を突いた。

「黄土《おうど》にして豊穣《ほうじょう》を司《つかさど》る母神《ぼしん》よ！」

次の瞬間、地面が爆発《ばくはつ》した。いや、爆発的な勢いで石柱が地面から飛び出したのだ。石柱が次々と飛び出し、フェイに迫《せま》る。横に跳んで躱す。だが、行く手を遮るように石柱が飛び出した。フェイは跳び退り、着地と同時に踵《きびす》を返して駆《か》け出した。彼女を追うように石柱が地面から次々と飛び出すが、距離は開く一方だ。

十分な距離を取ったと判断したのだろう。フェイはロバートに向き直った。距離は二十メートルほど。膝を屈《かが》めると、立ち上る光が輝きを増す。石柱が飛び出す間もなく距離を詰めるつもりだろう。地面を蹴り、解き放たれた矢のように加速する。次の瞬間、石柱が眼前に飛び出す。クロノはフェイが石柱に激突《げきとつ》する姿を幻視した。だが――。

「なんの！　でありますッ！」

フェイは石柱を駆け上がった。さらに石柱を足場に跳躍《ちょうやく》する。一直線にロバートのもとに向かう。このまま距離を詰められれば、とクロノは拳を握り締めた。

「神よ！」

ロバートが叫び、彼を守るように石柱が地面から飛び出す。フェイは空中にいる。方向転換などできない。そのはずだったが、フェイは空中で方向転換して石柱を躱した。否定したばかりの現象を目の当《ま》たり《あ》にしてクロノは目を見開いた。理由はすぐに分かった。光の壁だ。光の壁を足場にして方向転換したのだ。

「くッ、神よ！」

ロバートは口惜《くや》しげに呻き、再び叫んだ。石柱が次々と地面から飛び出すが、フェイは空中に展開した光の壁を足場に難なく躱した。とはいえスピードは格段に落ちた。一直線に進めなくなったのだから当然だ。

しかし、フェイは光の壁や石柱を蹴りながらロバートとの距離を詰めていく。乱立する石柱を抜《ぬ》け、地面に降り立つ。さらに踏み出そうとしてつんのめった。足に蔓《つる》が絡《から》みついていた。黄土にして豊穣を司る母神は大地の神だ。植物を操《あやつ》ることなど造作もない。だが、所詮は植物だ。フェイが足に力を込めるといとも容易《たやす》く千切れた。足止めにしかならないが、それで十分だった。フェイが動きを止めていた時間は数秒。その数秒でロバートはフェイに肉薄《にくはく》していた。大きく踏み出し、剣を横に振るう。

フェイは咄嗟《とっさ》に光の壁を展開するが、ガシャンという音と共に砕ける。ロバートが剣を振り抜き、フェイは吹っ飛んだ。石柱に叩き付けられ、力なく地面に落下する。爆発が連《れん》鎖的《さてき》に起き、飛び出した石柱がフェイを取り囲んだ。

「よし！　ロバートさんの勝ちだッ！」

「流石、ロバートさんだ！」

「見たか!?　俺達を舐《な》めるんじゃねーぞッ！」

自警団員の言葉に怒《いか》りを覚える。誰のためにこんな無益な戦いをしているのか分かっていないらしい。ここまでやったのだから皆殺しにしてもいいんじゃないかと思ったが、南辺境のためだと自分に言い聞かせて怒りを抑《おさ》える。

フェイ、と小さく呟いたその時、石柱の隙間《すきま》から光が溢れた。黒い光だ。石柱に亀裂《きれつ》が走り、粉々に砕ける。光が掻き消え、フェイが立ち上がる。何とか立ち上がったものの、ふらついている。呼吸も荒い。深呼吸を繰り返し、ハッと空を見上げる。つられてクロノも空を見上げる。すると、そこにロバートがいた。

どうやって、空を飛んだのか。視線を落として周囲を見回す。無数の石柱が地面から突き出している。その中に一本だけ斜《なな》めになっているものがあった。そういうことか。ロバートは石柱が飛び出す勢いを利用して天高く舞《ま》い上がったのだ。

「おぉぉぉぉッ！」

「くッ！　神様、刃に祝福を！」

ロバートが雄叫《おたけ》びを上げながら剣を振り下ろし、フェイが剣を振り上げる。剣がぶつかり合い、黒と黄色の光が弾け、衝撃《しょうげき》が断続的に押し寄せる。まるで天災だ。その中心ではフェイとロバートが激しい鍔迫り合いを繰り広《ひろ》げていた。状況は一進一退ながら力そのものは拮抗《きっこう》しているように見えた。

だが、形勢は徐々《じょじょ》にロバートへと傾《かたむ》き、それに応じるかのように黄色の光が強まっていく。フェイは何とか押し返そうとしているが、とうとう膝を屈《くっ》する。さらにロバートが剣を押し込み、黒い光が弾ける。始めはパチパチと、時を置かず激しさを増し、黒い雷《いかずち》が乱舞する。フェイがロバートを押し返す。一瞬《いっしゅん》、動きが止まり――。

「だりゃぁぁぁぁぁであります ッ！」

フェイは一気に押し返した。同時に黒と黄色の光が掻き消え、まるでその力を一身に受けたかのようにロバートが吹き飛んだ。背中から地面に叩《たた》き付けられる。突然《とつぜん》、キンッという音が響《ひび》く。何事かと視線を巡らせた瞬間、フェイの剣が半ばから折れた。折れた刃が地面に突き刺さる。

げほッ、と血を吐《は》きながらロバートが立ち上がる。血に塗《まみ》れているが、まだ闘志《とうし》は失われていない。それはフェイも一緒《いっしょ》だ。傷を負い、消耗している。剣も折れた。にもかかわらず笑っている。獰猛《どうもう》な、戦うことが楽しくて仕方がないという笑《え》みだ。

ロバートが剣を担《かつ》ぐように構え、フェイは折れた剣を鞘に収めた。膝を屈め、居合いにも似た構えを取る。祝聖刃を折れた刃の代わりにするつもりだろうか。

「黄土にして豊穣を司る母神よ」

ロバートが静かに祈りを捧《ささ》げる。黄色の光が立ち上り、筋肉が爆発的に膨張《ぼうちょう》する。変化はそれだけに止まらない。パキパキと音が響く。担いだ剣が成長する音だ。刃が瞬く間に伸び、表面が岩のような質感に変わる。成長しきったそれは巨大《きょだい》な岩塊《がんかい》だ。人間に支えられるサイズではない。そんなことを考えて噴《ふ》き出しそうになる。

ロバートは黄土にして豊穣を司る母神の神威術士——神の力の使い手だ。そんな人物に常識を当てはめてどうするというのか。

「……クロノ様」

「何？」

フェイがロバートを見据《みす》えながらぽつりと呟き、クロノは問い返した。

「お言葉を頂きたいのであります」

「言葉って……」

「私はクロノ様の騎士《きし》でありますからね。気合いが欲しいのであります」

クロノはフェイを見つめた。体が小刻みに震《ふる》えているが、恐怖《きょうふ》からではない。彼女《かのじょ》はさらに自身を奮い立たせるための言葉を欲《ほっ》しているのだ。どんな言葉を掛ければいいのか自問するが答えは出ない。ふと最初に掛けた言葉を思い出す。

「フェイ、勝て！」

「了解《りょうかい》でありますッ！」

クロノの言葉にフェイが威勢よく応《こた》える。その時を待っていたのだろう。ロバートが駆ける。岩塊のような得物を背負いながらそれを感じさせないスピードで走る。フェイは動かない。居合いのような構えを取ったままだ。

「おぉぉぉぉッ！」

裂帛《れっぱく》の気合いと共にロバートが得物を振り下ろす。彼の目はフェイを捉えている。クロノなど眼中にもないだろう。にもかかわらずその迫力《はくりょく》に足が震えた。イグニス将軍に匹敵《ひってき》する。フェイはさらに膝を屈め——。

「神器召喚《しんきしょうかん》！　抜剣《ばっけん》ッ！」

剣を抜き放った。フェイの手元で光が炸裂《さくれつ》する。黒い光だ。その中で折れた剣が新生する。柄は精緻《せいち》な細工に彩《いろど》られ、刃は濡《ぬ》れたような輝きを放つ。美しいが、それだけではない。見ているだけで死を連想させる。そんな禍々《まがまが》しさを持つ。

ああ、と思わず声を上げる。六柱神《ろくちゅうしん》は自然を司る。そして、自然は与えもすれば奪《うば》いもするのだ。ならば神器が極端《きょくたん》な性質を併《あわ》せ持っていたとしても不思議ではない。

神器が接触し、岩塊の表面に光が走った。黄色の光だ。神威術によって生み出されたものなのだから神の力を宿していても不思議ではない。だが、神器はその力を嘲笑《あざわら》うかのように岩塊を容易く両断し、微塵《みじん》へと変えた。その余波が弧状《こじょう》の光となってロバート達《たち》に押し寄せる。ロバートは両腕《りょううで》を広げ——。

「黄土にして豊穣を司る母神よ！」

神に祈りを捧げた。光る壁が浮《う》かび上がる。自身のみならずカナンと自警団員を守るための壁だ。弧状の光が接触した瞬間、壁に亀裂《きれつ》が入った。

「神よ！」

ロバートが再び叫ぶ。亀裂が消え、壁が強く輝く。壁を維持《いじ》するだけで力を消耗しているのだろう。顔が苦痛に歪む。しばらく壁を維持していたが、それも長くは続かない。壁が消滅《しょうめつ》する。ひぃッ、と自警団員が悲鳴を上げ、穏《おだ》やかな風が吹き抜ける。弧状の光は壁よりも速く消滅していたのだ。ロバートが両膝《りょうひざ》を屈する。消耗しすぎたせいか、それとも神威術の副作用か。汗が滝《たき》のように流れている。

クロノはフェイを見る。彼女は剣を振り切った姿勢のまま動きを止めていた。気絶しているのだろうか。すぐにでも状態を確認《かくにん》したかったが、それよりも先にやるべきことがある。歩み出て、フェイとロバートの間で立ち止まる。

「僕《ぼく》達の勝ちです。カナン姉さん、引いて下さい」

「くッ、分かったよ。約束は約束だ」

「そんな、姐さん！　ロバートさんがやられたんですよ！」

「このまま引き下がっていいんですか⁉」

カナンが呻《うめ》くように言うと、自警団員が異を唱えた。カナンは馬首を巡《めぐ》らせ――。

「うっさいねぇ！　負けたら引くって約束だったろ⁉　どうしても引けないって言うんなら、アンタ達だけで行きな！」

苛立《いらだ》ったように叫ぶと、自警団員は押し黙《だま》った。

「ロバート、立てるかい？」

「ええ、何とか」

カナンが声を掛けると、ロバートは震える足で立ち上がった。自分の馬によじ登り、フェイに視線を向ける。口元には笑みが浮かんでいる。ガウルの時と同じように暗黙《あんもく》の了解みたいなものがあったのだろうか。

「さあ、帰るよ！」

カナンが馬を進ませ、やや遅《おく》れてロバートが後に続く。自警団員は顔を見合わせ、すごすごと付いて行く。クロノは踵を返し、フェイに歩み寄った。彼女はまだ剣を振り切ったままの姿勢だ。ピシッという音が響き、剣が粉々になった。

「ち、父上の形見が……」

はうッ、とフェイはその場に頽《くずお》れた。クロノは彼女の傍《かたわ》らに跪《ひざまず》き、鼻先に手を翳《かざ》して呼吸を確認する。呼吸は規則正しい。心音はどうだろう、と胸元《むなもと》に手を伸ばした時、視界が翳《かげ》った。顔を上げると、レイラが立っていた。

「いや、これは心音を確認しようと思って」

「では、私が代わりに」

クロノが言い訳すると、レイラは跪いてフェイの胸に手を当てた。

「大丈夫《だいじょうぶ》なようです」

「ですね」

残念無念、と肩《かた》を落としたその時、草むらが揺れた。そこから現れたのは——。

「お待たせしたッス」

ジョニーだった。不思議そうに目を見開き、周囲を見回す。

「皆《みんな》は何処に行ったんスか？」

「もう帰ったよ」

「そんな⁉ 俺がうんこをしている間に帰るなんてひどいッス！」

クロノは深々と溜息《ためいき》を吐いた。

※

レイラ、アルバ、グラブ、ゲイナー——四騎《よんき》の騎兵《きへい》がクロフォード邸《てい》の門を通り、クロノ達を乗せた馬車がその後に続く。空を見上げると、夜の帳《とばり》が下り始めていた。あと一時間もしない内に空は夜闇《よやみ》に覆《おお》われることだろう。その前に戻って来られてよかった。ホッと息を吐くと、う〜んという声が聞こえた。視線を落とす。そこには荷台に横たわるフェイとその傍らに座《すわ》るスノウの姿があった。

「フェイ、大丈夫？」

「う〜ん、父上の剣が、父上の剣が……」

スノウが心配そうに声を掛《か》ける。だが、聞こえているのかいないのか、フェイは鞘を抱き締めたまま呻くように言った。無理もない。彼女はほぼ着の身着のままでエラキス侯爵《こうしやく》領にやって来た。あの剣は唯一《ゆいいつ》残された家族との思い出の品だったのだ。

どうにかして元気づけられないかと考えていると、視界の隅《すみ》で何かが動いた。ジョニーだ。荷台の隅で膝を抱《かか》えている。仲間のみならず馬にまで置いていかれたのがよほどショックだったのだろう。馬車のスピードが落ち、玄関先《げんかんさき》で止まる。そこには女将《おかみ》とマイラ、そして養父の姿があった。

「着きやしたぜ」

「ありがとう」

サッブに礼を言い、飛び降りる。すると、女将が駆け寄ってきた。

「無事でよかっ――」

「坊《ぼっ》ちゃま、ご無事で何よりです！」

女将は最後まで言い切ることができなかった。マイラがクロノにタックル、もとい、抱きついてきたからだ。身の潔白を主張するべく両手を上げる。すると、マイラも両手を上げた。腕を絡めつつ手を下ろす。上手を取られてしまった。

「これでよし。坊ちゃまが怪我《けが》をしたらとマイラは心配でなりませんでした」

「これでよしって言った」

「空耳では？」

そんなことを嘯《うそぶ》きつつマイラは頭をごりごりと擦《こす》り付けてきた。

「おいおい、その辺で勘弁《かんべん》してやれよ」

「旦那様《だんなさま》がそう仰《おつしや》るのならば」

「だったらとっとと離《はな》れろよ」

離れようとしないマイラに養父が突っ込みを入れる。

「理性では旦那様の命令を聞かねばと思っているのですが、本能は坊ちゃまにもう少し抱きついていたいと訴《うった》えております。弱い私をお許し下さい」

「お前はそういうヤツだよ」

養父は呆《あき》れたように言い、クロノの方を見た。

「それで、首尾《しゆび》はどうだった？」

「それが――」

「まあ、上手《うま》くやったんじゃねぇか。ご苦労さん」

顛末《てんまつ》を伝えると、養父はクロノの頭を掴《つか》んで揺すった。マイラに上手を取られ、養父に頭を揺すられる。新手の拷問《ごうもん》だろうか。はぁ～、と女将が深々と溜息を吐く。妹がピンチを脱《だつ》したのだから当然か。

「カナンさんにはもう二度とこんなことにならないように注意しておいてね」

「あたしがやるのかい？」

「妹なんでしょ？」

「そりゃそうだけど……」

クロノが問い返すと、女将は口籠《くちご》もった。豊かな胸を強調するように腕を組む。

「逆ギレされておしまいって感じがするんだよねぇ」

「仕方がねぇな。その辺は俺がフォローしてやる」

女将が溜息交じりに言うと、養父がクロノから手を放して言った。

「大丈夫なの？　人が死んだら駄目《だめ》なんだよ？」

「死体の始末はお任せ下さい」

「お前らは俺を何だと思ってやがるんだ」

クロノとマイラの言葉に養父は顔を顰《しか》めた。

「どうやって、解決するつもりなの？」

「そりゃ、帝都《ていと》で隠居《いんきょ》気取ってるワッズのヤツに手紙を書くんだよ」

「父さんに⁉」

女将が驚《おどろ》いたように声を上げた。彼女の父親はワッズというらしい。

「大丈夫なのかねぇ」

「隠居がしゃしゃり出るのも問題だからな。そこは現当主の面子を潰さねぇように気を遣《つか》うさ。ま、ロバートが復帰するまで自警団を誰かに任せるってのが落とし処《どころ》だな」

女将が心配そうに言い、養父は肩を竦《すく》めた。

「とりあえず、こんな所だな。飯にしようぜ」

養父はニヤリと笑い、踵を返した。玄関《げんかん》に向かい、その途中《とちゅう》で足を止めて振《ふ》り返る。

「マイラ、飯だぞ、飯」

「もう少し！　もう少しだけッ！」

養父が呼びかけるが、マイラはクロノに抱きついたままふがふがと鼻を鳴らした。

※

「ごちそうさまでした」

「お粗末様《そまつさま》でした」

　クロノが手を組んで言うと、マイラは満足そうな笑みを浮かべた。既視感《きしかん》を覚えるやり取りだ。さてと、と立ち上がる。すると、養父が怪訝《けげん》そうな表情を浮かべた。

「なんだ、もう行っちまうのか」

「ちょっと用事があって……」

「つまんねぇな。二人の馴《な》れ初《そ》めを聞きたかったのによ」

「――ッ！」

　養父はニヤリと笑い、テーブル側面の席に座っている女将に視線を向けた。彼女は水出し香茶を噴き出しそうになったが、何とか堪《こら》える。気持ちはよく分かる。ここが異世界でなければセクハラで訴えられている所だ。

「馴れ初めって、そんな大したもんはありませんよ」

「知り合いが久しぶりに帰って来たんだ。知りたくなるのが人情ってもんだろ。なあ？」

　養父が視線を向けるが、マイラは淡々《たんたん》と空になった皿を重ねている。

「興味ねぇのか？」

「他人の恋愛《れんあい》に興味はございません。私は自分のことで手一杯《ていっぱい》です」

「……そうか」

マイラの同意を得られず、養父はしょんぼりと呟《つぶや》いた。

「じゃ、用事を済ませてくるね」

「何だか分からねぇが、頑張《がんば》れよ」

クロノは養父の言葉に片手を上げて食堂を後にした。殺風景な通路を抜け、エントランスホールに出る。すると、レイラが所在なさそうに立っていた。スノウもいる。

「クロノ様、お疲《つか》れ様です」

「お疲れ様。フェイは？」

「気分が悪いということで休んでいます。それと、事後承諾《しょうだく》で申し訳ありませんが、安静にしてもらうために部屋割りを変更《へんこう》し、一人で寝《ね》てもらっています」

「ごめん、そこまで気が回らなかった。レイラ、ありがとう」

「当然の務めですから」

クロノが礼を言うと、レイラは誇《ほこ》らしげな表情を浮かべた。

「クロノ様はこれから見舞《みま》いに？」

「いや、その前にちょっとね」

「何か手伝うことは？」

「お願いできる？」

「はい、お任せ下さい」

「フェイのためならボクも！」

レイラが胸に手を当てて言うと、スノウが声を張り上げた。

「じゃ、付いて来て」

クロノは階段の反対側にある通路に向かった。殺風景な通路を歩き、ある扉《とびら》の前で足を止める。扉を開けると、そこにあったのは地下へと続く階段だ。照明が消えているので、ホラー映画のワンシーンみたいだ。

「埃《ほこり》っぽいと思うけど、我慢《がまん》してね」

「はい、分かりました」

「埃っぽいのはいいけど、真っ暗なのは嫌だな～」

レイラは頷《うなず》いたが、スノウはちょっと嫌そうにしている。

「照明があるから大丈夫だよ。明かりよ」

クロノが呟くと、照明が点灯した。手招きして階段を下りる。コの字型の階段を下りきると、そこには木箱や家具などが乱雑に置かれていた。クロフォード邸の倉庫だ。スノウがクロノの脇《わき》を通り抜け、倉庫を歩き回る。好奇心《こうきしん》からだろう。目が輝いている。

「うわッ！　すごーいッ！」

「何を探せばいいのですか？」

「剣だね」

「承知しました」

折れた剣の代わりを渡してフェイを元気づけたい。そんな気持ちを察してくれたのだろう。レイラは柔《やわ》らかな口調で言った。倉庫に足を踏《ふ》み入れ、手分けして剣を探す。一つ一つ箱を開けて中身を確認するが――。

「こっちにはないよ～。クロノ様、あった？」

「こっちもない」

スノウの問いかけにクロノは答えた。こんな大きな倉庫だから剣の一本や二本あると思ったのだが、あるのは古い服や小物だ。ひょっとして売ってしまったのだろうか。

「レイラは？」

問いかけるが、レイラは答えなかった。気になって視線を向ける。すると、彼女は本を読んでいた。いや、読んでいたというのはおかしいか。彼女が見ているのはクロノが元の世界から持ち込んだ歴史資料集なのだから。そっと歩み寄る。

「レイラ？」

「——ッ！」

声を掛けると、レイラはびくっと体を竦ませた。肩越《かたご》しに覗《のぞ》き込むと、竪穴式《たてあなしき》住居や石器の写真が掲載《けいさい》された縄文《じょうもん》時代のページだった。

「縄文時代ですか？」

「縄文時代のページだね」

「うん、文明発祥《はっしょう》以前——人類が狩猟《しゅりょう》採集をしていた時代だよ」

「そんな時代が……」

レイラは小さく呟き、ハッとしたようにクロノを見た。

「これほど綺麗《きれい》な絵は見たことがありません。それに、歴史書に記された内容とはまるで違《ちが》います。あとはあの自転車……。もしかして、クロノ様は本当に？」

「信じてくれた？」

「はい、これだけ証拠《しょうこ》を見せられては……」

レイラは呻くように言って視線を落とした。視線の先には箱がある。学生服、ケータイ、財布《さいふ》、教科書など——元の世界から持ち込んだものを収めた箱だ。再び資料集に視線を戻す。好奇心で目が輝《かがや》いている。

「よければ貸すよ？」

「よろしいのですか？」

「うん、でも、その前に剣を探してね」

「――ッ！　も、申し訳ありません」

レイラは勢いよく頭を下げ、資料集を箱に戻《もど》した。丁寧《ていねい》に蓋《ふた》を閉じる。

「おいおい、倉庫で何をしてるんだ？」

養父の声が響き、声のした方を見る。すると、養父が倉庫の入り口に立っていた。

「ロバートさんとの戦いでフェイの剣が折れちゃったから代わりを探してるんだよ」

「剣なんざ消耗品《しょうもうひん》だろ？　替《か》えを持ってねぇのか？」

「替えはあるけど、折れたのはお父さんの形見なんだよ。ものすごい落ち込みようで、まあ、名匠《めいしょう》の作みたいなのがあれば元気になってくれるんじゃないかなって」

「そういうことか。ったく、仕方がねぇな。ちょっと待ってろ」

そう言って、養父は踵を返して倉庫から出て行った。しばらくして戻ってくる。手には鞘に収められた剣が握られていた。クロノに歩み寄り、無造作に差し出す。

「ほらよ、受け取れ」

「これは――ッ！」

　クロノは剣《けん》を受け取り、息を呑《の》んだ。剣の柄《つか》には花をあしらった細工が施《ほどこ》され、鞘《さや》にも細かな加工が施されている。養父に視線を向ける。

「母さんの形見なのに……。本当にいいの？」

「エルアとの思い出はここにある」

　養父は親指で自分の胸を指し示した。心という意味だろう。

「この家にも、庭にも……。俺《おれ》の領地にはエルアとの思い出が詰《つ》まっている。領地そのものが形見みてぇなもんだな。あとは息子《むすこ》のお前を守るために使った方がエルアも喜ぶんじゃねぇかなとか柄にもなく考えた訳だ」

「父さん……」

　倉庫を出てから戻ってくるまでの時間でよくそれだけのことをと思ったが、口にはしない。折角《せっかく》の雰囲気《ふんいき》が台無しになってしまう。

「そういう訳だからとっとと渡《わた》してこい」

「父さん、ありがとう」

「いいってことよ」

　クロノは養母の形見をしっかりと握《にぎ》り締《し》めて倉庫を出た。階段を登り、通路を通り、エントランスホールに出ると、マイラがいた。彼女が手の平で階段を指し示し、クロノは伝えたいことがあるのだろうと足を止める。

「フェイ様のお部屋は東館二階の客室になります。湯浴《ゆあ》みの準備を整えておきますので、どうぞごゆっくりお楽しみになって下さい」

「ごゆっくりお楽しみって、そんなことしないよ」

「はッ、ご冗談《じょうだん》を」

マイラは鼻で笑った。まるで信用されていない。だが、反論しても無駄《むだ》に違いない。クロノは小さく溜息を吐いた。心なしか養母の形見が重さを増したような気がした。

※

クロノは扉の前で立ち止まった。東館二階の客室——フェイの部屋だ。マイラの言葉を思い出し、小さく頭を振る。これからフェイを元気づけるのだ。そんなことを考えてはいけない。深呼吸をして意識を集中する。

我《わ》が心に一点の曇《くも》りなし、と扉をノックする。だが、反応はない。しばらくして扉が開いた。当然、開けたのはフェイだ。悄然《しょうぜん》とした表情だ。普段《ふだん》、能てん——もとい、元気なだけに余計に体調が悪そうに見える。フェイは無言で扉を閉めた。

「すみません！　せめて、用件を聞いて欲《ほ》しいんですけどッ！」

ドンドンと扉を叩く。しばらくして再び扉が開く。警戒《けいかい》されているのだろう。五センチほどしか開いていない。元気づけに来たのに傷付く。フェイはそっと顔を覗かせた。

「……夜這《よば》いは勘弁して欲しいであります。では、失礼するであります」

「代わりの剣を渡しに来たんだよ」

「父上の形見に代わりなんて――――ッ！」

フェイは溜息交じりに言って、クロノの持つ剣に視線を向けた。次の瞬間《しゅんかん》、ハッとしたような表情を浮かべて扉を開けた。

「それを頂けるでありますか⁉」

「うん、そうだけど……」

「どうぞどうぞ、中にお入り下さいであります！」

「いや、ここでいいよ」

「そんなことを言わずにであります！」

フェイはクロノの手を掴み、ぐいぐいと引っ張った。仕方がない。とっとと剣を渡して帰ろう。そんなことを考えつつ部屋に入る。フェイは扉を閉め、さらにぐいぐいと手を引っ張った。クロノを部屋の中央付近まで連れて行き、ようやく手を放す。

視線を巡らせる。照明は点《つ》いていないが、カーテンは開け放たれ、月明かりが部屋を満たしている。フェイはいそいそとクロノの前に跪いた。

「はい、どうぞ」

「むぅ……」

クロノが無造作に剣を差し出すと、フェイは不満そうに下唇《したくちびる》を突《つ》き出した。失敗してしまったようだ。どうすればと首を傾《かし》げ、閃《ひらめ》くものがあった。

ごほん、と咳払《せきばら》いをする。少し恥《は》ずかしいが、剣を鞘から抜き放ち、祈《いの》りを捧げるように切っ先を天井《てんじょう》に向ける。月光を浴びて刃《やいば》が妖《あや》しく輝く。

「フェイ・ムリファイン、亡《な》き母――エルアの剣により汝《なんじ》を我が騎士とする」

クロノは厳《おごそ》かに告げ、剣の腹でフェイの肩に触《ふ》れた。剣を鞘に収め、改めて差し出す。

フェイは恭《うやうや》しく剣を受け取り――。

「一生涯《いっしょうがい》、変わらぬ愛と忠誠をクロノ様に捧げるであります。空が落ち、大地が裂け、海に呑まれようとも、誓《ちか》いが破られることなしであります」

「――ッ！」

忠誠の言葉にクロノは大きく目を見開いた。小芝居《こしばい》のつもりが、返ってきたのは重すぎる言葉だった。いや、忠誠とはそういうものか。ならば――。

「ここに、汝の愛と忠誠に報《むく》いることを誓う」

「──ッ！」

クロノの言葉にフェイはハッとしたような表情を浮かべた。

「キュンとしたであります！」

「キュンと？」

思わず問い返すが、フェイは無言だ。無言で立ち上がり、ベッドにダイブした。

「どうぞであります！」

「どうぞって……」

「私の心は今まさにクロノ様に向いているであります！　即《すなわ》ち、夜伽《よとぎ》のチャンス！」

クロノは呆気《あっけ》に取られながらフェイを見つめた。驚くほどムードがない。これでいいのだろうかという気がしてくる。

「もし、仕切り直そうって言ったら？」

「次のチャンスが巡って来るまで待って頂くしかないであります」

「待つしかないのか」

「無理強《むりじ》いはしたくないでありますが、私の愛と忠誠に報いて欲しいであります」

うッ、とクロノは小さく呻いた。こんなことを言われたら期待に応《こた》えるしかない。坊っちゃまの行動は想像の域を出ませんね、と鼻で笑うマイラの姿が目に浮かぶようだ。

「さあ、ご決断をであります！」

フェイに決断を迫《せま》られ、クロノは――。

※

フェイは浴室の扉を開けて中に入った。後ろ手に扉を閉め、下半身に違和感《いわかん》を覚えながら跪く。桶《おけ》で浴槽《よくそう》のお湯を掬《すく》い、肩から浴びる。一度で十分かと思ったが、気になって二度、三度と掛け湯をする。立ち上がり、そっと浴槽に入る。いい湯加減だ。顔を洗い、ゆっくりと肩まで湯に浸《つ》かる。ほぅ、と息を吐き――。

「あわわ……。わ、わた、私は、よ、よよ、よ夜伽を舐めていたであります！」

フェイは両手で頰《ほお》を押《お》さえて身悶《みもだ》えした。ふとエレナの言葉を思い出す。夜伽は大変だと彼女は言っていた。もちろん、彼女の言葉は重く受け止めている。だが、自分も女なのだし、何とかなるんじゃないかという意識もあった。まさか、肌《はだ》を曝《さら》したり、口付けをしたりすることがあんなに恥ずかしいとは夢にも思わなかった。

「あわわ、今まで何てことを……」

頭を抱えて呻く。呻くしかなかった。恥ずかしい。恥ずかしい。今まで恥ずかしいと感じていなかったことが恥ずかしい。今まで恥ずかしいと感じていなかった数々の出来事が恥《はじ》の記憶《きおく》となって突き刺《さ》さる。突然、ガチャという音が響く。びっくりして音のした方を見る。すると、クロノが浴室に入ってくる所だった。もちろん、裸《はだか》だ。

「ぎゃぁぁぁッ！　な、なんで、クロノ様がいるのでありますか⁉」

「一緒にお風呂《ふろ》に入ろうと思って」

「だ、駄目であります‼　破廉恥《はれんち》！　破廉恥でありますッ！」

クロノが当然のように言い放つ。だが、到底了承《とうていりようしよう》できるものではない。フェイは声を張り上げ、浴槽で暴れた。バシャバシャと湯が溢《あふ》れる。

「お湯がもったいないから暴れないでね」

「うぅ……」

クロノは風呂イスに腰《こし》を下ろして掛け湯をする。桶が浴槽に入るたびにびくっと震えてしまう。すぐにでも浴室を飛び出したいが、恥ずかしい。恥ずかしくて出られない。脱衣《だつい》所《じよ》にバスタオルがあったことを思い出す。持ってくれればよかったと後悔《こうかい》するが、あの時は必要ないと思ったのだ。後悔先に立たずとはこのことだ。

「さて、フェイに背中を流してもらおうかな」

「な、何故《なぜ》でありますか⁉」

「背中を流してもらうのは当然じゃないかな」

「……当然」

フェイは浴槽にしがみついて呟く。当然だろうか？　と内心首を傾げる。

「背中を流してくれないかな？」

「…………分かったであります」

フェイはかなり間を置いて答えた。背中を流すのが当然とは思えない。だが、そう言ってもクロノは折れてくれないだろう。ならさっさと背中を流した方がいい。立ち上がろうとすると、視線を感じた。クロノを見る。こっちを見ていた。

「こっちを見ないで欲しいであります！」

「え～、なんで？」

「恥ずかしいのであります！」

フェイが声を荒《あら》げると、クロノは相好を崩《くず》した。嫌《いや》な予感がする。だが、クロノは素《す》直《なお》に顔を背《そむ》けた。ホッと息を吐き、浴槽から出る。クロノの背後に跪く。いけない。背中を流すには垢《あか》すりが必要だ。垢すりにはクロノの方が近い。

「クロノ様、垢すりを取って欲しいであります」

「必要ないよ」

「必要ないでありますか？」

思わず首を傾げる。何を言っているのだろう。垢すりがなければ背中を流せない。

「胸でお願いします」

「――ッ！」

フェイは息を呑み、自身の予感が正しかったことを悟《さと》った。胸を使って背中を流せと言う恐《おそ》るべき邪悪《じゃあく》が目の前にいる。

「い、嫌であります！」

「石鹸《せっけん》を胸に付けてよろしくお願いします」

「嫌であります！」

「石鹸を胸に付けて――」

フェイは拒否《きょひ》したが、そのたびにクロノは同じ言葉を繰《く》り返した。

数え切れないほど同じやり取りを繰り返し――。

「石鹸を胸に付けてよろしくお願いします」

「…………はいであります」

とうとうフェイは折れた。折れるしかなかった。石鹸を泡立《あわだ》て胸に塗《ぬ》る。恥ずかしさのあまり死んでしまいそうだ。だが、ここが終わりではない。これから胸で背中を洗わなければならないのだ。意を決して胸をクロノの背中に押しつける。疲労《ひろう》が押し寄せる。

「動いて下さい」

「……はいであります」

フェイはクロノの指示に従って体を小刻みに揺《ゆ》らした。そのたびに精神と体力が削《けず》り取られていくようだ。時々、身動《みじろ》ぎされるのも応える。何度、ひぃッと悲鳴を上げたか分からない。何とか泡立て終え、ぐったりとクロノの背中にもたれる。

「フェイ、まだ泡立ててない所がありますよ？」

「何処《どこ》でありますか？」

突然《とつぜん》、クロノがフェイの手を掴んで下半身に誘導《ゆうどう》する。

「……ここ」

「ひぃッ！」

掴まされて思わず悲鳴を上げる。逃《に》げたいが、気力も、体力も残っていない。恐る恐る手を動かし、泡立てる。背中を流すまでの辛抱《しんぼう》だ。そうすれば——。

「……僕達の夜はこれからだ」

クロノがぽつりと呟き、フェイは戦慄《せんりつ》した。

第四章『軟化』

朝――クロノは小鳥の囀《さえず》りで目を覚ました。隣《となり》を見るが、フェイの姿はない。当然のことながらマイラの姿もない。もう少し寝たいが、そうもいかない。体を起こし、ベッドから下りる。机を見ると、着替《きが》えが丁寧に折り畳《たた》まれた状態で置いてあった。いつの間にと思わないでもないが、マイラにとっては朝飯前なのだろう。

着替えて部屋を出ると、芳《こう》ばしい匂《にお》いが漂《ただよ》っていた。階段を下り、廊下《ろうか》を抜《ぬ》け、食堂に入ると、すでに養父が席に着いて待っていた。対面の席に座る。

「よう、昨夜はお楽しみだったみてぇだな」

「はい、お陰様《かげさま》で」

「楽しいのは分かるが、あまり調子に乗るんじゃねぇぞ。フェイのヤツはお前とは別の意味で穴だらけだからな。もう少し気を遣ってやれ」

養父は溜息を吐《つ》き、窘《たしな》めるように言った。養父の言葉とは思えない。今日は豪雨《ごうう》か。

「何だよ、その顔は？」

「父さんでも人を心配するんだね」

「あんなんでも弟子《でし》だからな」

「遊び相手がいなくて拗《す》ねているだけではないかと」

養父が照れ臭《くさ》そうに言うと、マイラが厨房《ちゅうぼう》から出てきた。朝食の載《の》ったトレイを持っている。マイラはトレイをテーブルに置き、料理を並べる。メニューはバターをたっぷり塗ったパンと具沢山《ぐだくさん》のスープ、サラダ、鶏肉《とりにく》の香草《こうそう》焼きだ。

「お、朝から豪華《ごうか》だな」

「昨日の件を気にされているのでしょう。シェーラ様が頑張って下さいました」

「そんなに気を遣わなくていいのに」

いただきます、と言ってパンに手を伸《の》ばす。二つに割ると、湯気が立ち上る。匂いだけで食欲をそそられる。頬張《ほおば》るとしっとりして美味《おい》しかった。

「うん、美味しい。ところで、女将は？」

「シェーラ様はご実家に戻られました」

クロノが周囲を見回しながら尋《たず》ねると、マイラが淡々と答えた。

「擦れ違ってばかりだ」

「十年ぶりの帰郷ですのでやるべきことが多いのでしょう」

「まあ、そうだよね」

クロノだって元の世界に戻ることができたなら家族に別れを告げるくらいのことはするだろう。そんなことを考えて笑う。元の世界にはそれくらいしか未練がないのだ。

「坊ちゃま、シェーラ様が怪我をして戻られても驚きませんよう」

「怪我⁉」

クロノは思わず問い返した。

「私の予想ですが、家督《かとく》を譲《ゆず》る譲らないで取っ組み合いの喧嘩《けんか》になるのではないかと」

「いや、そんなことはしないでしょ」

「世の中には家督を継《つ》げない者もいるというのにままならないものです」

ふぅ、とマイラは溜息を吐いた。もしかして、自分のことを言っているのだろうか。ありえそうだ。ここは無理にでも話題を変えるべきだ。

「そういえば、遊び相手がいなくて拗ねてるって？」

「旦那様は今日も手合わせできると思い、早起きを」

「そんなんじゃねぇよ」

マイラが笑うと、養父はそっぽを向いた。恥ずかしいのだろう。耳が赤い。

「旦那様にとって残念な結果になりましたが――」

「残念とか思ってねぇよ」

「私といたしましては素晴《すば》らしいの一言です。よくぞ、フェイ様に雌《めす》であることを自覚させて下さいました。フェイ様が恥ずかしそうに浴室に向かう姿だけで私はパンを三つ平げることができます。今からメイド修業《しゅぎょう》が楽しみです」

ふふふ、とマイラは笑った。

「ああ、話は変わりますが、見積もりが終了《しゅうりょう》いたしました」

「え!? もうできたの?」

「はい、ベイリー商会に吠《ほ》え面《づら》を掻《か》かせるためならば労苦を惜《お》しみません」

「でも、南辺境に大手の商会ってないよね? ブルクマイヤー伯爵《はくしゃく》領に行くにしても領境には関所があるし、着いても夜中だから街に入れないような気が……」

もしかして、非合法な手段を使ったのだろうか。恐る恐る視線を向けると、マイラはにっこりと笑った。次に養父に視線を向ける。すると、養父は居住まいを正した。

「いい機会だから教えておいてやる」

「聞きたくないな〜」

「実は間道がある」

「やっぱり、非合法な手段だった」

「間道を使うのは非合法じゃねぇよ」

クロノが呻《うめ》くと、養父はムッとしたように言った。

「間道を利用される商人の方々にお声掛《こえが》けして見積もって頂きました」

「結構、使ってる人達《たち》がいるんだね」

「使ってもらえるように協力して盗賊《とうぞく》を血祭りにあげたからな」

誰《だれ》と協力したのか気になるが、黙《だま》っておく。

「世情が安定しているのか最近は盗賊が出たって話を聞かねぇが」

「それは盗賊が全滅《ぜんめつ》したんじゃ？」

「ほっといても勝手に湧《わ》いて出るのが盗賊だと思ってたが……。これも時代か」

「臨時収入がなくなって寂《さび》しい限りです」

養父はしみじみと呟き、マイラはハンカチで目元を拭《ぬぐ》った。ちなみに涙《なみだ》は出ていない。

「という訳だからタウルの息子に何か聞かれても黙っておけ」

「父の伝手《つて》なのでと言っておけば大丈夫《だいじょうぶ》です。誤魔化《ごまか》せます」

「言わないよ」

クロノは小さく溜息《ためいき》を吐き、パンを頬張った。何故か苦みを感じた。

※

「ごちそうさまでした」

「では、こちらを」

クロノが手を合わせて言うと、マイラが数枚の紙を差し出してきた。受け取って目を通す。糧秣《りょうまつ》の見積もりだ。ベイリー商会に成り代わるつもりなのだろう。どれも相場より安く価格が設定されている。マイラに視線を向ける。

「ありがとう」

「いえ、礼には及《およ》びません」

「それでもだよ。さてと……」

クロノは見積もり書をポーチに収めて立ち上がった。

「行ってきます」

「行ってらっしゃいませ」

「おう、気ぃ付けてな」

分かってる、と答えて玄関に向かう。廊下を通り、エントランスホールを抜けて外に出る。すると、部下が二列横隊で並んでいた。タイガは列と向き合うように立っている。

クロノが歩み寄ると、タイガはこちらに向き直った。

「タイガ、おはよう」

「おはようでござる」

「今から見回り？」

「そうでござる」

「気を付けて」

「承知したでござる。各々方《おのおのがた》！　気を付けて見回りに行くでござるッ！」

タイガは歯を剥《む》き出して笑い、声を張り上げた。はッ！　と部下が背筋を伸ばす。タイガはぺこりと頭を下げるとクロノに背を向けて歩き出した。横隊の端《はし》——先頭に立って歩き出すと、部下がその後に続く。

クロノはタイガ達が門を通り抜けるのを見届けて振り返る。すると、レイラが駆《か》け寄ってくる所だった。立ち止まり、背筋を伸ばす。

「クロノ様、おはようございます」

「おはよう。準備は？」

「すでに整っています」

厩舎《きゅうしゃ》の方を見ると、アルバ、グラブ、ゲイナーの三人が馬に乗って待機している。一頭は誰も乗っていないが、これはレイラの馬だ。反対側――庭園の隅《すみ》に視線を向ける。そこには馬車が止まっていた。御者席《ぎょしゃせき》にはサップ、荷台にはフェイとスノウの姿があった。

「どうして、フェイが馬車の荷台に？」

「……クロノ様」

「はい、分かってます」

レイラが溜息交じりに言い、クロノは非を認めた。昨夜、フェイと新枕《にいまくら》を交《か》わした。初体験を済ませたばかりでまだ違和感があるということなのだろう。申し訳なく思う。フェイの反応が可愛《かわい》らしく攻《せ》めすぎてしまった。その一方で満足感を覚えている自分もいる。

「あまり無理はなさらないで下さい」

「はい、申し訳ありません」

「分かって頂ければいいです。それでは」

レイラが自身の馬のもとに向かい、クロノはとぼとぼと馬車に向かう。

「おはようございやす」

「おはよう」

サップに挨拶《あいさつ》を返す。いつになくニコニコしている。昨夜はお楽しみでしたねと言わんばかりの表情だ。口にしないのはフェイを気遣《きづか》っているからだろう。元傭兵《ようへい》にも新枕を交わしたばかりの女性を気遣う心は存在しているのだ。

クロノは馬車の後方に回り込んで荷台に乗った。

「クロノ様、おはよう！　じゃなくて、おはようございます！」

「おはよう」

クロノは挨拶を返し、スノウの対面に座《すわ》った。ちなみにフェイはスノウの隣で膝《ひざ》に顔を埋《うず》めるようにして座っている。そっと顔を上げてクロノを見る。だが、目が合うとすぐに俯《うつむ》いてしまう。

「フェイ、おはよう」

「——ッ！」

クロノが声を掛けると、フェイはびくっと震《ふる》えた。返事はない。

「フェイ、おはよう」

「……おはようであります」

もう一度声を掛ける。すると、フェイは顔を上げごにょごにょと呟いた。しばらくして再び俯いてしまう。不審《ふしん》に思ったのだろう。スノウはフェイに寄り添《そ》い、背中を撫《な》でた。

「フェイ、クロノ様に何かされたの？」

「…………何もされてないであります」

かなり間を置いてフェイが答える。スノウはクロノとフェイを見比べ、合点《がてん》がいったと言わんばかりの表情を浮《う》かべた。察しがよくて困る。

「そっか、フェイは女の子になっちゃったんだ」

「女の子と言わないで欲しいであります！」

フェイは顔を上げて言った。恥ずかしいのだろう。顔が真っ赤だ。

「でも、なんで俯いてるの？　フェイはクロノ様の愛人になりたかったんでしょ？」

「そ、そうでありますが……」

スノウが無邪気《むじゃき》な質問をぶつけるが、フェイは口籠《くちご》もってしまう。

「ただ……」

「ただ？」

「…………恥ずかしいのであります」

スノウが可愛らしく小首を傾げ、フェイは膝に顔を埋めた。恥ずかしいという言葉に偽《いつわ》りはないらしく耳まで真っ赤になっている。突然、サッブが笑い出した。

「ははッ、姐《あね》さんも女だったんですね！」

「からかうのは禁止であります！」

「失礼しやした」

フェイが声を荒らげ、サップはぺこりと頭を下げた。だが、笑いを堪《こら》えきれないのだろう。肩《かた》が小刻みに揺れている。ううッ、とフェイは恨《うら》みがましい目でサップを見ている。

「じゃ、行きやすぜ」

サップが宣言し、馬車が動き始めた。

※

昼――クロノは軽い衝撃《しょうげき》で目を覚ました。何かあったのだろうか。反射的に視線を巡《めぐ》らせるが、敵の姿はもちろん、野生動物の姿もない。静かなものだ。多分、車輪が石に乗り上げたのだろう。背筋を伸ばし、対面を見る。そこではフェイがスノウに寄り掛かって眠《ねむ》っていた。スノウはしょうがないな～という顔をしている。

馬車がスピードを落とす。御者席の方を見ると、駐屯地《ちゅうとんち》の高い塀《へい》が見えた。馬車はさらにスピードを落とし、門の近くで止まった。サップが振《ふ》り返る。

「クロノ様、着きやしたぜ」

「ありがとう、サップ」

クロノは礼を言って荷台から飛び降りた。すると、レイラがすぐにやって来た。軽《かろ》やかに馬から下り、荷台の一部に手綱《たづな》を結ぶ。もう立派な弓騎兵《きゅうきへい》だ。

「ガウル殿《どの》に会うから付いて来て」

「承知しました」

クロノはレイラと共に門に向かった。そろそろ門という所で騎兵が出てきた。数は十騎程度、先頭にいるのはセシリーだ。絡《から》まれるんだろうな、と確信に近い思いを抱《いだ》く。セシリーはこちらを見て、ふんと鼻を鳴らした。

「あら、またいらしたの？」

「仕事だからね」

「新貴族は野犬みたいな連中ばかりだと思っていましたけど、二代目ともなれば躾《しつけ》が行き届くものですわね」

「そりゃどう——」

「セシリー殿、クロノ様に対して失礼であります」

いつの間にやって来たのか。フェイがクロノの言葉を遮《さえぎ》って言った。セシリーが顔を顰《しか》める。こっちが顔を顰めたいくらいだが、言っても無駄なので口にはしない。

「今日は馬に乗っていませんのね。もしかして、また厩舎の掃除《そうじ》係に戻ったんですの？」

「私のことはどうでもいいであります。我が主への無礼を謝罪して欲しいであります」

「——ッ！」

フェイが強い口調で言うと、セシリーは鼻白んだ。剣に手を伸ばすが、止める。隣を見ると、フェイが剣の柄《つ》に手を添えていた。剣が変わっていることに気付いたのだろう。セシリーは口角を吊り上げた。実に、嫌な笑《え》みだ。

「ああ、雌犬になったということですのね。まったく、落ちぶれた貴族ほど惨《みじ》めなものはありませんわね。新貴族如きに尻尾《しっぽ》を振るなんて恥知《はじし》らずにも程《ほど》がありますわ」

「その新貴族のお陰《かげ》で今の帝国《ていこく》はあるのであります。その事実に目を瞑《つぶ》り、新貴族を格下扱《あつか》いすることこそ恥知らずであります」

「——ッ！　不愉快《ふゆかい》ですわッ！」

フェイが言い返すと、セシリーは馬の脇腹《わきばら》を蹴《け》った。馬がいななき、走り出す。やや遅《おく》れて騎《き》兵達《へいたち》が後に続いた。あっと言う間にセシリー達が遠ざかる。

「勝ったであります」

隣を見ると、フェイが拳《こぶし》を握り締めていた。ハッとしたようにクロノに向き直り——。

「それでは、行ってらっしゃいであります！」

「フェイも来る？」

「丁重《ていちょう》にお断りするであります！　世の中には適材適所があるであります！」

「分かった。馬車の番は任せるよ」

「お任せ下さいであります！」

フェイが背筋を伸ばして言い、クロノはレイラと共に門を潜《くぐ》った。ガウルの机があった建物に向かう。ふと先程《さきほど》のやり取りを思い出す。

「それにしても、フェイがあんなに強く出るなんて思わなかったよ」

「クロノ様の寵愛《ちょうあい》を受けたからだと思います。心の支えがあると、人間は信じられないくらい強くなれます。ただ……」

「ただ？」

「いえ、何でもありません」

鸚鵡《おうむ》返しに尋ねるが、レイラは答えなかった。真意を問い質《ただ》したかったが、その頃《ころ》には目的の建物に着いていた。また今度にしよう、と扉《とびら》を叩《たた》く。すると――。

「入れ！」

「失礼します」

「失礼いたします」

ガウルの声が響《ひび》き、クロノは扉を開けて中に入った。レイラも一礼して続く。ガウルは机に向かっていた。顔を上げ、驚《おどろ》いたように目を見開く。だが、それもほんの数秒の出来事だ。咳払いをすると、居住まいを正した。クロノは机の前で立ち止まる。

「もう見積もりが出たのか？」

はい、とクロノはポーチから見積もり書と納品書を取り出して机に置いた。ガウルは見積もり書と納品書を手に取り、うんざりとしたような表情を浮かべた。

「随分《ずいぶん》と安くなるものだな」

「ベイリー商会に成り代わろうとしてるんですよ」

「無理をしている、ということか」

「ええ、羊皮紙を使ってないのはそのためでしょう」

「なるほど、そういうことか」

言葉の意味を理解したのだろう。ガウルは顔を顰めた。帝国では羊皮紙に書かれた文書のみが正式なものと見なされる。商人は紙——植物紙を使うことで正式な見積もりではないと伝えているのだ。あとで価格が調整される可能性は否定できない。もちろん、信用に関《かか》わる問題なのでそこまで大幅《おおはば》な変更《へんこう》はないと思うが。

「それでも、交渉《こうしょう》の材料くらいにはなると思います」

「あとは俺《おれ》次第《しだい》ということか」

「そういうことです」

ガウルは手を組み、深々と溜息を吐いた。眉間《みけん》に皺《しわ》が寄っている。

「…………すまなかった。貴様には無礼な態度を取った」

お⁉ と予想外の展開に目を見開く。すると、ガウルはムッとしたような顔をした。

「その顔は何だ？」

「まさか、謝罪されるとは思わなかったので」

「俺はそこまで礼儀《れいぎ》知らずではない」

初めて出会った時から割と礼儀知らずだったような気がするが、ここは黙っておくべきだろう。怒《おこ》らせてまた態度が硬化《こうか》したら堪《たま》らない。ガウルが再び溜息を吐く。

「貴様からは学ぶべきことが多い。俺には部下を育てる発想がなかった」

「部隊運営もしっかりやって下さい」

「学ぶべきことが多いと言っただろう。それに、先程のやり取りを見ていたが——」

「見ていたんなら止めてくれても」

先程とはセシリーの件だろう。思わず口に出る。

「いよいよとなれば止めるつもりだった」

「死人が出てからじゃ遅《おそ》いですよ」

「セシリーもそこまで馬鹿《ばか》ではないだろう」

そうかな？　とクロノは内心首を傾げた。ガウル自身がリオと決闘沙汰《けっとうざた》になりかけているので今一つ信用できない。

「フェイと戦ってもセシリーに勝ち目はないからな」

「ああ、そういう……」

納得《なっとく》しかけ、待てよと思い直す。勝てない相手に突っ掛かるのはその場の勢いで殺されてもいいということではなかろうか。いや、考えるだけ無駄《むだ》か。

「フェイを見て、驚いた。昨日とは別人だ」

「いや〜、照れますね」

クロノは昨夜のことを思い出して頭を掻いた。お風呂プレイは素晴らしかった。あれがパワーアップに繋《つな》がったのなら次もお願いしたい。

「貴様の考えている理由ではないと思うが……。まあ、答えるつもりがないのならそれでいい。帝国と南辺境の関係は良好とは言い難《がた》いからな」

白黒つけないことも必要か、とガウルは独り言のように呟《つぶや》いた。そこで、クロノは自警団の件でカマを掛けられていたのだと気付いた。もしや、セシリーが騎兵を率いて駐屯地を出て行ったのもそれが理由だろうか。気になるが、聞いたら藪蛇《やぶへび》になりそうだ。ガウルは納得しているようだし、この流れに乗るしかない。

「ともあれ、貴様のお陰でいくつかの問題が解決した」

「では、仕事は終わったということでいいですか？」

「何を言っているんだ、貴様は」

「ですよね。言ってみただけです」

クロノは溜息を吐いた。使えるヤツと認識《にんしき》されてしまったようだ。だが、物は考えようだ。使えると判断されたのだ。話くらいは聞いてくれるはずだ。

「明日から蛮族討伐《ばんぞくとうばつ》に参加してもらう」

「一ついいですか？」

「何だ？」

「蛮族を殺さずに済ませられませんか？」

「貴様は……。俺達《おれたち》の任務を何だと思っているんだ」

ガウルはこめかみを押さえ、呻くように言った。

「俺達の任務は蛮族の討伐だぞ？　殺さずにどうやって討伐するというんだ？」

「そのことなんですが……。本当に蛮族の討伐が目的なんでしょうか？」

「何を言って……」

ガウルは最後まで言い切ることなく口を噤《つぐ》んだ。

「先の親征は神聖アルゴ王国に対する不快感の表明するためのものとしていましたが、その真の目的は講和条約の締結《ていけつ》でした」

「真の目的が隠《かく》されているということか。ならば真の目的は——」

「恐らく、アレオス山地に砦《とりで》を築くことでしょう」

クロノはガウルの言葉を遮って言った。アレオス山地を越《こ》えた先にはドラド王国が存在する。敵対しているという話は聞いたことがないが、将来はどうなるか分からない。アルコル宰相《さいしょう》は敵対した時の備えをしておきたいのではないだろうか。

「それならば恭順《きょうじゅん》させるという手もあるのではないか？」

「裏切られる可能性を考慮《こうりょ》したんだと思います」

何しろ、過去に殺し合っているのだ。仮に恭順させることができたとしてもドラド王国と戦争になれば裏切り者は必ず出てくる。

「俺を選んだのは——」

「疑問を差し挟《はさ》まずに任務を遂行《すいこう》すると思われたのではないでしょうか」

「面白《おもしろ》くない話だ。だが、俺はアルコル宰相の考えが間違《まちが》っているとは思わん。裏切られた時のことを考えれば蛮族どもを排除《はいじょ》するのは理に適《かな》っている」

「僕《ぼく》もそう思います」

「だが、貴様は反対なのだろう？」

「殺さずに済ませられるのなら殺さずに済ませたいと考えています」

「貴様は甘《あま》い」

ガウルはきっぱりと言い切った。さらに続ける。

「帝国と蛮族の間には数百年に渡《わた》る怨恨《えんこん》が積もり積もっている。貴様の身内にも蛮族に殺された者はいるだろう。それを殺さずに済む方法はないかなど世迷《よま》い言《ごと》としか思えん」

「戦いは避《さ》けられないにしても被害《ひがい》を最小限に止める努力はすべきだと思います」

ガウルはこれ以上ないくらい深々と溜息を吐いた。

「…………分かった」

「いいんですか⁉」

「俺は蛮族と交戦し、彼らの中にも敬意を払《はら》うべき戦士がいると知った」

そこでだ、とガウルは身を乗り出した。

「やはり、貴様には蛮族討伐に参加してもらう」

「ですが――」

「話は最後まで聞け」

ガウルは溜息を吐き、頬杖《ほおづえ》を突《つ》いた。

「今、俺達がしているのは偵察《ていさつ》だ。これをしばらく継続《けいぞく》する」

「そんなことして大丈夫ですか？」

「元々、大した情報は集まっていない。偵察が長引いても妥当《だとう》かどうか判断できる者はいない。だから、その間に貴様は交渉の糸口を探し出せ」

「……分かりました」

クロノはやや間を置いて頷《うなず》いた。ガウルの立場を考えれば相当な譲歩《じょうほ》だ。

「偵察は僕《ぼく》達だけで？」

「そんな訳ないだろうと言いたい所だが、俺は糧秣の問題を解決しなければならん」

「優先順位としてどうなんでしょう？」

「俺とて蛮族討伐を優先したいが、情報が漏《も》れた」

ガウルはムッとしたように言った。人の口に戸は立てられぬとは言うものの、随分早く情報が漏れたものだ。ふとスノウの姿が脳裏《のうり》を過る。そういえば『クロノ様の下で働いていると、一日三食お腹一杯《なかいっぱい》食べられるって言ったら羨《うらや》ましそうにしていた』と言っていた。恐らく、駐屯地の兵士はその情報を都合よく解釈《かいしゃく》したのだろう。

「部下は食糧《しょくりょう》事情が改善されることを期待している」

「交渉は簡単に進みませんよ？」

「分かっている。だが、努力している姿勢を見せることは大事だ。それを怠《おこた》れば部下の信用を失う。そうなったら任務どころではない」

ほぅ、とクロノは感嘆《かんたん》の声を漏らした。

「言いたいことがあるなら言え」

「ほんの数日で指揮官らしくなりましたね」

「本当に言うな」

ふん、とガウルは鼻を鳴らした。

「……父上に認められようとするあまり視野が狭《せま》くなっていたのだろうな。これでは父上が認めてくれないのも道理だ」

「どっちにしろ、認めてくれなかった可能性はあると思いますよ」

「そうかもな。さてと……」

ガウルは居住まいを正した。

「大した情報はないが、提供しよう」

「ありがとうございます」

「だが、ここでは話しにくいな」

ガウルは机の上にあった紙を束ねると立ち上がった。テーブル席に移動して束ねた紙を広げる。そこに今まで集めた情報が記されているのだろう。

「何をボーッと突っ立っている作戦を立てるぞ」

「分かりました」

クロノはレイラと共にテーブルに歩み寄った。

「まず偵察に使ったルートだが――」

ガウルは手書きの地図を指差して説明を始めた。黙って話を聞く。大した情報はないということだったが、どれも貴重な情報だ。特に遭遇《そうぐう》した刻印術士《こくいんじゅつし》の風貌《ふうぼう》と名前、どんな戦いをしたのか知れたのは大きい。

「こんな所だが、どうだ？」

「これなら何とかなると思います」

「だといいが……」

ガウルが苦笑《くしょう》じみた笑みを浮かべ、クロノは改めて地図を見た。しげしげと眺《なが》め、あるルートを指差す。このルートに関する説明はなかった。

「このルートは？」

「そこは川だな。生きるのに水は不可欠と考えたのだが、途中《とちゅう》から峡谷《きょうこく》になっていてな」

「足場が悪くて、見通しが悪かった？」

「そういうことだ」

クロノが元の世界で読んだ本――タイトルは忘れてしまったが、山での遭難《そうなん》について書かれていた――の内容を思い出しながら呟くと、ガウルは我《わ》が意を得たりとばかりに頷いた。あの本には登山に関することも書かれていたはずだ。確か――。

「……道に迷ったら尾根筋《おねすじ》に出る」

「尾根筋とは何だ？」

クロノがぽつりと呟くと、ガウルは訝《いぶか》しげな表情を浮かべた。

「山の高くなっている部分なんですが、分かりますか？」

「すまん。そこまで覚えていない」

「そうですよね」

考えてみればガウルはアレオス山地の麓《ふもと》でトライ&エラーを繰《く》り返しているのだ。その先のことまで分かる訳がない。

「クロノ様、よろしいでしょうか？」

「うん、いいよ」

「ありがとうございます。尾根筋――高くなっている場所に出るということですが、峡谷を横に進めば突き当たるのではないでしょうか？」

「……ああ、なるほど」

一瞬《いっしゅん》、レイラが何を言っているのか分からなかったが、少し考えて彼女《かのじょ》が言わんとしているることを理解できた。峡谷——谷とは周囲より標高が低くなっている場所のことだ。ならば谷を横切るように進めば尾根筋に辿《たど》り着けるのではないかと言っているのだ。しばらくしてガウルも理解したのだろう。ああ、と声を上げる。

「そういうことか。貴様の副官は大したものだな」

「ありがとうございます」

「……ありがとうございます」

クロノが頭を下げると、レイラも後に続いた。

「途中まで川沿いを進んで、そこから尾根筋を探そうと思います」

「足場が悪いことに変わりないが……。藪《やぶ》を掻き分けて進むよりはマシか」

ガウルは小さく呟き、納得したように頷いた。

「ところで、偵察は何人で行くつもりだ?」

「レイラ、何人くらいがいいと思う?」

「貴様という男は……」

クロノがレイラに質問を丸投げすると、ガウルは深々と溜息を吐《つ》いた。

「指揮官としての能力が穴だらけなもので……」

「だが……。いや、まあ、いい。それが貴様のやり方というのなら尊重する」

ガウルは反論しようと口を開く。だが、反論しても仕方がないと思ったのだろう。渋々《しぶしぶ》という感じだが、クロノのやり方を認めてくれた。

「最低でも五人、多くても十人までにすべきです」

「ガウル殿は十人で見つかったから五人かな」

そういえば、とガウルに視線を向ける。

「どんな装備で偵察をしたんですか？」

「前回の装備は――」

クロノが話を振ると、ガウルは口を開いた。

※

クロノはテーブルの上に散らばった紙を束ねた。作戦会議――偵察に関する指針は纏《まと》まった。不安はある。クロノ達には山岳戦《さんがくせん》どころか登山の経験もないのだ。だからと言って任務を放《ほう》り出す訳にもいかない。結局、ありもので何とかするしかないのだ。我が身《み》の不幸を嘆《なげ》きながら紙の束をポーチにしまい、ガウルに向き直る。

「それでは、ガウル殿」

「ああ、また——いや、門まで送って行こう」

ガウルが歩き出し、クロノとレイラは後に続いた。扉を開けてもらって外に出る。すると、陽《ひ》が大きく傾《かたむ》いていた。この分ではクロフォード邸《てい》に着くのは夜になるだろう。ガウルと肩を並べ、門に向かう。副官としての自覚からだろうか。レイラは少し距離《きょり》を取って付いてきた。

「明日は早いのに長く引き止めてしまったようだな」

「重要な話し合いですから仕方がありません」

「そう言ってもらえると助かる」

クロノはガウルと他愛《たあい》のない話をしながら歩く。打ち解けるとそれほど悪い人間ではないように思う。多分、ガウルも同じことを考えているのだろうが。門を潜《くぐ》り抜《ぬ》けてガウルに向き直る。すると、彼は背筋を伸《の》ばしてクロノに敬礼した。父親であるタウルの敬礼はやや崩《くず》れていたが、彼のそれは見事なものだった。

「クロノ殿、ご武運を」

「交渉が上手《うま》くいくことを願っています」

クロノが返礼すると、ガウルは敬礼を解いた。彼が踵《きびす》を返して歩き出し、クロノとレイラは馬車に向かって歩き出した。ガウルとのやり取りを見ていたのだろう。サッブが御者席でニヤリと笑う。

「随分、仲よくなりやしたね」

「本当にね」

クロノは苦笑し、馬車の後方に回り込んだ。荷台ではフェイがスノウに膝枕《ひざまくら》をされて安らかな寝息《ねいき》を立てていた。ガウルは昨日とは別人だと評していたが、やはりフェイはフェイだと思う。小さく溜息を吐き、荷台に上がる。レイラが手綱を解き、馬に飛び乗る。

「じゃ、帰ろうか」

「へい、少し揺《ゆ》れやすぜ」

サッブが頷き、馬車がゆっくりと動き出した。

※

予想通り、クロノ達がクロフォード邸に着いたのは夜の帳《とばり》が下りた頃だった。一日の仕事を終えて英気を養っているのか、それとも食事か、庭園に部下の姿はない。馬車がスピードを落とし、玄関《げんかん》の前で止まる。

「もう降りても大丈夫ですぜ」

「ありがとう」

クロノは礼を言って馬車から飛び降りた。レイラ、アルバ、グラブ、ゲイナーの四人は馬から下りて厩舎に向かう。フェイはまだ寝《ね》てるのかな、と振り返る。すると、フェイが体を起こす所だった。

「う～ん、今日も一日お疲《つか》れ様《さま》でしたであります」

「お疲れ様って、ずっと寝てたのに」

「昨夜は大変だったのであります」

スノウが呆《あき》れたように言うと、フェイはぼそっと呟いた。

「じゃあ、今日はゆっくり休めるね」

「そうでありますね」

そんな会話をしながらフェイとスノウは馬車から飛び降りた。クロノが見ていることに気付いたのだろう。フェイはびくっと体を震わせ、スノウの陰に隠れた。

「な、なな、何でありますか？　今夜はゆっくりと休ませてくれると嬉《うれ》しいであります」

「皆《みんな》に話があるからエントランスホールに集まるように伝えて」

「わ、分かったであります。さ、さあ、スノウ殿、行くであります」

「押《お》さなくても自分で歩けるよ」

クロノが指示すると、フェイはスノウを押して玄関に向かった。う～ん、と唸《うな》る。嫌《きら》われているのか、恥《は》ずかしがっているのか分からない。

「ははッ、姐さんは可愛らしくなりやしたね」

「確かに可愛いけど……」

「まあまあ、すぐに慣れやすって」

くくくッ、とサッブは喉《のど》を鳴らしながら御者席から降りる。労《ねぎら》うように馬の首筋を撫でて馬具を外す。自由を取り戻《もど》して嬉しいのか。馬は軽く首を振り、ブルルッと鳴いた。

「俺は姐さん――フェイ嬢《じょう》ちゃんがああなって安心してやすがね」

「僕は傷付いてるよ」

「そりゃ、自業自得《じごうじとく》ってヤツですぜ」

ふぅ、とサッブは溜息《ためいき》を吐いた。

「フェイ嬢ちゃんは危なっかしいと言うか、人を見てねぇ所があったんで、これを機に変わってくれりゃと思いやす。俺達もずっと一緒《いっしょ》にいられる訳じゃないんでね」

「まさか――」

「仕事を辞《や》めるつもりはありやせんぜ。つっても不測の事態ってヤツはありやすし、いつかは体力が追っつかなくなる日がやって来やす。そん時にフェイ嬢ちゃんが一人になっちまったらと不安だったんでさ」

「……サップ」

クロノが名前を呼ぶと、サップは照れ臭《くさ》そうに頭を掻《か》いた。正直、ここまでフェイのことを案じているとは思わなかった。自分達《たち》は部下に恵《めぐ》まれたとつくづく思う。

「長話をしちまいやした。俺は馬を厩舎に入れてから行くんで、屋敷《やしき》で待ってて下せぇ」

「ありがとう、サップ」

「礼には及《およ》びやせん。これが俺の仕事で、俺のやりたいことなんで」

サップが欠けた歯を剥き出して笑い、クロノは玄関に向かった。扉を開けて中に入ると、エントランスホールには十人ほど部下が集まっていた。部下に声を掛《か》けながら進み、階段を登る。階段の中程《なかほど》で足を止めて振り返る。通路から部下がやってくるが、全員が集まるまでにもう少し時間が掛かりそうだ。階段の隅に寄って腰《こし》を下ろす。

ボーッとエントランスホールを見つめていると、部下がぞくぞくと集まってきた。誰《だれ》に指示された訳でもなくクロノに対して横隊に並ぶ。少し歪《ゆが》んでいたが、タイガとエッジがやって来るとそれもなくなった。

ガチャという音と共に玄関の扉が開く。最初に入って来たのはレイラだ。その後にサッブ、アルバ、グラブ、ゲイナーが続く。フェイとスノウは、と視線を巡らす。まだ来ていないようだ。探しに行かせた方がいいだろうかと考えていると、フェイとスノウが通路から出てきた。何故《なぜ》か、養父とマイラも一緒だ。フェイとスノウは列の最後尾《さいこうび》に、養父とマイラは壁際《かべぎわ》に立つ。

聞かれて困るような内容ではないが――。その時、あるアイディアが閃《ひらめ》いた。思い付きだが、悪くないアイディアのように思えた。よし、とクロノは立ち上がった。部下の視線が集中する。ごほん、と咳払《せきばら》いをする。

「え～、軍務局から蛮族討伐のサポートをするようにと命令を受けたものの、諸事情から領地の見回りや訓練をすることになっていた我々ですが、足繁《あししげ》く駐屯地に通った結果、このたびアレオス山地の偵察をすることに相成りました」

クロノが状況《じょうきょう》を説明すると、部下達がどよめいた。戸惑《とまど》ったり、不安を抱いていたりする者はいないかと視線を巡らせるが、士気は高そうだ。特にフェイは目を爛々《らんらん》と輝《かがや》かせている。不安なのはクロノだけのようだ。

「今回の任務は偵察ですが、できれば蛮族を懐柔《かいじゅう》したいな～と考えています」

「質問であります！」

フェイが勢いよく手を挙げた。

「発言を許可します」

「どうやって懐柔するのでありますか？」

「まずは話し合いをと考えていますが、そこは臨機応変に対処します」

「なる、ほど？　であります」

フェイは可愛《かわい》らしく小首を傾《かし》げた。臨機応変に対処などと言ったが、要するにノープランだ。流石《さすが》にノープランはマズいんじゃないかと自分でも思うが、どうやってコミュニケーションを取ればいいのか見当も付かない。次にレイラが手を挙げる。彼女は作戦会議に同席していたので、情報を共有するために手を挙げたのだろう。

「どうぞ」

「懐柔が目的ということはこちらから攻撃《こうげき》してはいけないという理解でいいでしょうか？」

「はい、その通りです。ただし、相手が攻撃を仕掛《しか》けてきた場合はその限りではありません。できれば捕縛《ほばく》したいですが、無理ならば身の安全を優先して下さい」

「ありがとうございます」

レイラがぺこりと頭を下げ、タイガが手を挙げた。

「はい、タイガ」

「偵察のメンバーは何人でござるか？」

「僕を含《ふく》めて五人です」

「はいはいであります！」

フェイが再び手を挙げる。

「どうぞ」

「クロノ様は待機した方がいいと思うであります！」

フェイの言葉に部下がどよめく。ちなみに養父は苦笑している。

「待機した方がいいと思う理由は何でしょう？」

「危険であります！」

「まあ、僕もできれば麓で待機していたいんだけど……」

クロノが軽く肩を竦《すく》めると、部下達がどっと笑う。

「でも、今回の目的には蛮族の懐柔も含まれてるんだ。皆を信用していない訳じゃないんだけど、責任者がいた方がいいと思う」

「ということならば命に替《か》えてもお守りする所存であります」

「ありがとう。でも、自分の命も大事にね」

「了解《りょうかい》であります」

クロノの言葉にフェイは力強く頷いた。

「さて、人選はレイラとタイガに任せるとして……。ここにいるメンバーは僕も含めて蛮族と戦うのは初めてだと思います。そこで特別講師をお招きしました。僕の父さん――クロード・クロフォード男爵《だんしゃく》です」

クロノが手の平で養父を指し示すと、部下達が一斉《いっせい》に振り向いた。養父は顔を顰《しか》めている。おいおい、聞いてねぇぞという気持ちが伝わってくるようだ。

「はい、壇上《だんじょう》へどうぞ」

「仕方がねぇな」

養父は頭を掻きながら歩き出す。部下が左右に分かれて道を空ける。その間を通り、階段を登る。クロノの所まであと二段という所で足を止める。

「それで、何を話せばいいんだ？」

「蛮族と戦う時に気を付けることかな」

「気を付けることな」

養父は溜息交じりに言い、部下達に向き直った。クロノは階段を下り、部下を迂回《うかい》するようにして壁際に移動する。正面に向き直って壁《かべ》に寄り掛かる。

「坊《ぼっ》ちゃま、お疲れ様でした」

「本格的に疲れるのはこれからだけど……」

いつの間にか隣《となり》に立っていたマイラに答える。

「それにしても蛮族を懐柔するとは――」

「できっこないって思う？」

「試《ため》す価値はあるのではないかと」

くすッ、とマイラは笑う。クロノは再び養父に視線を向けた。

「話が長くなるかも知れねぇから座《すわ》りな」

よっこらせ、と養父が腰を下ろす。部下達が顔を見合わせる。本当に座っていいのか迷っているようだ。だが、レイラが座ると、戸惑いながら腰を下ろした。

「蛮族と戦う時に気を付けなきゃならねぇのは刻印術だな。こいつは身体能力を底上げして、攻撃を防ぐ壁みてぇなもんを作る」

「壁みてぇなもんとは何でありますか？」

「何と言えばいいのか術士を中心に空気が弾力《だんりょく》を持つ感じだな。そいつに邪魔《じゃま》されて武器のスピードが鈍《にぶ》っちまうんだ」

戦った時のことを思い出しているのか。フェイの質問に養父は顔を顰めながら答えた。

「武器のスピードということは矢もですね。三十一年前はどうしていたのでしょうか？」

「昔は数を撃《う》って対応してたな」

「数ですか」

レイラは神妙《しんみよう》な面持《おもも》ちで呟いた。

「マジックアイテムや神威術《しんいじゆつ》は通じないのでござるか？」

「マジックアイテムは試したことがないから分からねぇが、神威術は術士次第《しだい》って話だ」

「そうでござるか」

「術士次第でありますか」

タイガが深刻そうに、フェイが興奮した様子で呟く。

「あとは攻撃だが、連中は刻印の色に対応した術を使う。赤が――」

「赤が火、青が水、緑が風、黄が土、黒が闇《やみ》、白が光でありますね」

養父の言葉を遮《さえぎ》ってフェイが言った。養父は軽く目を見開いた。

「知ってたのかよ」

「士官教育の成果であります」

「士官教育ってことはアーサーか。アーサーは上手くやってるか？」

「上手くやってるか分からないでありますが、アーサー先生の授業は楽しいであります」

フェイが胸を張って言うと、部下達が同意するように頷いた。何故、部下達が頷いているのか分からなかったのだろう。養父は訝しげな表情を浮《う》かべた。だが、考えても仕方がないと判断したのだろう。口を開く。

「色に対応した術にも気を付けなきゃならねぇが、俺が一番ヤベぇと思ったのは光だ。ヤツらは光を槍《やり》に纏わせて投げてきやがる。最初は割と長い間隔《かんかく》で光が点《つ》いたり消えたりしてるんだが、どんどん間隔が短くなって……」

養父はそこで口を噤んだ。一体、何事かと部下がざわめく。次の瞬間《しゅんかん》——。

「ドカーンッ！」

大声で叫《さけ》んだ。部下がびくっとする。

「爆発《ばくはつ》するんだよ。しかも、武器そのものには影響《えいきょう》がねぇし、そこいらに転がってる石ころだって爆発させられる。いつでも何処《どこ》でもマジックアイテムを作れるようなもんだ。まったく、これには手を焼いたぜ」

「石ころでもマジックアイテムにできるのは脅威《きょうい》ですね」

「光るのなら注意してれば大丈夫《だいじょうぶ》であります」

「しかし、乱戦の時は厳しいでござる」

うーん、とレイラ、フェイ、タイガの三人が唸る。

「そこは注意しろとしか言い様がねぇな。もしくは近距離《きんきょり》で戦うか、光を纏わせられねぇように数で圧倒《あっとう》するかだな。お勧めはしねぇが、時間切れを待つ手もある」

「時間切れですか？」

「ああ、刻印術は使える時間に限りがあるんだよ」

レイラが鸚鵡《おうむ》返しに呟き、養父はニヤリと笑った。

「はいはいであります！　師匠《ししょう》はどうやって倒《たお》したのでありますか⁉」

「あ？　今必要なことか？」

フェイが元気よく手を挙げ、養父は訝しげな表情を浮かべた。

「必要であります！」

「分かった分かった。話してやるからもうちょいこっちに来い」

「了解であります！」

養父が手招きし、フェイが最前列に移動する。他の部下もじりじりと距離を詰《つ》める。

「それで、どうやって倒したのでありますか？」

「俺は主に接近戦だよ」

「どうやって接近したのでありますか？」

「そりゃ、気合いと根性《こんじょう》だ。気合いを入れりゃ何とかなるもんだ」

「気合いは大事でありますね！」

「分かってるじゃねぇか。けど、お前は頭も使えよ」

「了解であります。ところで、師匠はどんな時に頭を使ったのでありますか？」

「そうだな。俺が一番頭を使ったのは——」

フェイに乗せられ、養父が武勇伝を語り出す。皆、神妙な面持ちで聞いている。

「ふふ、あんなに楽しそうな旦那様《だんなさま》を見るのは久しぶりです」

「父さんは人生をエンジョイしてると思うけど……。でも、楽しそうだね」

クロノは目を細めた。養父は楽しげに武勇伝を語っている。ちょっと話を盛っているのではないかと思ったが、口にするのは野暮《やぼ》だろう。部下は養父の武勇伝に興奮し、失敗談に笑い、襲《おそ》い掛かった悲劇に涙《なみだ》している。

情報共有のつもりだったんだけど、と苦笑する。未知——何も分からないということは恐怖《きょうふ》と不安を駆《か》り立てる。だから、事前に知っておけば対応できるかは別として必要以上に畏縮《いしゅく》せずに済むと思ったのだ。それはさておき——。

「蛮族は強そうだね」

「はい、とても手強《てごわ》い相手です。手加減して勝てる相手ではありません」

「止めた方がいいと思う？」

「私はメイドですので、坊ちゃまを止める資格を持ちません。ですが、老婆心《ろうばしん》ながら忠告させて頂ければ……。止めた方が賢明《けんめい》かと」

「馬鹿なことをしている自覚はあるよ。でも、相手は人間だからね。和解する努力もせずに皆殺《みなごろ》しにしたり、皆殺しになるのを黙《だま》って見ていたりしたらよくないものを残すと思うんだ。まあ、努力したって言い訳が欲《ほ》しいだけかも知れないけどさ」

「ああ、坊ちゃまは蛮族を同じ人間だと思っていらっしゃるのですね」

「人間でしょ?」

「……ええ、人間です」

マイラはやや間を置いて答えた。多分、クロノに合わせただけだろう。このまま話を続けても愉快《ゆかい》なことにはならない。話を変えなければ。

「それにしても刻印術はすごいね。まるで神威術だ」

「はい、すごい術です。もっとも、神威術と違《ちが》って治癒《ちゆ》の力はありませんが」

クロノの意図を察してくれたのだろう。マイラは話に乗ってきた。

「もしかして、神威術をモデルにしたのかな」

「私には分かりかねますが、魔術《まじゅつ》は神に愛されない者のために開発されたという話を聞いたことがございます」

「その話が本当なら刻印術もそうかもね」

「そうですね」

くすッ、とマイラは笑う。もし、魔術と刻印術が神威術をモデルにしているのなら神とは何なのだろう。そんな疑問が湧《わ》き上がる。魔術式のコピー元だからラノベに出てくる情報生命体みたいなものかな、と考えて笑う。

「どうかされましたか？」

「いや、こっちのこと」

クロノは首を横に振《ふ》った。神の正体が情報生命体でも自分には確かめる術がないのだ。

「刻印術にも付け入る隙《すき》があるって分かったし、これなら何とかなるかな」

「そう願っております」

「不吉《ふきつ》な」

マイラがくすっと笑い、クロノは身震《みぶる》いした。やはり、どうにもならないのではないかという気がしてくる。対処方法が分かってもそれを実行できるとは限らないのだ。

「ヤバいと思ったら逃《に》げるよ」

「それがよろしいかと。くれぐれも意地の張りどころを間違えませんように」

「はい、そうします」

クロノはがっくりと頭を垂れた。

※

「今日も一日お疲れ様でした」

そう言って、クロノはベッドに倒れ込んだ。養父の武勇伝を聞き終えた後、改めて作戦会議を行った。作戦会議に参加したのは偵察隊《ていさつたい》のメンバー——レイラ、フェイ、タイガ、スノウ、アレオス山地への護送を担当するサッブ、アルバ、グラブ、ゲイナー、そして留守を預かるエッジだ。オブザーバーとして養父とマイラにも参加してもらった。作戦会議はスムーズに進んだ。その後、食事を摂り、風呂《ふろ》に入り、今に至る。

「今日は早めに休まないと」

天井《てんじょう》を見上げ、小さく呟《つぶや》く。アレオス山地までは距離がある。そのため夜が白んでくる頃《ころ》にはクロフォード邸を発《た》たなければならない。

「明か——」

照明用マジックアイテムを消すために口を開いたその時、扉《とびら》を叩《たた》く音が響《ひび》いた。この音はレイラだろうか。今日は早めに休まなければならない。だが、クロノはベッドから下りて扉に向かった。男には無茶《むちゃ》をしなければならない時があるのだ。扉を開けると、予想通りレイラが立っていた。軍服姿だ。

「クロノ様、お時間よろしいでしょうか？」

「どうぞどうぞ」

クロノはレイラを招き入れ、扉を閉めた。すまない。僕は弱い人間なんだ、と心の中で詫《わ》びる。背後から忍《しの》び寄り、レイラが歴史資料集を持っていることに気付いた。

「本の内容について質問かな？」

「はい、絵を見ているだけでも楽しいのですが……」

レイラはクロノに向き直り、申し訳なさそうに言った。歴史資料集は彼女の知的好奇心《こうきしん》を刺激《しげき》したようだ。その時、閃くものがあった。

「では、ベッドにどうぞ」

「あの、クロノ様、明日は早いので……」

「いえ、そういうことではなく」

「……分かりました」

レイラはやや間を置いて答えた。机に歩み寄り、歴史資料集を置く。そして、恥ずかしそうに軍服を一枚ずつ脱《ぬ》いでいく。もちろん、クロノは素早《すばや》く服を脱いだ。

「あの、これからどうすれば？」

「ベッドで俯《うつぶ》せになって資料集を見て下さい」

「は、はい？」

レイラは困惑《こんわく》しているかのような表情を浮かべたが、歴史資料集を手に取ってベッドに横たわった。お願いした通り、俯せになってだ。ぷりっとしたお尻《しり》と背筋のラインが素晴《すば》らしい。いけないいけない、とクロノは頭を振り、レイラの隣に寝そべった。

「クロノ様？」

「一緒にベッドで本を読むという経験をしてみたくて」

「それならそう仰《おつしや》ってくれれば」

レイラはくすっと笑い、歴史資料集を開いた。縄文《じようもん》時代のページだ。

「前にも簡単に説明したけど、この時代は縄文時代って言うんだ。大体、一万年くらい前で、色々な説があるけど、まだ人類が狩猟《しゆりよう》採集で食糧を賄《まかな》ってた時代だね」

クロノは懐《なつ》かしさを覚えながら縄文時代について説明を始めた。

第五章『偵察』

「坊ちゃま、朝です」

クロノはマイラの声で目を覚ました。部屋の中は暗い。カーテンの隙間《すきま》から白々とした光が差し込んでいるが、早朝と呼ぶのも躊躇《ためら》われる時間だ。

「もう――」

「閃光《せんこう》よ」

「ぎゃぁぁぁぁッ！　目が！　目がぁぁぁッ！」

強烈《きょうれつ》な光に目を焼かれ、クロノはベッドの上でのたうった。一瞬の出来事だったが、闇に慣れていた目には過大な負荷《ふか》だった。しばらくして痛みが治まり、体を起こす。

「坊ちゃま、爽《さわ》やかな朝です」

「爽やかさの欠片《かけら》もなかったんだけど？」

「さようでございますか」

涙目で抗議《こうぎ》するが、マイラは何処《どこ》吹《ふ》く風《かぜ》だ。畜生《ちくしょう》と思うが、今日は偵察に行かなければならない。にもかかわらず起きようとしなかった。それを考えると強く抗議できない。それにしても――。

「今のはマイラの魔術？」

「いえ、照明用マジックアイテムです」

クロノは天井を見上げた。そこには照明用マジックアイテムが設置されている。

「そんな機能があったんだ」

「盗賊《とうぞく》対策に特注しました。マジックアイテムの寿命《じゅみょう》を縮めるので滅多《めった》にやりません」

「父さんとマイラがいれば必要ないんじゃないかな」

「今まさに役に立った所ですが？」

「そうですね」

クロノは溜息を吐き、ベッドから下りた。机に歩み寄る。机の上には丁寧《ていねい》に折り畳《たた》まれた軍服が置いてあった。軍服を着て、剣帯《けんたい》を締《し》める。違和感《いわかん》を覚える。だが、これはナーバスになっているせいだろう。剣を差し込み、さらにマントを羽織って準備完了《かんりょう》だ。

「そういえばレイラは？」

「すでに準備を整えております」

「そうですよね」

「では、参りましょう」

マイラが歩き出し、クロノは後を追った。先導されて外に出る。軽く目を見開く。庭園にはエッジとその部下が二列横隊で並んでいた。その正面にはレイラ、フェイ、タイガ、スノウが立ち、彼女達《かのじょたち》の背後に馬車が止まっている。サップは御者席《ぎょしゃ》に座り、アルバ、グラブ、ゲイナー——三騎《さんき》の騎兵《きへい》はやや離《はな》れた所にいる。足を踏《ふ》み出すと——。

「間に合ったか。もう行っちまったかと思ったぜ」

背後から声が聞こえた。養父の声だ。振り返ると、養父が駆け寄ってくる所だった。クロノの前で立ち止まり、頭を掻く。

「……マントが緩《ゆる》んでるぞ」

「そう？」

「結び直してやる」

そう言って、養父はクロノの首元に手を伸ばした。紐《ひも》を解き、結び直そうとする。慣れてないのだろう。もたもたした手付きだ。

「すまねぇな」

「え⁉」

「蛮族《ばんぞく》の件だ。俺《おれ》らの世代できっちり片を付けときゃよかったんだが……。結局、お前らの世代にツケを回すことになっちまった」

「仕方がないよ」

本当の気持ちだ。養父達は南辺境の開拓《かいたく》もしなければならなかったのだ。養父はマントから手を放し、しげしげとクロノの首元を見つめた。

「まあ、こんなもんか」

「ありがとう、父さん」

「いいってことよ」

クロノが礼を言うと、養父は照れ臭そうに手の甲《こう》で鼻を擦《こす》った。首が締め付けられるような感じがするが、しばらくはこのままでいようと思う。背筋を伸ばす。

「行ってきます」

「おう、死ぬんじゃゃ……生きて帰ってこいよ」

「行ってらっしゃいませ」

クロノは踵を返して歩き出した。レイラ達がこちらを見る。そのまま歩み寄り――。

「おはよう」

「おはようございます」

「おはようございますであります」

「おはようでござる」

「クロノ様、おはよう」

クロノが挨拶《あいさつ》をすると、レイラ、フェイ、タイガ、スノウが挨拶を返してきた。

「クロノ様、訓示を……」

「分かった」

レイラが小さく呟き、クロノはエッジ達――二列横隊で並ぶ部下に向き直った。参ったというのが本心だ。出陣式《しゅつじんしき》をやるつもりはなかったので、訓示なんて用意してない。それでも、部下の心意気に答えるのが上司というものだろう。ごほん、と咳払いをする。

「……かつて、帝国《ていこく》は亡国の危機にありました。皇位継承《けいしょう》に端《たん》を発する争いは帝国全土を巻き込む内乱へと発展し、帝国北東部の独立――自由都市国家群の誕生と蛮族の侵入《しんにゅう》という事態を招きました。今は亡《な》きラマル五世陛下が内乱を治め、蛮族をアレオス山地に放逐《ほうちく》した訳ですが」

クロノは帝国の歴史を語り、そこで言葉を句切った。

「蛮族の問題は三十一年に渡《わた》って放置されてきた。だけど、僕《ぼく》はそれでよかったんじゃないかって思ってる」

部下がどよめく。当然か。前の世代がやり残したこと――ツケを支払《しはら》おうとしているのだ。普通《ふつう》は貧乏《びんぼう》くじを引いたと考える。クロノは部下が静まるのを待って口を開いた。

「三十一年前なら殺し合うしかなかった。でも、今ならそれ以外の選択肢《せんたくし》もあるんじゃないかって思う。だから、僕達《ぼくたち》の世代でこの問題を解決しよう」

「クロノ様に敬礼！」

やや強引《ごういん》に話を纏《まと》めると、エッジが声を張り上げて敬礼した。やや遅《おく》れて部下がその後に続く。クロノは背筋を伸ばして返礼した。エッジが敬礼を解き――。

「偵察隊のご武運をお祈《いの》りしております」

「あとのことは任せたよ」

「はッ、お任せ下さい！」

敬礼を解き、声を掛ける。すると、エッジは背筋を伸ばして言った。クロノは大きく頷き、レイラ達に向き直る。

「行こうか」

「「「「はッ！」」」」

クロノが声を掛けると、レイラ達――レイラ、フェイ、タイガ、スノウの四人は声を張り上げた。弾《はじ》けるように動き出し、馬車の荷台に飛び乗る。クロノもやや遅れて荷台に乗る。糧秣《りょうまつ》を積み込んでいることもあってやや手狭《てぜま》だ。レイラの隣に座る。フェイ、タイガ、スノウは対面だ。サップが肩越《かたご》しにこちらを見る。

「出発しやすぜ」

「よろしく」

「へい、よろしくされやした」

サップが正面に向き直り、馬車が動き始めた。

※

突《つ》き上げるような衝撃《しょうげき》でクロノは目を覚ました。視線を巡《めぐ》らせる。クロフォード邸《てい》を出た時は暗かったが、長いこと眠《ねむ》ってしまったのだろう。陽《ひ》が昇《のぼ》り、街道《かいどう》沿いの草木が青々と輝いている。心なしか植物の密度が濃《こ》いような気がする。

「クロノ様、おはようございます」

「おはよう、レイラ。駐屯地《ちゅうとんち》は？」

「通り過ぎました」

挨拶を返して尋《たず》ねると、レイラは淡々《たんたん》と答えた。駐屯地よりアレオス山地に近い——より人の手が入っていないということだ。植物の密度が濃いのも道理だ。ドンドドンッと衝撃が断続的に馬車を襲う。サップが肩越しに荷台を見る。だが、それもほんの数秒だ。すぐに正面に視線を向ける。

「申し訳ありやせん！　何せ、道が悪いもんでッ！」

「気にしないで！」

「そう言って頂けると助かりやす！」

大声でサップとやり取りをする。ドンッと馬車が揺《ゆ》れる。荷台から身を乗り出して道の状態を確認《かくにん》する。道というよりは轍《わだち》だ。あちこちが陥没《かんぼつ》している。流石にここまでひどい状況だとゴルディが魔《ま》改造《かいぞう》した馬車も衝撃を吸収しきれないようだ。ドンッとまたしても馬車が揺れ――。

「フェイ殿《どの》は大物でござるな」

斜向《はすむ》かいで鉈《なた》を研《と》いでいたタイガが感心したように言った。対面を見るが、フェイはいない。荷台の後方に視線を向けると、フェイがスノウに膝枕《ひざまくら》をされて眠っていた。

「スノウ、大丈夫？」

「大丈夫だよ」

長時間、膝枕をするのは大変なはずだ。心配で声を掛けるが、スノウはあっけらかんとした口調で答えた。嘘《うそ》は吐《つ》いていないようだが――。

「ボク、子ども扱《あつか》いされることが多かったから嬉《うれ》しいんだ」

えへへ、とスノウは笑い、フェイの頭を撫《な》でた。お姉さんプレイを楽しんでいるということか。どっちが年上なんだか、とフェイを眺《なが》める。スカートが捲《めく》れそうだ。ちょっと身を乗り出すと、フェイが勢いよく体を起こした。慌《あわ》てて居住まいを正す。

「どうかしたの？」

「邪《よこしま》な気配を感じたであります」

平静を装って声を掛けると、フェイは周囲を警戒《けいかい》するように視線を巡らせた。

「気のせいじゃない？」

「そうでありますかね？」

フェイは訝《いぶか》しげな表情を浮かべた。まさか、気付いているのだろうか。だとしたらマズい。どうにかして誤魔化《ごまか》さなければと考えたその時、馬車が大きく揺れた。陥没のせいではない。スピードを落としたのだ。目的地が近いのだろうか。そんなことを考えていると、馬車が止まった。

「クロノ様、着きやしたぜ」

「よ、よし、降りようか」

サッブが振り返って言い、クロノは立ち上がった。フェイが訝しげに眉根《まゆね》を寄せているが、構わずに荷台から降りる。改めて道を眺める。轍が延々と続き、両脇《りょうわき》には植物が生い茂《しげ》っている。放っておいたら一年後には消えてなくなっていそうだ。

「クロノ様？」

「ああ、ごめん」

レイラに声を掛けられて馬車から距離《きょり》を取る。轍があるということは人の往来があるということだ。領民か、それとも軍か。もっと詳《くわ》しく話を聞いておけばと今更《いまさら》ながら後悔《こうかい》する。帰ったら養父に聞こう。

「クロノ様、準備が整いました」

「うん、分かった」

クロノが振り返ると、レイラ達は馬車を下りて準備を整えていた。山に分け入るため腰から鉈を下げている。さらにタイガはロープを肩《かた》に掛けている。

「拙者《せっしゃ》が先頭でござる」

「私が二番手であります」

「クロノ様が三番手で、ボクが四番手ね」

「私が殿《しんがり》を務めます」

「出発でござる」

タイガが歩き出し、フェイ、クロノ、スノウ、レイラの順で後に続く。馬車の前方に出ると、道沿いの藪《やぶ》に人が分け入ったような跡《あと》があった。

「この先が川でござるな。では、足下《あしもと》に気を付けて進むでござる」

「了解であります」

タイガが躊躇う素振《そぶ》りを見せずに藪に入り、フェイがその後に続く。本当にここでいいのだろうかと不安になる。意を決して藪に分け入り、フェイの後を追う。だが、なかなか追いつけない。藪を掻《か》き分けて進んでいるせいだ。

はぐれたら遭難《そうなん》しそうだと考え、身震いする。洒落《しゃれ》にならない。腕《うで》に力を込め、スピードを速める。それでも、やはりというべきか、なかなか距離が縮まらない。このままではマズいと思ったその時、突然《とつぜん》、視界が開けた。河原に出たのだ。

ホッと息を吐くと、タイガとフェイが振り返った。つられて振り返る。後ろにいたはずのスノウとレイラがいない。まさか道に迷ったのだろうか。そんな不安が湧き上がる。だが、しばらくすると藪が揺れてスノウとレイラが姿を現した。

「はぐれちゃうかと思った」

「すみません。進んで下さい」

「了解でござる。ただ、はぐれそうなら早めに声を掛《か》けるでござるよ」

「は～い！」

スノウが元気よく返事をし、クロノ達《たち》は隊列を組み直して上流——アレオス山地に向かって歩き始めた。クロノは横目で河原の様子を確認する。川幅《かわはば》は五メートル程度だが、河原の幅《はば》は倍以上ある。倒木《とうぼく》もある。

「クロノ様、どうしたの？」

「河原の様子を確認してたんだよ」

クロノは正面を向き、スノウの質問に答えた。

「何か分かった？」

「雨が降ったらヤバそうなことは分かったかな」

「なんで、分かるの？」

「河原の幅とか、倒木があるとか、まあ、そんな感じで」

クロノは河原を歩いていて気付いたことを口にした。

「クロノ様ってすごいんだね。ボクも勉強すれば分かるようになるのかな？」

「きっと、分かるようになるよ」

「ボク、頑張《がんば》る」

スノウの言葉に罪悪感を刺激される。元の世界で河原は危険という知識を得ていたから注意を払《はら》うことができたのだ。それを考えるとなかなか難しいような気がする。だが、本当のことを言って若者のやる気を削《そ》ぐ訳にもいかない。非常に悩《なや》ましい問題だ。そんなもやもやした気持ちを抱《かか》えながら上流へ、上流へと進む。

上流に進むにつれて川幅は狭まり、石も大きくなっていく。さらに両岸に生えていた植物に木が加わる。岩を乗り越《こ》え、倒木を潜《くぐ》り、上流を目指す。何処で尾根《おね》筋《すじ》を目指すべきか考えていると、ザーという音が聞こえてきた。

「水の音でござる」

「滝《たき》でありますかね？」

「クロノ様、どうしますか？」

「とりあえず、もう少し進んでみよう」

タイガ、フェイ、レイラが流れるように言い、クロノは先に進むことを決意する。尾根筋を目指すにしても目印があった方がいいと思ったのだ。道がさらに険しさを増し、崖《がけ》が姿を現す。いや、違う。川が大きくうねっているのだ。足下に注意しながら進むと、高さ五メートルほどの滝が忽然《こつぜん》と姿を現す。飛沫《しぶき》のせいだろう。周囲はひんやりと冷たく、滝の岩肌《いわはだ》は苔《こけ》むしている。

「綺麗《きれい》でありますね」

「――ッ！」

フェイがぽつりと呟き、クロノは我に返った。見とれている場合ではない。

「よし、ここから尾根筋を……」

目指そう、とクロノは言いかけて口を噤《つぐ》む。周囲が崖になっているのだ。垂直ではないものの、傾斜《けいしゃ》はかなりキツい。高さも滝と同じかそれ以上ある。その時、フェイが神威術《しんいじゅつ》――光の壁を足場にしていたことを思い出した。

「フェイ、神威術で足場を作って崖の上に行ける？」

「もちろんであります。ということは縄《なわ》を持った方がいいでありますね」

「そうでござるな」

フェイが力強く頷き、タイガが縄を下ろした。

「漆黒《しっこく》にして混沌《こんとん》を司《つかさど》る女神《めがみ》様、よろしくお願いしますであります」

祈りを捧《ささ》げると、黒い光が立ち上った。

「縄でござる」

「ありがとうございますであります。では……とぅッ！」

タイガから縄を受け取り、フェイは膝《ひざ》を屈《かが》めた。直後、垂直に跳《と》ぶ。二メートルほど跳び、重力に引かれて落下し始める。光の壁が現れ、それを足場に跳躍《ちょうやく》する。だが、あと一歩という所で崖の上に届かない。また光の壁を足場に跳躍、崖の上に着地する。

「縄を木に結ぶので、待ってて欲しいであります!」

そう言って、フェイは背を向けた。姿が見えなくなり、ずるずると縄が引き上げられていく。不意に縄が動きを止め、しばらくしてフェイが姿を現した。崖から身を乗り出して手招きする。

「結んだであります!」

「順番は僕、スノウ、レイラ、タイガの順でいい?」

クロノが問いかけると、三人は頷いた。縄を掴《つか》んで安全確認のために引っ張る。特に問題はないようだ。崖に足を掛け、ロープを手繰《たぐ》って登る。足と腕で体重を支えているせいか思っていたより負担は小さい。軽く汗《あせ》ばみながら崖を登りきり、後続のために場所を空ける。スノウ、レイラ、タイガはするすると崖を登ってきた。縄なんて必要なかったのではと勘繰《かんぐ》ってしまうほどだ。

全員が崖を登りきり、クロノは周囲を見回した。巨木《きょぼく》が立ち並び、丈《たけ》のある草や灌木《かんぼく》が生えている。とはいえ藪というレベルではない。

そんなことを考えていると、レイラがポーチから布を取り出して木の枝に結んだ。白く、細長い布だ。遭難しないようにするための目印だ。これもクロノが元の世界で読んだ本から得た知識だ。もっとも、その本には他人が付けた目印を頼《たよ》りに森を進んで遭難したと書かれていたが。フェイがロープを解き、タイガが鉈で木の幹に傷を付ける。手持ちぶさたなのだろう。スノウが擦り寄ってきた。

「ボク達、暇《ひま》だね」

「そうだね」

クロノが頷くと、スノウはえへへと笑った。気持ちは分かる。こんな時に仲間がいるのはありがたい。その時、クロノはタイガが木に首筋を擦り付けていることに気付いた。何をしているのだろう。声を掛ける。

「タイガ、何をしてるの？」

「臭《にお》い付けでござる」

タイガは木に首を擦り付けながら言った。それは猫《ねこ》の習性では？　と思ったが、虎《とら》は猫科の動物だ。虎の獣人《じゅうじん》のタイガにも似たような習性が残っていても不思議ではない。

「それって自分以外の臭いも分かるんだよね？」

「もちろんでござる」

「僕の臭いを追えたりする？」

「何とかなると思うでござる」

タイガはクロノに歩み寄り、首元ですんすんと鼻を鳴らした。彼《かれ》は古参の部下だ。忠誠心に疑う余地はない。それなのに不安が湧き上がってくるのは何故《なぜ》だろう。

「覚えた？」

「覚えたでござる」

タイガが離れ、クロノは内心胸を撫で下ろした。

「……よし、隊列を組み直して進もう」

「「「「はッ！」」」」

クロノの言葉にレイラ、フェイ、タイガ、スノウの四人は背筋を伸《の》ばして応《こた》えた。

※

昼――ガウルは腕を組み、部下が麦袋《むぎぶくろ》を食料庫に運ぶ様子を見つめた。昨日、ベイリー商会に糧秣の価格について相談したいと手紙を送った。羊皮紙を使わなかったのは彼らの体面を慮《おもんぱか》ってのことだ。いや、正直にいえば連中の体面など知ったことではなかった。

だが、交渉役《こうしょうやく》に据《す》えたニアが礼儀《れいぎ》を払うべきだと主張したのだ。それを聞いた時、どうして自分が礼儀を払わなければならないのかと怒《いか》りを覚えた。

しかし、ガウルは怒りを堪《こら》えた。ここまで漕《こ》ぎ着けるのにクロノの力を借り、クロフォード男爵家《だんしゃくけ》の力も借りた。それだけでは足りず、ニアの力まで借りている。感情のままに振る舞《ま》ったら彼らを裏切ることになる。そう考えて怒りを堪えたのだ。

結果的にそれで正解だったように思う。ベイリー商会は手違《てちが》いを認め、不足分の糧秣を送ってきたのだから。せめてものお詫びにと酒まで付けて。

「これで今日から腹一杯《はらいっぱい》食えるな」

「もう野菜を盗《ぬす》まずに済む」

「へへ、エラキス侯爵《こうしゃく》様々だ」

「それを言うならガウル様々だろ」

「あ～、くそッ、早く夜にならねぇかな」

「今晩、酒が飲めるとは限らねぇぞ」

糧秣が運び込まれる様子を見守っていた部下がそんな言葉を口にする。野菜を盗んだとはどういうことだと問い詰めたかったが、そんなことをすれば恥《はじ》を掻くのは自分だ。ガウルが至らなかったせいで野菜を盗まざるを得なかったのだから。それはさておき――。

「解せんな」

「何がですか？」

下から声が響く。視線を落とすと、ニアがこちらを見つめていた。目が輝《かがや》いている。真《ま》面目《じめ》に訓練に取り組んでいたが、やはり事務仕事に適正があるのだろう。

「ベイリー商会のことだ。いくら何でも対応が早すぎる」

「そろそろヤバいと思ってたんじゃないでしょうか？」

「……なるほど」

そろそろ不正がバレると思っていたのであれば迅速《じんそく》な対応ができたのも頷ける。汚《きたな》いやり方に怒りを覚えるが、それに気付けなかったのは自分の失態だ。まったく、自分の力を証明するつもりで力不足を痛感するとは情けないにもほどがある。とはいえ――。

「これで再び蛮族討伐《とうばつ》に乗り出せるな」

「そういえばエラキス侯爵は？」

ガウルが拳《こぶし》を握《にぎ》り締めて言うと、ニアがおずおずと口を開いた。

「アレオス山地を偵察している」

「そうですか。無事に戻《もど》ってきてくれるといいですね」

「……そうだな」

笑い飛ばそうかと思ったが、蛮族の強さを思えば楽観はできない。アレオス山地の方角を見つめる。不吉な予感がした。

※

レイラが枝に布を結び付け、タイガが鉈で木の幹に傷を付ける。クロノは少し離れた場所から二人を見守る。一人きりではなく、フェイとスノウも一緒《いっしょ》だ。

「ボク達、暇だね」

「そうだね」

「そうでありますね」

スノウがぽつりと呟き、クロノとフェイは頷いた。フェイには周囲を警戒する役目があるのだが、周囲を警戒してもなお暇ということだろう。

あの後、クロノ達は谷を横断して尾根筋に辿《たど》り着いた。いや、尾根筋と思《おぼ》しき場所というべきか。ここが本当に尾根筋なのか判断できる者はいないからだ。

尾根筋だといいんだけど、とクロノは視線を巡らせる。ここを野生動物も道として使っているのだろう。獣道《けものみち》が一直線に延びている。左右は下りの傾斜だが、木々が生い茂っているため視界は悪い。

「クロノ様、目印を結び終えました」

「臭い付けも終わったでござる」

「じゃ、進もうか」

クロノ達は隊列を組み直して尾根筋と思しき場所を進む。しばらくして――。

「クロノ様、今どの辺かな？」

「中腹くらいかな？」

スノウの質問に戸惑《とまど》いながら答える。小学校と中学校の林間学校で山歩きをした経験があるのだが、あの時は整備された登山道だった。それに、あの時とは比べものにならないほどクロノの体力は向上している。自分の感覚が当てにならない。

「え～、まだ歩くの？」

「スノウ！」

スノウが不満そうに言い、レイラは声を荒《あら》らげた。

「だって、木ばっかりでつまらないんだもん」

「仕事はつまらなくてもやるものです」

「は～い、分かりました」

レイラが窘《たしな》めるように言うと、やはりスノウは不満そうに言った。

「しかし、スノウ殿の意見も一理あるであります」

「だよね！　ほらほら、フェイも言ってるよ！」

フェイの言葉にスノウは声を弾《はず》ませた。

「そんなにつまらない？」

「そういう意味ではないであります！」

クロノがぼそっと呟くと、フェイは慌てて否定した。

「このまま蛮族の支配地域を歩き回るのは危険だと思ったのであります」

「確かにそうだね」

クロノは頷いた。これまでトラブルらしいトラブルはなかった。そのお陰《かげ》でここまで来られた訳だが、どうも上手《うま》くいきすぎているような気がする。引き返すべきか、それともこのまま進むべきか。そう自問したその時、視界が開けた。木々が途《と》切《ぎ》れたのだ。

大きく目を見開く。クロノ達の前に現れたのは道だった。道幅《みちはば》は狭《せま》いが、山頂まで続く一本道だ。両側の斜面に視界を遮《さえぎ》るものはなく、周囲を一望することができる。

ほぅ、と誰《だれ》かが息を漏《も》らす。当然か。それほど見事な眺望《ちょうぼう》なのだ。不意にガサガサッという音が響く。音は背後、それも上の方から聞こえる。何の音だろう。内心首を傾《かし》げたその時、レイラが鋭《するど》く叫《さけ》んだ。

「走って！」

タイガとフェイが肩越しに視線を向け、弾けたように走り出した。クロノも走る。二人と違《ちが》って背後を確認する余裕《よゆう》はない。数秒後、赤い光が炸裂《さくれつ》した。衝撃が押し寄せ、クロノ達は吹《ふ》き飛ばされた。滑落《かつらく》しなかったのは幸運以外の何物でもない。体を起こして背後を見る。すると、倒木が道を塞《ふさ》いでいた。その奥《おく》には槍《やり》が突き立っている。

養父の話にあった刻印術《こくいんじゅつ》による攻撃《こうげき》に違いない。だとすればマズい。追撃《ついげき》が来る。立たなければ。だが、衝撃によるダメージのせいか、目眩《めまい》がした。頭を振《ふ》り、立ち上がる。タイガとフェイはすでに立ち上がり、正面を見据《みす》えていた。

二人の視線の先には女が立っていた。髪《かみ》の短い女だ。槍を持ち、動物の牙《きば》や爪《つめ》で作られた装飾《そうしょく》を身に着けている。ガウルが遭遇《そうぐう》した蛮族——ララに違いない。十数メートル離れた場所に立ち、刻印も浮《う》かんでいないが、見逃《みのが》すつもりはないだろう。見逃すつもりであれば先程《さきほど》の攻撃は殺意に溢《あふ》れすぎている。

誘《さそ》い出されたか、とクロノは唇《くちびる》を噛《か》み締めた。道理でここまでトラブルらしいトラブルがなかったはずだ。もっと大勢で来るべきだったかと後悔の念が湧《わ》き上がる。だが、大人数で来ていたとしてもここで攻撃をされたら同じことだろう。

もっと被害《ひがい》が拡大していた可能性が高い。だから——いや、今は言い訳している場合ではない。逃《に》げ道《みち》は塞がれ、正面には敵がいる。この状況《じょうきょう》を抜《ぬ》け出さなければ。だが、その前にやるべきことがある。クロノはララに視線を向けた。

「私はケフェウス帝国軍の士官でクロノ・クロフォードと申します！」

「クロノ様！　今は名乗りを上げている場合ではないでありますッ！」

「そうだよ！　今ボク達はピンチなんだよ！」

「私はケフェウス帝国軍の士官でクロノ・クロフォードと申します！」

「……ララ、ルー族の戦士」

フェイとスノウが叫ぶが、クロノは再び声を張り上げた。すると、ララは訝しげに眉根を寄せながら答えた。胸を撫で下ろす。ガウルから聞いた通り、訛《なま》りはキツいが、言葉は通じるようだ。言葉が通じるなら話し合いの余地はあるはずだ。

「代表の方とお話ししたいんですが、どちらにいらっしゃいますか？」

「族長、話す、ない」

「そう仰らずに」

「去れ、ここ、我らの地」

話は終わりだと言うようにララは槍を一閃《いっせん》させた。直後、手に光が灯《とも》る。赤い光だ。光が手から手首、手首から腕へと伸びて戦化粧《いくさげしょう》のように彼女《かのじょ》を彩《いろど》る。赤い光は毛皮を透過《とうか》し、ボディーラインが浮かび上がって見える。どういう理屈《りくつ》なのだろう。不思議に思ったが、考えても仕方がない。

「交渉《こうしょう》は決裂《けつれつ》でござるな」

そう言って、タイガは背中の大剣に手を伸ばした。だが、大剣を振るには足場が悪いと判断したのだろう。鉈を構える。ララが槍を構え、地面を蹴《け》った。次の瞬間《しゅんかん》――。

「炎弾乱舞《えんだんらんぶ》！」

凛《りん》とした声が響《ひび》いた。レイラの魔術《まじゅつ》だ。無数の炎弾がララに降り注ぐ。だが、炎弾はララの手前で弾ける。目を細めると、ララを中心に球状の障壁《しょうへき》が展開されていた。あれが養父の話にあった攻撃を防ぐ壁《かべ》だろう。

ララが炎《ほのお》を突破《とっぱ》する。球状の障壁は見えないが、まだ展開されているはずだ。さらに距離を詰《つ》め、槍を振り下ろす。タイガはわずかに身を引いて槍を躱《かわ》した。平地での戦いであれば悪手だ。攻撃の軌道《きどう》上に身を置けば追撃を喰《く》らう。

だが、ここは道幅が狭い。身を引いて躱す以外の選択肢がないのだ。槍の穂先《ほさき》が跳《は》ね上がるが、空中で動きを止める。タイガが槍の柄《え》を掴んだのだ。ララが槍を引くが――。

「お命頂戴《ちょうだい》であります！」

次の瞬間、フェイがタイガを跳び越えて蹴りを放った。直撃《ちょくげき》するかと思いきや空中でスピードが鈍《にぶ》る。足と接触《せっしょく》している空間が歪《ゆが》んでいる。あの球状の障壁だ。ララが力任せに槍を引き、跳び退《すさ》る。支えを失ったフェイはそのまま地面に降り立ち、地面を蹴った。

「神様、我《わ》が刃《やいば》に祝福を！　神威術・祝聖刃《しゅくせいじん》でありますッ！」

一気に距離を詰め、剣を抜き放つ。刃がララに迫《せま》る。パンッと何かが破裂《はれつ》するような音が響き、剣が弾《はじ》き返される。刻印術の力だ。攻撃を防げたことに対する安堵《あんど》か、それとも優位に立てたことを確信してか、ララが口角を吊《つ》り上げる。

フェイは構わずに攻撃を仕掛《しか》ける。そのたびに破裂音が響く。だが、今度は弾き返されない。障壁を斬《き》り裂《さ》いている。それに気付いたのかララは驚《おどろ》いたように目を見開いた。流石《さすが》にこのままではマズいと考えたのだろう。槍を突き出す。悪手ではない。足場が悪いことを考えれば最善手のはずだ。

ララが再び大きく目を見開く。フェイが剣で槍を払い除《の》けたからだ。渾身《こんしん》の一撃《いちげき》だったのだろう。ララの上体が泳ぐ。もちろん、その隙《すき》を見逃すフェイではない。鉈を鞘《さや》から引き抜き、振り下ろす。殺してしまっていいのかと疑問が湧き上がる。

フェイが動きを止めて跳び退る。半瞬《はんしゅん》前まで彼女がいた場所に槍が突き刺《さ》さる。緑の光に包まれた槍だ。一秒、いや、もっと短い間隔《かんかく》で点滅《てんめつ》を繰《く》り返している。マズいと思った時にはもう遅《おそ》かった。緑の光が炸裂し、土煙《つちけむり》が押し寄せる。だが、衝撃はなかった。フェイが光の壁を展開して衝撃を防いだのだ。

クロノは目を細めた。土煙が立ち込めていてララの姿は見えない。多分、それは彼女も同じはずだ。撤退《てったい》の文字が脳裏《のうり》を過る。次の瞬間、土煙を貫《つらぬ》いて何かが飛来した。それは赤い光に包まれた石だった。

「神様！」

フェイが叫んだ次の瞬間、赤い光が炸裂した。光の壁が衝撃を防ぐ。だが、その全《すべ》てを遮ることはできない。衝撃の余波が体を貫き、吐《は》き気《け》が込み上げる。不意に光が消え、フェイが片膝《かたひざ》を突いた。やや遅れて光の壁が砕《くだ》ける。

ここに至ってクロノは撤退を決意した。退路は倒木で塞がれているが、ここでララを相手にするよりはマシだ。土煙で視界が悪い今ならという思いもあった。

「撤た――ッ！」

口を開いた次の瞬間、風が吹き寄せてきた。土煙が押し流《なが》され、クロノは顔を顰《しか》める。敵は一人ではない。少なくとも横槍《よこやり》を入れてきた人物がいる。にもかかわらず、その人物の存在を失念した。信じられない迂闊《うかつ》さだ。死にたくなる。だが、後悔は後だ。正面を見据えると、そこにはララがいた。槍を振りかぶっている。

「皆《みんな》、頭を下げろ！」

クロノは叫び、膝を屈めた。フェイも、タイガも従っている。スノウは分からない。背後から風を感じたから恐《おそ》らく姿勢を低くしているはずだ。

「レイ――ッ！」

レイラ、撃《う》て！　と命令するよりも速く、後方から矢が飛来する。頭を下げろと命令した時にはクロノの意図を読んでいたに違いない。流石、レイラと褒《ほ》め称《たた》えたくなる。矢が一直線にララに迫る。当たるかと思ったが、その手前でスピードが落ちる。ララは身を捩《よじ》って矢を躱した。レイラが立て続けに矢を放つ。だが、二射目以降は弾かれた。

何故、一射目はスピードが落ち、二射目以降は弾かれたのか。疑問が湧き上がるが、考えるだけ無駄《むだ》だ。検証することができない以上、仮説にしかならないのだから。それよりも今はこの窮地《きゅうち》を脱《だっ》する方法を考えるべきだ。

ふとあるアイディアが閃《ひらめ》く。上手く引っ掛かってくれるのか不安になる。だが、迷っている暇はない。今この瞬間にもララは槍を放とうとしているのだから。覚悟《かくご》が決まる。引っ掛かってくれなければ次のアイディアを捻《ひね》り出すだけだ。

「レイラ、合わせて！」

「はい！」

「開陽回廊《かいようかいろう》！」

クロノはララに手を向けて叫んだ。次の瞬間、ララの姿が消える。そして――。

「爆炎舞《ばくえんぶ》！」

レイラが叫んだ。ララがいた場所を巻き込む形で巨大《きょだい》な火柱が出現する。ザザーッという音が響き、ララが斜面を滑《すべ》り落ちていった。上手く引っ掛かってくれた、と胸を撫で下ろす。開陽回廊で視界を奪《うば》い、爆炎舞で攻撃する。戦闘《せんとう》経験が豊富ならば防御《ぼうぎょ》を固めて開陽回廊の効果が切れるのを待ったことだろう。

だが、ララは戦闘経験が少ない。結果、動揺《どうよう》して斜面から滑落したのだ。もっとも、これは槍を振りかぶっていた——動きを止めていたからできたことだ。激しく動き回っていたら狙いを付けられなかった。爆炎舞の火勢が弱まる。今ならば撤退できるはずだ。

「よし、撤た——ッ！」

「まだであります！」

フェイがクロノの言葉を遮って叫んだ。次の瞬間、爆炎舞が突き破《やぶ》られた。突き破ったのは人間だった。緑色の刻印が体を彩っている。彼女がリリだろう。自身の体を砲弾《ほうだん》と化して突っ込んでくる。

「漆黒にして混沌を司る女神様！　力を貸して欲《ほ》しいでありますッ！」

フェイは祈りを捧げると地面を蹴った。リリがさらにスピードを上げ、両者の距離は瞬《また》く間《ま》に詰まる。激突《げきとつ》する寸前、フェイが両手を突き出した。

「神威術・聖盾《せいじゅん》であります！」

両手からわずかに離《はな》れた空間に盾が浮かび上がる。二人が激突し、轟音《ごうおん》が響き渡《わた》る。フェイがリリをその場に押し止《とど》める。いや、じりじりと押され始めている。

「手伝うでござる！」

タイガが駆《か》け寄り、フェイの背中を支える。力が拮抗《きっこう》する。だが、それも長くは保たなかった。一気に押し込まれる。

「だりゃぁぁぁであります ッ！」

フェイは裂帛《れっぱく》の気合いと共にリリを真上に弾き飛ばした。リリは天高く舞い上がり、そこで動きを止めた。ふと中学の——位置エネルギーに関する授業を思い出す。といっても詳しい内容は覚えていない。位置エネルギーは運動エネルギーに変換《へんかん》されるとかその程度の知識だ。まさか、と生唾《なまつば》を呑《の》み込む。そのまさかだった。リリは空中で身を翻《ひるがえ》して滑空《かっくう》を始めたのだ。しかも、退路側から突っ込んでくるつもりだ。

クロノは斜面を見た。百メートル以上続く急勾配《きゅうこうばい》だ。下手をすれば、いや、よほどの幸運に恵《めぐ》まれなければ怪我《けが》は免《まぬが》れない。リリを見る。まだ滑空しているが、程なく水平飛行に移るだろう。迷っている暇はない。

「斜面へ！」

叫んで斜面に飛び出す。レイラ、フェイ、タイガ、スノウもやや遅《おく》れて飛び出す。クロノはバランスを取りながら斜面を滑り降《お》りる。このまま斜面を下りきれるかと思った次の瞬間、背後から風が押し寄せてきた。浮かび上がり、斜面を転がり落ちる。甲高《かんだか》い音が鼓《こ》膜《まく》を貫き、ぞっとした。先程の風は衝撃波《しょうげきは》――ソニックブームだ。神威術ならまだしも刻印術で音速を突破するとは思わなかった。

「クロノ様！」

レイラの声が響く。悲鳴じみた声だ。当然か。クロノは斜面を滑落している真っ最中なのだ。しかも、徐々《じょじょ》にスピードが増している。このままではマズい。スピードを落とさなければ。そう思うが、その方法が思い付かない。当然だ。そんなことができるのならば滑《かっ》落死《らくし》する人間なんていないはずだ。

今できるのは神に祈《いの》ることだけだ。突然、浮《ふ》遊感《ゆうかん》に包まれる。ぎゅっと目を閉じた次の瞬間、衝撃が全身を貫いた。息が詰まり、体が強《こわ》ばる。徐々に力が抜け、入れ替《か》わるように痛みが襲《おそ》ってきた。

頭は無事か？　足は？　腕は？　と体を動かす。全身くまなく痛い。だが、体を動かすことはできた。指先も動き、感覚もある。少なくとも神経はやられていないようだ。内心胸を撫で下ろしたその時、ガサッという音が響いた。草の擦《す》れる音だ。誰だろう。恐る恐る目を開けると、毛皮を身に纏《まと》った少女がクロノを見下ろしていた。彼女がガウルの遭遇した蛮ぞ、いや、ルー族のスーに違いない。手には槍を持っている。

クロノ様、と遠くから声が響く。レイラ達の声だ。助けを求めるべきか。いや、助けを求めればスーはクロノを槍で一突《ひとつ》きにするに違いない。ならば命乞《いのちご》いだ。どうにかして助けてもらわなければ。スーを見上げ、あることに気付く。

ああ、いやいや、こんな時にそんなことに気付いてどうするというのか。命乞いだ。命乞いをするのだ。殺さないで、殺さないでだ。素晴《すば》らしい。シンプルで分かりやすい。これなら意味が伝わるはずだ。クロノは意を決して口を開き——。

「ノーパンだ」

次の瞬間、衝撃《しょうげき》に襲われ、意識が闇《やみ》に呑まれた。

終章『暗雲』

ノーパンとはどういう意味だろう？　と思いながらスーは男を見下ろした。意識を失っている。スーが槍で殴《なぐ》ったせいなのだが、ともあれ規則正しい呼吸だ。これならば連れ帰ってすぐに死んでしまうということはなさそうだ。欲を言えばもう少し頑丈《がんじょう》そうな男がよかったが──。

クロノ様！　と声が響く。クロノ──どうやら、この男の名前のようだ。やはり、連れて帰るならもう少し頑丈そうな男がいい。だが、時間がない。それに、これが最後のチャンスかも知れない。そう考えると、欠点に目を瞑《つぶ》ってもいいかなという気がしてくる。

クロノ様！　と再び声が響く。先程よりも近づいている。仕方がない。妥協《だきょう》しよう。スーは意識を集中し、刻印を浮かび上がらせた。男──クロノを担《かつ》ぎ上げる。その時、ガサッという音が響いた。もう追いついて来たのか、と振り返る。すると、藪からララが出て来る所だった。斜面を転がり落ちたが、土埃《つちぼこり》で汚《よご》れている以外に異常はない。スーがクロノを担いでいることに気付いたのだろう。ハッとしたような表情を浮かべる。

「その男をどうするつもりだ？」

「里に連れて帰る」

「逃げ出したらどうする⁉」

ララが声を荒らげる。もっともな意見だが――。

「ちゃんと世話をするから大丈夫《だいじょうぶ》」

「自分の世話もできない半人前に何ができる」

「ぐッ……」

ララが吐《は》き捨て、スーは呻《うめ》いた。半人前と言われると弱い。大人として認められ、刻印を授《さず》かることはできた。だが、まだ刻印の力なしで獲物《えもの》を狩《か》ったことはない。呪《まじな》いに頼っている内は狩人《かりゅうど》としても、戦士としても半人前なのだ。

「今すぐに――」

殺せ、とララは言おうとしたのだろう。だが、風が真上から吹き寄せ、口を噤《つぐ》んだ。反射的に見上げると、リリが空から下りてくる所だった。

「二人とも何をしてるんですか？」

「スーが敵を里に連れて行くと言って聞かないんだ」

ララが拗《す》ねたように言い、リリがこちらに視線を向ける。次の瞬間――。

「危ない！」

リリはスー達を庇《かば》うように前に出た。風が吹き、矢が地面に突《つ》き刺さる。矢が飛んできた方を見ると、女が弓を構えていた。

「クロノ様■放な■い！」

女は鋭く叫び、矢を番《つが》える。早口で何を言っているのかよく分からないが、状況的《じょうきょうてき》にクロノを放せと言っているようだ。リリが溜息《ためいき》を吐く。

「その男の処遇《しょぐう》については族長の裁可を仰《あお》ぎましょう」

「だが！」

「敵が集まってきています。風を放つのでそれに合わせて跳んで下さい」

「……分かった」

ララは反論しようとするが、リリは取り合わなかった。ややあって、言い争っている場合ではないと判断したのだろう。ララが頷《うなず》く。

「クロノ様■――」

「今！」

女の言葉を遮ってリリが叫ぶ。刻印が強く輝き、風が吹き荒《あ》れる。落ち葉や砂埃《すなぼこり》が舞い上がり、女が目を細める。だが、矢を放とうとしない。クロノが傷付くことを恐れているのだろう。スーは膝を屈め、跳んだ。

　地面がみるみる遠ざかる。さらに木の枝を蹴って天高く舞い上がる。隣《となり》を見ると、ララがいた。忌々《いまいま》しそうにこちらを見ている。文句を言うつもりか口を開く。その時、浮遊感が体を包み、リリが間に割って入った。

「里に帰りましょう」

　ふん、とララはそっぽを向いた。リリは帰りましょうと言ったが、空中にいるのだ。彼女に任せるしかない。だからこそ、そっぽを向いたのだ。

「……族長には自分で伝えろ」

「分かってる」

　ララがムッとしたような口調で言い、スーは頷いた。族長はクロノを飼うことを許してくれるだろうかと不安が湧き上がる。いや、と不安を振り払うように頭を振る。族長も分かっているはずだ。間近に迫る滅亡《めつぼう》を回避《かいひ》するにはこの方法しかないと。

あとがき

このたびは「クロの戦記7」をご購入頂き、誠にありがとうございます。今まさに書店であとがきをご覧になっている方はそっとレジまでお持ち頂ければと思います。という訳で7巻です。7巻——即ち、シリーズ7冊目という意味です。いい響きです。

続いて謝辞を。本作を応援して下さる皆様、ありがとうございます。皆様のお陰で第7巻の発売となりました。感謝！　感激!!　雨あられでありますッ!!　これからも皆さんに楽しんで頂けるように頑張ります。担当S様、いつもページ数のことでご迷惑をお掛けして申し訳ございません。書いている内に書きたいことがどんどん増えてしまい——。今後もご迷惑をお掛けすると思いますが、よろしくお願いいたします。むつみまさと先生、いつも素敵なキャラデザ、口絵、挿絵をありがとうございます。

最後に宣伝です。少年エースPlus様で白瀬優海先生が連載されている漫画版「クロの戦記」の第2巻が6月25日に発売されました。第2巻ではクロノと女将のラブがご覧になれますぞ。カバー下の表紙差分＆ＳＤキャラもチェックであります。

HJ文庫 http://www.hobbyjapan.co.jp/hjbunko/
952

クロの戦記7

異世界転移した僕が最強なのはベッドの上だけのようです

2021年9月1日　初版発行

著者――サイトウアユム

発行者―松下大介
発行所―株式会社ホビージャパン

〒151-0053
東京都渋谷区代々木2-15-8
電話　03(5304)7604（編集）
　　　03(5304)9112（営業）

印刷所――大日本印刷株式会社

装丁――木村デザイン・ラボ／株式会社エストール

Printed in Japan

ISBN978-4-7986-2579-9　C0193